U0640161

郑◎编著

《诗经》《楚辞》赏析

吉林出版集团股份有限公司

图书在版编目（CIP）数据

《诗经》《楚辞》赏析 / 晓波编著 . — 长春：吉林出版集团股份有限公司，2023.7

ISBN 978-7-5731-3980-1

Ⅰ . ①诗… Ⅱ . ①晓… Ⅲ . ①《诗经》—诗歌研究②楚辞研究 Ⅳ . ① I207.22

中国国家版本馆CIP数据核字（2023）第147524号

《诗经》《楚辞》赏析

SHIJING CHUCI SHANGXI

编　　著	晓　波
责任编辑	王　平
封面设计	中尚图
开　　本	880mm × 1230mm　1/32
字　　数	233千
印　　张	10
版　　次	2023年7月第1版
印　　次	2023年7月第1次印刷

出版发行	吉林出版集团股份有限公司
电　　话	总编办：010-63109269
	发行部：010-63109269
印　　刷	天津中印联印务有限公司

ISBN 978-7-5731-3980-1　　　　　定价：59.00 元

序　言

一

　　孔子删《诗》之说，世多疑之，但由于《诗》三百篇，周人皆以入乐，其必经太师或乐官剪裁调整以合乐律，则必属实。《诗》反映了从西周初年到春秋中叶约五百年的中原地区的社会风貌。《诗》中所含诗歌，非一时一地一人之作，但绝大部分诗歌的作者已无法考证，只能笼统地归之为集体智慧的结晶。汉武帝时期，官方用《诗》强化朝廷的统治思想，尊其为经。

　　《诗经》包含风、雅、颂三大部分。其中《风》按地区分为15国风，共160篇。《雅》共105篇，分为《大雅》31篇和《小雅》74篇。"雅"古释为"正"，周王畿一带宫廷和贵族的乐歌要配以正乐。据考证，原周王畿一带有一种名为"雅"的乐器，它硕大而笨重，为正乐所用。后来此乐器受土乐的影响，该乐器被改进得小巧灵活，产生了新的雅乐，便称旧的为"大雅"，新的为"小雅"。《颂》则是由大钟伴奏，配以舞蹈的祭祀乐歌。《颂》共40篇，分为《周颂》、《鲁颂》和《商颂》。

　　秦始皇焚书坑儒，《诗经》自然也难幸免。后来汉代政府鼓励献书，先后有四个版本的《诗经》问世。韩、鲁、齐三家诗先后失传，清代王先谦的《诗三家义集疏》是对三家诗的辑佚之作。毛版出现得最晚，但流传至今。毛亨与毛苌为每首诗作了序，相当于导读，称《毛诗序》。东汉末年郑玄以《毛诗》为本，加以"笺注"，简称《郑笺》。唐代孔颖达等在郑玄的笺注下加"疏"，作《毛诗正义》。宋代学者研读《诗经》时主张"据文求义"，因而提出了许多不同于汉唐学者的见解，代表作如朱熹的《诗集传》。今天看来，很多古人的注释是为了宣传当时的意识形态，推行教化，这样就难免对《诗经》进行强解，乃至曲解。民国以来，闻一多等学者对《诗经》的很多篇目给出了新的注解，这对于《诗经》的研读可谓大有裨益。

《诗经》作为我国最早的诗歌总集，对后世文学有着深远的影响，可以说是我国的根文学。《诗经》基本以"四言韵文"的形式创作而成，这种形式直到魏晋时期一直是中国文人创作的主流。《诗经》采用的赋、比、兴写作手法，亦成为后世诗歌创作的范式。简单地讲，赋者直陈其事，比者以物比物，兴者触物兴词。我们在欣赏《诗经》时不难发现，诗歌中的"兴"多是连"兴"带"比"，如《桃夭》中的"桃之夭夭，灼灼其华"既是起兴，又喻新嫁娘有如初放之桃花般的美好的生命状态。此外，"一咏三叹"的艺术表现手法在《国风》中有着普遍的应用，究其原因应是反复歌咏所需。

二

楚辞也称骚体、楚辞体，是以屈原为代表的楚国诗人所创的一种文体。"楚辞"句式错落而有韵律，"兮"字频现。西汉刘向将屈原、宋玉等人的作品编辑成集，并名之为《楚辞》，共16篇。至此，"楚辞"既为一种文体，又为文集名。《楚辞》中以屈原的作品居多，其成就也最高。东汉末年王逸博采诸家、断以己见，作《楚辞章句》。宋代学者对《楚辞》的诠释亦有重要贡献，代表作有洪兴祖的《楚辞补注》，朱熹的《楚辞集注》。"五四"以来，对《楚辞》的研究更是进入了繁荣期，建树颇多。

《楚辞》有三个主要的艺术源头。第一是《诗经》。孔子曰"不学诗，无以言"，《诗经》在当时各国的精英阶层已广为流传，甚至成为社交必修，楚国自然也不例外。从《橘颂》的四言句式可见，屈原对《诗经》的熟悉及传承。第二是楚地民歌。楚地民歌句多参差，犹近口语，"兮"字的使用则更显其吟讴本色，《楚辞》的句式应是直接导源于此。例如，春秋晚期《越人歌》中的名句"山有木兮木有枝，心悦君兮君不知"。第三是巫祝文化。楚国所在的南方区域巫祝文化盛行，神话体系远较北方发达，这样的土壤为《楚辞》注入了浪漫内核，使之成为我国浪漫主义文学的源头。

《楚辞》的哀愁底色。第一是哀国。《史记·楚世家》记载："熊绎当成王之时，文、武勤劳之后嗣，而封熊绎于楚蛮，封以子男之田，姓芈氏，居丹阳。"于此可见西周初期楚国之弱小。筚路蓝缕的楚之先人自强不息、不断开拓，至楚庄王时已扩地千里成为一时之霸主。因此，屈原作为楚国王族的后裔，有着强烈的国家认同感。但他偏又生逢楚国削弱、频遭秦国侵略之时，故哀其国。第二，哀自己的怀才不遇。面对楚国的困局，屈原选择迎难而上，他想通过变法使楚国强大，但反遭流放。于此逆境之时，屈原展现出了高洁和坚韧的品格，"亦余心之所善兮，虽九死其犹未悔"，他宁可投江，也不愿去国，不愿与小人同流。第三是哀时间之流逝。屈原有美人迟暮之伤时，宋玉有草木摇落之悲秋。

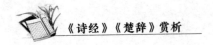

三

　　本书选取了《诗经》108首、《楚辞》15篇进行赏析，主要依据由上海辞书出版社文学鉴赏辞典编纂中心编纂的《先秦诗鉴赏辞典（新一版）》版本，力求贴近诗歌本义，然诗无达诂，歧义疏漏在所难免，望各位读者朋友不吝雅正。

《诗经》赏析

《楚辞》赏析

《诗经》
赏析

周南·关雎^{jū}

关关雎鸠¹，在河之洲。窈窕²淑女，君子好逑^{3 qiú}。

参差^{xìng}荇菜，左右流⁴之。窈窕淑女，寤寐⁵求之。求之不得，寤寐思服⁶。悠哉悠哉，辗转反侧。

诗之大意：参差不齐的荇菜，她挽起袖子轻轻地捞。这样文静美丽的女子，让我醒来睡去都想追求。求而不得时，更是时刻思念。长夜漫漫，翻来覆去难入眠。

参差荇菜，左右采⁷之。窈窕淑女，琴瑟友之⁸。

参差荇菜，左右芼^{9 mào}之。窈窕淑女，钟鼓¹⁰乐之^{yuè}。

注释

1 关关雎鸠：关关，雌雄雎鸠鸟的应和叫声；雎鸠，水鸟名，学名王雎，喜食鱼，随季候迁移。

2 窈窕：本义是远而幽，引申为文静美好。

3 逑：配偶。

4 流：荇菜的叶子在水面漂，女子采摘时牵裳弯腰，挽起袖子搅动水流而捞，姿态可谓优美。

5 寤寐：寤为醒，寐为睡。

6 思服：思念。服，古音近"迫"。

7 采：古音近"此"。

8 琴瑟友之：琴、瑟，均为中国传统乐器，经常合奏，以产生音响上的共振；友，古音近"以"。琴瑟友之，表明两个人开始来往恋爱。

9 芼：与上文的"流""采"同义。

10 钟鼓：特指结婚时的鸣钟击鼓，表明两人的关系已经由恋爱发展到婚姻。

  赏析：据载，周公旦曾居洛邑，管理东南诸侯。《周南》为此区域的民歌。《关雎》应为一首婚礼上的乐歌，用于歌颂美好的爱情、和谐的婚姻。上博楚简《孔子诗论》评此诗为"《关雎》之改"，赞美诗中的"君子"能发乎情而止乎礼。作者以"关关雎鸠"起兴，盖因雎鸠鸟感情专一，适于比拟纯美的爱情。另外，许多字的古音与今天的发音有很大不同，如此诗中的"服""采""友""乐"，如果不以古音诵之，则很难体会此诗的韵律之美。

周南·卷耳[1]

采采卷耳，不盈顷筐[2]。嗟我怀人，寘彼周行[3]。

诗之大意：采卷耳啊采卷耳，就是不满一浅筐。哎，我思念的人儿，久久不归在那周道上。

陟彼崔嵬[4]，我马虺隤[5]。我姑酌彼金罍[6]，维以不永怀。

诗之大意：登上那石山，我的马又疲又弱。姑且喝上一杯酒，让我暂时忘离忧。

陟彼高冈，我马玄黄[7]。我姑酌彼兕觥[8]，维以不永伤[9]。

陟彼砠[10]矣，我马瘏[11]矣。我仆痡[12]矣，云何吁[13]矣！

诗之大意：登上那山坡，我的马疲弱之极，我的仆人疲弱之极。长路漫漫，我还能说什么呢？唯有长叹！

注释

1 卷耳：野菜名，可食用，可入药，今名"苍耳"。

2 不盈顷筐：盈，满；顷筐，斜口浅筐。

3 寘彼周行：寘，同"置"；周行，大道。

4 陟彼崔嵬：陟，登高；崔嵬，高而不平的土石山。

5 虺隤：腿软足疲。

6 金罍：一种肚大口小的青铜酒器。

7 玄黄：马色玄而变黄，表明已劳弱成疾。

8 兕觥：犀牛角做的酒杯。

9 永伤：长久忧伤。

10 砠：土山顶上的岩石。

11 瘏：因劳致病。

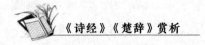

12 痡：疲劳过度而不能走路。

13 吁：忧伤而叹。

赏析： 此诗为男女互表思念的歌唱。第一段为女子所唱之词，表居家女子怀念丈夫。第二段到第四段则为男子所唱之词，表途中丈夫的疲惫和忧思。

周南·桃夭

桃之夭夭[1]，灼灼其华[2]。之子于归[3]，宜其室家[4]。

诗之大意：桃花初放，明艳如火。这样的女子嫁进门，家庭从此安顺和美。

桃之夭夭，有蕡其实[5]。之子于归，宜其家室。

桃之夭夭，其叶蓁蓁[6]。之子于归，宜其家人[7]。

注释

1 夭夭：少壮貌。

2 华：同"花"。

3 之子于归：之子，指出嫁女子；于，语助词；归，古代女子出嫁曰归。

4 宜其室家：宜，安；室家，男子娶妻为有室，女子嫁人为有家。

5 有蕡其实：有，语助词；蕡，大。有蕡，相当于叠词"蕡蕡"，此句式在《诗经》中经常运用；实，果实。此处以桃的果实蕡蕡喻指新嫁娘能生养。

6 蓁蓁：茂盛状。

7 宜其家人：指新嫁娘进门，对家人也是大有裨益。

赏析：这首诗是对出嫁女子的赞美，特别像现今婚礼主持人的祝词。此诗以"桃之夭夭"起兴，兴中有比，以初放的桃花比拟新嫁娘青春美丽的生命状态。

周南·汉广

南有乔¹木，不可休思²。汉有游女³，不可求思。汉之广矣，不可泳思。江之永⁴矣，不可方⁵思。

诗之大意：南方的乔木高大，不可在下面休息。汉水的游女美丽，不可前去追求。汉水宽啊，不可游去她那里。汉水长啊，乘木筏也到不了她那里。

翘翘错薪⁶，言刈其楚⁷。之子于归，言秣^{mò}⁸其马。汉之广矣，不可泳思。江之永矣，不可方思。

诗之大意：柴木错杂高挺，我只挑好的砍。如果她能嫁给我，我将喂好她的马。汉水宽啊，不可游去她那里。汉水长啊，乘木筏也到不了她那里。

翘翘错薪，言刈其蒌^{lóu}⁹。之子于归，言秣其驹¹⁰。汉之广矣，不可泳思。江之永矣，不可方思。

注释

1 乔：高。

2 休思：休，本义一个人在树下休息；思，语助词，相当于"兮"。

3 汉有游女：汉，汉水；游女，野游之女。

4 永：长也。

5 方：筏，此处动用。

6 翘翘错薪：翘，本义为鸟尾上的长羽。翘翘，高而挺拔貌；错薪，杂乱的柴木。

7 言刈其楚：言，通"俺"；刈，砍；楚，上好的荆条。注："翘楚"

一词出自此句。

8 秣：草料。

9 蒌：白蒿草，可用作草料。

10 驹：小马。

赏析：现今的学者多视此诗为恋情诗。《孔子诗论》的问世则为我们提供了新的角度，其第11简有"汉广之智，不求不可得也"，第13简有"不攻不可得，不亦智恒乎"。据此推之，此诗应与周昭王时期江汉地区的战争有关。诗人以此劝诫周人对楚人应用德行感化，而不可强行用兵。

召南·草虫

　　喓 喓草虫¹，趯趯阜 螽 ²。未见君子³，忧心 忡 忡⁴。亦既见止⁵，亦既觏 ⁶止，我心则降⁷。

　　诗之大意：草虫鸣叫，蚱蜢蹦跳。未见到你，我心不宁。若是能见到你，与你言语，我悬着的心才能放下。

　　陟彼⁸南山，言采其蕨⁹。未见君子，忧心惙 惙¹⁰。亦既见止，亦既觏止，我心则说¹¹。

　　陟彼南山，言采其薇¹²。未见君子，我心伤悲。亦既见止，亦既觏止，我心则夷¹³。

注释

　　1 喓喓草虫：喓喓，虫鸣声；草虫，蟋蟀类昆虫。

　　2 趯趯阜螽：趯趯，昆虫跳跃之状；阜螽，蚱蜢。注：以上两句指明时间是秋天。

　　3 君子：指在外的丈夫。

　　4 忡忡：心绪不宁。

　　5 亦既见止：亦，假如；止，语助词。

　　6 觏：遇见且言语相接为觏。

　　7 降：放下。

　　8 陟彼：陟，登；彼，那。

　　9 言采其蕨：言，俺；蕨，蕨菜。注：采厥及下段的采薇都表明时间是在春天。

　　10 惙惙：忧虑不安之状。

　　11 说：通"悦"。

12 薇：野豌豆。

13 夷：平。

　　赏析：西周初期实行周、召分治制度，召南是召公治理的南方区域，采自此地的民歌为《召南》。此诗为闺怨诗。诗中刻画了女子怀人，盼而不至的心理。女子多么希望丈夫能够回来，但是秋去春来，远方的人儿始终未归，她心中之悲切可想而知。

召南·甘棠

蔽芾[1]甘棠，勿翦[2]勿伐，召伯所茇[3]。

诗之大意：甘棠树枝叶幼小，请不要剪，也不要伐，召伯曾在这里停歇。

蔽芾甘棠，勿翦勿败[4]，召伯所憩[5]。

蔽芾甘棠，勿翦勿拜[6]，召伯所说[7]。

注释

1 蔽芾：形容枝叶幼小。

2 翦：通"剪"。

3 召伯所茇：召伯，即召公；茇，草舍也，此处动用。

4 败：毁坏。

5 憩：休息。

6 拜：屈。

7 说：通"税"，停歇。

赏析：《史记·燕召公世家》记载："召公之治西方，甚得兆民和。召公巡行乡邑，有棠树，决狱政事其下，自侯伯至庶人各得其所，无失职者。召公卒，而民人思召公之政，怀棠树不敢伐，歌咏之，作《甘棠》之诗。"全诗三段对甘棠树的爱惜层层递进，由"勿伐"到"勿败"，再到"勿拜"，愈见人们感念召公之深。

召南·殷其雷

殷其雷[1]，在南山[2]之阳。何斯违斯[3]，莫敢或遑[4]？振振君子[5]，归哉归哉！

诗之大意：隆隆的雷声，落在南山阳。为何急急地离去，不敢有半刻闲暇？我有为的丈夫，你一定要归来啊！

殷其雷，在南山之侧。何斯违斯，莫敢遑息[6]？振振君子，归哉归哉！

殷其雷，在南山之下[7]。何斯违斯，莫或遑处？振振君子，归哉归哉！

注释

1 殷其雷：殷，盛，此处形容雷声大；其，语助词。

2 南山：指终南山。

3 何斯违斯：斯，语助词；违，离。

4 莫敢或遑：或，稍有；遑，闲暇。

5 振振君子：振振，振奋有为貌；君子，指自己的丈夫。

6 遑息：闲暇、休息之意，与下文"遑处"同意。

7 南山之下：与上文的"之阳""之侧"均是在家附近之意。

赏析：据上博楚简《孔子诗论》记载，此诗应为送别诗。"殷其雷，在南山之阳"喻指战争迫在眉睫，国家开始全民动员，所有人都"莫敢或遑"。丈夫作为振振君子，自然要出征，但妻子送别时没有嘱托其建功立业，而是希望他能平安归来。有学者以此诗为思妇诗，亦可通。

召南·摽¹有梅

摽有梅，其实七兮²。求我庶士³，迨其吉兮⁴。

诗之大意：树上有梅，还剩七成。有心求我的众男子，趁着吉日来娶迎。

摽有梅，其实三兮。求我庶士，迨其今兮。

摽有梅，顷筐塈之⁵。求我庶士，迨其谓⁶之。

注释

1 摽：落。

2 其实七兮：其，指梅子树；实，果实；七，指树上的梅子还有七成。

3 庶士：庶，众也；士，指未婚男子。

4 迨其吉兮：迨，趁；吉，吉日。

5 顷筐塈之：用顷筐接梅子，言外之意是所剩无多了；顷筐，斜口浅筐；塈，取。

6 谓：说。

赏析：这是一首大胆的求爱诗，描写了女子待嫁的迫切心理。此诗以梅子喻青春，梅子渐少，即青春渐逝。随着青春渐逝，她思嫁之心也变得迫切，由开始的吉日迎娶，到今日迎娶，最后到了只要开口就跟你走的地步。此诗以"梅"起兴，因"梅"音同"媒"，关联了女子待嫁的心理。此诗质朴、清新，明朗、深情，有着较强的艺术感染力。

召南·野有死麕^{jūn}¹

野有死麕，白茅²包之。有女怀春³，吉士诱之⁴。

诗之大意：野外猎到獐一头，我用白茅将肉包好。送给一位怀春女，我要将她来追求。

林有朴樕^{sù 5}，野有死鹿。白茅纯⁶束，有女如玉。
舒而脱脱兮^{tuì 7}，无感我帨兮^{shuì 8}，无使龙^{máng 9}也吠。

注释

1 野有死麕：指猎人猎到了一头獐子。野，古时城外曰郊，郊外曰野；麕，獐子。

2 白茅：植物名，夏天开白花，可祭祀，可作捆扎之用。

3 有女怀春：有，语助词；怀春，情欲萌动。

4 吉士诱之：吉士，指青年猎人自己；诱，导，这里是追求之意。

5 朴樕：小灌木，可用作柴薪。

6 纯：捆。

7 舒而脱脱兮：舒，舒缓；脱脱，慢慢地。

8 无感我帨兮：感，通"撼"，动之意；帨，佩巾，系在女子腹前，如今之围裙。

9 龙：藏獒之类的大毛狗。

赏析：这是一首爱情诗。它反映了周代召南地区男子求女的风俗。男子猎到一头獐子，就包了一块獐肉，送给心仪女子。之后，他又送柴薪，又送鹿皮。他的追求显然打动了女子，两人便开始约会。最后一段以女子的口吻，要男子动作慢一点，别碰她的佩巾，别惊得犬吠，可谓是把约会时男子毛手毛脚、女子半推半就的情形刻画得活灵活现。

邶风·柏舟

泛彼柏舟[1]，亦泛其流。耿[2]耿不寐，如有隐忧。微[3]我无酒，以敖以游[4]。

诗之大意：柏舟顺水漂流，无依无靠。我亦长夜难眠，心中烦忧。不是没酒，喝酒也不能忘忧。

我心匪鉴[5]，不可以茹[6]。亦有兄弟，不可以据[7]。薄言往愬[8]（sù），逢彼之怒。

诗之大意：我的心不是镜子，容不下这些烦心事。我也有兄弟，但是不可依靠。前去倾诉，他们非但不解，还对我发怒。

我心匪石，不可转也。我心匪席，不可卷也。威仪棣棣[9]，不可选[10]也。

诗之大意：我心非石，是不可以转的。我心非席，是不可以卷的。我正正的尊严，是不可以屈服的。

忧心悄悄[11]，愠（yùn）于群小[12]。觏（gòu）闵[13]既多，受侮不少。静言思之，寤辟有摽（biào）[14]。

诗之大意：我心忧伤，为众妾所怨。遭受的痛苦很多，受到的侮辱不少。一个人想到这里，就忧愤难平，捶胸不已。

日居月诸[15]，胡迭而微[16]？心之忧矣，如匪澣（huàn）衣[17]。静言思之，不能奋飞。

诗之大意：日啊月啊，为何重叠一处却失去光芒？不尽的忧愁在心里，像穿了件没有洗的衣服。静心思量，又不能飞离而去。

注释

1 泛彼柏舟：泛，漂；彼，那。

2 耿：心有所想不能忘为耿。

3 微：非。

4 以敖以游：此处指心情的放松。敖，同"遨"，游之意。

5 我心匪鉴：匪，通"非"；鉴，铜镜。

6 茹：容纳。

7 据：本义为以手执杖，引申为依靠。

8 薄言往愬：薄，迫近；言，语助词；愬，同"诉"。

9 威仪棣棣：威仪，容貌端庄，这里指尊严；棣棣，堂堂正正貌。

10 选：通"巽"，屈服。

11 悄悄：忧愁之貌。

12 愠于群小：愠，恨；群小，指众妾。

13 觏闵：觏，遭遇；闵，应为"愍"，痛。

14 寤辟有摽：寤辟，指向内拍胸；辟，通"擗"；有摽，此处指击胸之声。

15 日居月诸：日、月，此处以日月喻指夫妻关系；居、诸，均为语助词。

16 胡迭而微：胡，为何；迭，叠；微，昏暗不明。

17 匪澣衣：没有洗的衣服。

赏析：《邶风》为邶国民歌。周武王克商，分商都朝歌以北为邶，在今河南汤阴县。邶不久为卫所灭。此诗有幽怨之音，无激昂之语，应为女子所作。关于此诗的主旨，朱熹的"妇人不得于其夫"说似乎更为可取。全诗五章紧扣一个"忧"字，忧之深，无以诉，无以泻，无以脱，感情浓烈而真挚，表现出了很高的艺术成就。《世说新语》中记载了一则与此诗相关的小故事。郑玄家一婢女受罚跪地，另一婢女路过问道："胡为乎泥中？"此女答道："薄言往诉，逢彼之怒。"可见此诗对后世的影响之大。

邶风·绿衣

绿兮衣兮，绿衣黄里[1]。心之忧矣，曷^{hé}维其已[2]！

诗之大意：绿衣啊绿衣，绿衣黄里。我心忧伤，何时能止！

绿兮衣兮，绿衣黄 裳^{cháng}[3]。心之忧矣，曷维其亡[4]！

绿兮丝[5]兮，女所治兮[6]。我思古人[7]，俾无訧^{bǐ yóu}兮[8]！

絺^{chī}兮綌^{xì}兮[9]，凄其[10]以风。我思古人，实获我心！

诗之大意：细葛布啊粗葛布，穿在身上寒又凉。看见它就想起你，只有你最懂我的心！

注释

1 里：衣服的衬里。

2 曷维其已：曷，何；维，语助词；其，代忧；已，止。

3 裳：古人上衣为衣，下衣为裳。

4 亡：通"忘"。

5 丝：丝线。

6 女所治兮：女，通"汝"；治，制作。

7 古人：古，通"故"。故人，指妻子。

8 俾无訧兮：使我不犯错。俾，使；訧，同"尤"，过失、罪过。

9 絺兮綌兮：絺，细葛布；綌，粗葛布。

10 其：指上一句提到的葛布衣。

赏析：这是一首悼亡诗。诗人看到绿衣，睹物思人，勾起了对亡妻深切的思念。"凄其以风"表明秋凉之际，诗人由于无人照顾，还穿着夏天的葛衣。此时，他看到妻子

所织的这件绿衣，衣在而人亡，物是而人非，自然勾起心底无限的悲恸。此诗可谓是我国文学史上传世最早的悼亡诗。

邶风·燕燕

燕燕于飞，差池¹其羽（cī chí）。之子于归，远送于野²。瞻望弗及，泣涕³如雨。

诗之大意：燕子双飞，羽毛参差。你要出嫁，我送你送到远野。望着你渐行渐远，我泣涕如雨。

燕燕于飞，颉之颃之⁴（xié háng）。之子于归，远于将之⁵。瞻望弗及，伫立以泣。

燕燕于飞，下上其音。之子于归，远送于南⁶。瞻望弗及，实劳⁷我心。

仲氏任只⁸，其心塞渊⁹（sè）。终温且惠¹⁰，淑¹¹慎其身。先君¹²之思，以勖¹³寡人（xù）。

诗之大意：二妹诚实可信，有容人之量。温柔贤惠，谨慎善良。二妹是先君所爱，对我也有很大帮助。

注释）

1 差池：义同"参差"，不齐貌，形容燕子张舒其羽翼。

2 野：古代城外曰郊，郊外谓之野。

3 泣涕：泣，哭而无声为泣；涕，本义为眼泪。

4 颉之颃之：颉颃，指燕子上下翻飞。

5 远于将之：于，语助词；将，送。

6 南：南郊。

7 劳：苦。

8 仲氏任只：仲，第二；任，信于友曰任；只，语助词。

9 其心塞渊：指其心能容忍。塞，填塞。

10 终温且惠：终…且…，结构语词，相当于"既…又…"；惠，贤惠。

11 淑：善良。

12 先君：指去世的国君。

13 勖：帮助、勉励。

赏析：此诗可谓"万古送别诗之祖"，背景应为卫君送其妹远嫁。此诗的前三段形式一致，内容上均为伤离别，应采自卫地民歌。最后一段则主要描写了"仲氏"人品，形式上与前三段截然不同。据此，我们可以推断此诗应为在卫地民歌的基础上的再创作。诗中"下上其音"的"下上"见于甲骨文，为殷商的语言习惯，周人的习惯用法则为"上下"，于此可见《诗经》保存了古老的语言习惯。《毛诗序》言此诗为"卫庄姜送归妾也"，亦可备一说。

邶风·击鼓

击鼓其镗^{tāng}¹，踊跃用兵。土国城漕²，我独南行。

诗之大意：镗镗地击鼓，踊跃地挥刃。别人挖土修筑漕的城防，我却独独被派往南方。

从孙子仲³，平陈与宋⁴。不我以归⁵，忧心有忡^{chōng}。

爰⁶居爰处？爰丧其马？于以求之⁷？于林之下。

诗之大意：何处居何处住？战马又丢失在何处？我到哪里去找寻？原来它们在林下。

死生契阔⁸，与子成说⁹。执子之手，与子偕老。

诗之大意：当初与你说好，死生不分离。说好执着你的手，与你一起慢慢变老。

于嗟¹⁰阔兮，不我活兮。于嗟洵¹¹兮，不我信兮。

诗之大意：哎，与你远离，是不让我活啊。哎，与你远离，是不让我信守承诺啊。

注释

1 其镗：即"镗镗"，击鼓之声。

2 土国城漕：土，挖土；城，修筑城防；漕，卫国的城邑。

3 孙子仲：卫国领兵统帅。

4 平陈与宋：此处指平息陈、宋间的纷争。平，平息。

5 不我以归：即不以我归。

6 爰：于焉。

7 于以求之：于，在；以，语助词；"于以"之间应省略了"焉"。

8 契阔：契为聚，阔为离。

9 成说：约定。

10 于嗟：通"吁嗟"，感叹之声

11 洵：疏远之意。

赏析：此诗为战争诗。男子的生活本来岁月静好，与妻子相约"执子之手，与子偕老"。不期战争来临，他被迫出征，居无定所、苦不堪言。一天，战马不见了，找到它的时候发现战马自行跑到了林下吃草。战马厌战而归林，更是触发了诗人心中有家不能回的悲怨以及对妻子的思念。

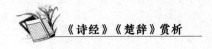

邶风·凯风¹

凯风自南，吹彼棘心²。棘心夭夭³，母氏劬劳⁴。

诗之大意：和暖的南风，吹拂那酸枣树的嫩芽。看到嫩芽苗壮成长，就想起母亲的操劳。

凯风自南，吹彼棘薪⁵。母氏圣善⁶，我无令人⁷。

诗之大意：和煦的南风，吹拂那酸枣枝儿，枝条长大成材。母亲通达又善良，我却无能难报偿。

爰⁸有寒泉，在浚⁹之下。有子七人，母氏劳苦。

诗之大意：浚城地下有寒泉，养育了城中千万人。母亲辛苦如寒泉，养育了我们七个儿。

睍睆黄鸟¹⁰，载¹¹好其音。有子七人，莫慰母心。

诗之大意：美丽的黄鹂鸟，啼声婉转动人。纵然有子女七人，却不能稍慰母心。

注释

1 凯风：南风。

2 棘心：酸枣树的嫩芽。

3 夭夭：少壮貌。

4 劬劳：劳苦。

5 薪：枝条长得可以当柴烧，表示长大成材。

6 圣善：通达事理而且善良。

7 令人：贤能之人。

8 爰：语助词。

9 浚：浚城，在今河南省北部。

10 睍睆黄鸟：睍睆，形容鸟色美好；黄鸟，黄鹂鸟。

11 载：语助词。

赏析：这是一首颂扬母亲的诗。母亲养育子女辛苦劬劳，如凯风、寒泉。诗人作为人子却无以为报，故而深深地自责。诗中"凯风"、"寒泉"亦由此成为后世颂咏母爱的经典意象。一说此诗的主旨为母亲寡居多年要改嫁，儿子婉劝。

邶风·匏有苦叶¹

匏有苦叶,济有深涉。深则厉,浅则揭²。

诗之大意:匏瓜熟了叶儿黄,我在济水渡口心儿慌。水要是深呢,你就垂衣缓缓过。水要是浅呢,你就踩水快快来。

有瀰³济盈,有鷺雉⁴鸣。济盈不濡轨⁵,雉鸣求其牡⁶。

诗之大意:济水茫茫满河床,野鸡林里叫声扬。水大应该不没轨,雌鸡求偶鸣声长。

雝雝⁷鸣雁,旭日始旦⁸。士如归妻,迨冰未泮⁹。

诗之大意:大雁空中鸣叫,太阳才出来。你如真心迎娶我,千万要在冰融前。

招招舟子¹⁰,人涉卬¹¹否。人涉卬否,卬须我友¹²。

诗之大意:船夫向岸上频招手,别人坐船我没有。别人坐船我没有,我是在等心上人。

注释 ··

1 匏有苦叶:匏,瓢瓜;苦,通"枯"。叶子枯表明瓢瓜熟。注:匏分两半为"卺(jǐn)",古代婚礼上,新郎新娘各执一瓢而饮为"合卺",以"匏有苦叶"起兴喻指女子思嫁。

2 揭:指挽起裤脚踩水的动作。

3 有瀰:即"瀰瀰",大水茫茫貌。

4 雉:野鸡。

5 濡轨:濡,沾湿;轨,车轴的两端。

6 牡:指雄野鸡。

7 雝雝：雁和鸣声，表明已是秋天。

8 始旦：刚出太阳。

9 迨冰未泮：迨，趁着；泮，分，此处指冰融化。注：古代有秋冬时进行婚嫁的风俗。

10 舟子：船夫。

11 卬：指我。

12 卬须我友：须，等待；友，指女子的心上人。

赏析：这是一首爱情诗，描写女子在渡口等待情人来约会的心理活动。她夏天等，盼着男友一定要渡河前来。她秋天等，盼望男友早点娶她进门。另有《毛诗序》言此诗为讽刺卫宣公淫乱，旧时大家多有从之。这真不知从何说起？

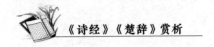

邶风·式微[1]

式微式微，胡[2]不归？微君[3]之故，胡为乎中露[4]？

诗之大意：天黑了啊，天黑了，为何有家不能回？如果不是因为你，怎能还劳作在露水中？

式微式微，胡不归？微君之躬[5]，胡为乎泥中？

注释

1 式微：本意指事物由盛渐衰，这里喻天黑。式，发语词。

2 胡：为何。

3 微君：不是你。

4 胡为乎中露：胡为，为何；中露，倒装结构，露中。

5 躬：身体。

赏析：此诗为苦于劳役的人民对压迫者发出的抱怨之辞。但是由于此诗言简而情深，推之很多情景皆可通，比如归隐田园说。久而久之，"式微"亦成为归隐田园的典型意象，如唐代王维有"即此羡闲逸，怅然吟式微"。

邶风·静女

静女其姝[1]，俟（sì）我于城隅[2]。爱而不见，搔首踟蹰[3]。

诗之大意：娴静美丽的女子，与我相约在城角。等她爱她却不见她，用手挠头，前后徘徊。

静女其娈（luán）[4]，贻[5]我彤管。彤管有炜（wěi）[6]，说怿（yì）女美[7]。

诗之大意：娴静美丽的女子，赠我一束红管草。红草鲜亮有光彩，让我想起你的美。

自牧归荑（tí）[8]，洵[9]美且异。匪[10]女之为美，美人之贻。

诗之大意：女友从郊野归来，送我一束白荑，真是美得不寻常。不是白荑不寻常，只因它是你所赠。

注释

1 静女其姝：静，娴静；姝，美丽。

2 俟我于城隅：俟，等待；城隅，城角。

3 搔首踟蹰：搔首，挠头；踟蹰，本义为蜘蛛结网时来来回回地盘丝，引申为犹豫、徘徊。

4 娈：貌美。

5 贻：赠送。

6 炜：光泽。

7 说怿女美：说，通"悦"；怿，喜爱；女，通"汝"。

8 自牧归荑：牧，郊野；荑，白茅草的嫩芽。

9 洵：诚然。

10 匪：通"非"。

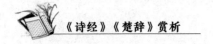

　　赏析：此诗为一首爱情诗，是对热恋中男子的心理描写。诗里没有正面写约会时的柔情蜜意，而是采用了侧写的手法。第一段写男子等待女友而不见，急得"搔首踟蹰"。后两段则写约会之后，男子爱屋及乌，对于女友赠送的礼物都觉得"洵美且异"。

鄘风·墙有茨¹

墙有茨，不可埽²也。中冓 ³之言，不可道也。所可道也，言之丑也。

诗之大意：墙上爬满蒺藜，不可将它去除。宫中的那些话儿，实在是不能说。那些可以说的，说出来也使人觉得丑恶。

墙有茨，不可襄⁴也。中冓之言，不可详也。所可详也，言之长⁵也。

墙有茨，不可束⁶也。中冓之言，不可读⁷也。所可读也，言之辱也。

注释

1 茨：蒺藜之类。
2 埽：同"扫"。
3 中冓：倒装句式，指宫中内室。
4 襄：同"攘"，除掉。
5 长：通"脏"。
6 束：捆扎，也是打扫之意。
7 读：宣讲之意。

赏析：商朝的都城为朝歌，位于今河南省鹤壁市淇县。周武王克商，分朝歌以北为邶，南为鄘，东为卫。邶、鄘不久为卫国所灭，所以《邶风》《鄘风》《卫风》皆为卫国的诗歌。《毛诗序》言此诗的背景为，"卫人刺其上，公子

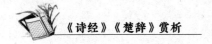

顽通乎君母，国人疾之，而不可道也"。此诗以"墙有茨，不可埽也"起兴，喻指宫中丑事不绝。

鄘风·桑中

爰采唐矣[1]？沫[2]之乡矣。云谁之思[3]？美孟姜矣[4]。期我乎桑中[5]，要我乎上宫[6]，送我乎淇之上矣。

诗之大意：我在哪里采菟丝子？在那沫邑的郊外。我思念的人儿是谁？是那美丽的孟姜。她约我来桑中，她邀我来上宫，送我送到淇水之上。

爰采麦矣？沫之北矣。云谁之思？美孟弋[7]矣。期我乎桑中，要我乎上宫，送我乎淇之上矣。

爰采葑[8]矣？沫之东矣。云谁之思？美孟庸[9]矣。期我乎桑中，要我乎上宫，送我乎淇之上矣。

注释

1 爰采唐矣：爰，于焉，在哪；唐，菟丝子，可入药。

2 沫：古地名，位于今河南淇县。

3 云谁之思：云，语助词；谁之思，思念谁。

4 美孟姜矣：孟，排行居长者；姜，姜姓。

5 期我乎桑中：期，约定，乎，语助词；桑中，古代桑林中往往有高禖之社，又叫桑社，高禖神管生育，所以这里亦为男女相会的场所。

6 要我乎上宫：要，同"邀"；上宫，即高禖庙。

7 孟弋：弋家的大小姐。

8 葑：蔓菁菜。

9 孟庸：庸家的大小姐。

赏析： 此诗为鄘地的一首关于爱情的民歌。我们从这首诗里可以充分领会韵律之美。姜、弋、庸皆为当时的贵族大姓，诗中的孟姜、孟弋、孟庸皆为虚指。桑中、上宫、淇水皆为实指，是当地男女经常约会、送别之所。这首《桑中》可谓是古版的《康定情歌》。

鄘风·相¹鼠

相鼠有皮，人而无仪²！人而无仪，不死何为？

诗之大意：看那老鼠还有张皮，做人反而没威仪！做人若是没威仪，不死还能做什么？

相鼠有齿，人而无止³！人而无止，不死何俟⁴（sì）？

相鼠有体，人而无礼！人而无礼，胡不遄（chuán）死⁵？

注释

1 相：注视、看。

2 仪：威仪。

3 止：通"耻"。

4 俟：等待。

5 胡不遄死：胡，为何；遄，快。

赏析：这是一首讽刺诗。《毛诗序》言此诗为讽刺在位者无礼仪。此诗语言之尖刻，感情之强烈，可谓是《诗经》中所仅有的一首诗。与此相对应的是当时卫国宫廷的骨肉相残、荒淫无度到了无以复加的程度。

鄘风·载驰

载驰载驱¹，归唁卫侯²。驱马悠悠³，言至于漕⁴。大夫跋涉⁵，我心则忧。

诗之大意：策马急驱，归去吊唁卫侯。路途啊遥遥，我要前往城漕。看到许国大夫跋涉来，阻我行程使我心忧。

既不我嘉⁶，不能旋反⁷。视尔不臧⁸，我思不远？既不我嘉，不能旋济⁹。视尔不臧，我思不閟¹⁰？

诗之大意：你们都不赞成，我也不能马上回返。相较你们的无善策，我的思虑不深远？你们都不赞成，我也不能渡河回返。相较你们的无善策，我的思虑不周密？

陟彼阿丘¹¹，言采其蝱¹²。女子善怀¹³，亦各有行¹⁴。许人尤之¹⁵，众稚¹⁶且狂。

诗之大意：我登上高丘，采摘那贝母草。都说女子善感，实则各有准则。许国众人对我诸多责难，我则认为他们幼稚且狂。

我行其野，芃芃¹⁷其麦。控¹⁸于大邦，谁因谁极¹⁹？大夫君子，无我有尤²⁰。百尔²¹所思，不如我所之²²。

诗之大意：我走在乡野，麦子茂盛无人收。决心奔走于大邦，谁来依靠，谁来救亡？许国的大夫君子，请不要对我抱怨。你们考虑千百次，不如让我跑一趟。

注释 ··

1 载驰载驱：载，语助词；驰、驱，走马为驰，策马为驱。

2 归唁卫侯：唁，吊唁；卫侯，指卫懿公，许穆夫人之兄。

3 悠：长。

4 言至于漕：言，俺；漕，卫国地名。

5 跋涉：陆行为跋，水行为涉。

6 既不我嘉：既，尽、都；我嘉，即嘉我，赞成我。

7 反：通"返"。

8 视尔不臧：视，相较；臧，善、好。

9 济：渡河，这里指渡河返回。

10 阂：周密。

11 陟彼阿丘：陟，登；阿丘，偏高的山坡。

12 蝱：贝母草。

13 善怀：多忧思。

14 行：引申为道理。

15 许人尤之：许人，指许国的大夫；尤，责备。

16 稚：幼稚。

17 芃芃：草木繁盛貌。

18 控：本义为投，这里是奔告之意。

19 谁因谁极：因，通"姻"，引申为依靠；极，本义为屋的大梁，这里也是依靠之意。

20 有尤：有，语助词；尤，抱怨、责备。

21 尔：指许国的大夫。

22 之：往。

赏析：卫懿公好鹤而荒废政事。冬十二月北方狄人攻打卫国，都城朝歌被攻破，卫懿公被杀，百姓逃散。卫人求救于许穆公，穆公不救。许穆夫人得知消息，决定回国。此诗在"归与阻归"的冲突中体现了许穆夫人内心的矛盾、

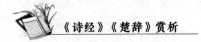

忧愁，背后则是其深厚的爱国情怀。许穆夫人赋《载驰》明文记载于《左传》，可以说她是我国文学史上第一位女诗人。

卫风·淇奥[1]

瞻彼淇奥，绿竹猗猗[2]。有匪[3]君子，如切如磋[4]，如琢如磨[5]。瑟兮僩兮[6]，赫兮咺兮[7]。有匪君子，终不可谖[8]兮。

诗之大意：那淇水弯处，有修长的绿竹。有一位翩翩君子，学问严谨，品德高尚，仪容庄重，威严显赫。这样的君子，让人终生难忘。

瞻彼淇奥，绿竹青青。有匪君子，充耳琇莹[9]，会弁如星[10]。瑟兮僩兮，赫兮咺兮。有匪君子，终不可谖兮。

瞻彼淇奥，绿竹如箦[11]。有匪君子，如金如锡，如圭如璧[12]。宽兮绰兮[13]，猗重较兮[14]。善戏谑[15]兮，不为虐[16]兮。

诗之大意：那淇水弯处，有密密的绿竹。有一位翩翩君子，他百炼成金，琢磨如圭璧。他从容旷达，倚着车上的横木。他说起话来谈笑风生，真是让人惬意舒心。

注释

1 淇奥：淇，淇水，源出河南林县，东经淇县流入卫河；奥，通"隩"，水边弯曲的地方。

2 猗猗：长而美貌。注：以"瞻彼淇奥，绿竹猗猗"起兴，比拟卫武公的品格。

3 匪：通"斐"，有文采。

4 如切如磋：切、磋，加工骨器的工艺。

5 如琢如磨：琢、磨，加工玉石的工艺。注："如切如磋，如琢如磨"是形容卫武公不断地精进学问及品德修养而到了极致的境界。

6 瑟兮僩兮：瑟，仪容庄严；僩，神态威武。

7 赫兮咺兮：赫，明；咺，显耀。

8 谖：忘记。

9 充耳琇莹：充耳，古代贵族挂在冠冕两旁的饰物，下垂至耳，一般用玉石制成；琇，美石。

10 会弁如星：耳旁垂的琇玉晶莹温润，帽上嵌的宝石闪亮如星。会弁，指皮帽缝合处。贵族通常在帽缝隙处镶嵌宝石。

11 箦：本义竹编的床席，引申为密集。

12 如圭如璧：圭，玉制礼器，上尖下方；璧，玉制礼器，圆形，中有小孔。

13 宽兮绰兮：宽、绰，旷达。

14 猗重较兮：猗，通"倚"；重较，车厢里的两重横木，一般为卿大夫所乘的车子所有。

15 戏谑：玩笑。

16 虐：残害，此处引申为不舒适。

赏析：《毛诗序》言："《淇奥》，美武公之德也。有文章，又能听其规谏，以礼自防，故能入相于周，美而作是诗也。""如切如磋，如琢如磨"是赞扬卫武公的品格高雅，能力出众。"充耳琇莹，会弁如星"是赞扬武公的服饰之美及气质之华贵。"猗重较兮。善戏谑兮，不为虐兮"则写了武公出行时倚在车上，和蔼友善，谈吐风趣，使人没有丝毫不适。此诗开启了中国文人以竹喻君子的传统。

卫风·硕人¹

硕人其颀，衣锦 褧^{jiǒng} 衣²。齐侯之子³，卫侯之妻。东宫之妹，邢侯之姨⁴，谭公维私⁵。

诗之大意：高而颀长的庄姜，身着绢丝罩衣锦绣裳。她是齐侯的女儿、卫侯的夫人。她是太子的妹妹、邢侯的妻妹。谭公则是她的姐夫。

手如柔荑^{tí}⁶，肤如凝脂。领如蝤蛴^{qiú qí}⁷，齿如瓠犀^{hù}⁸。螓^{qín}首蛾眉⁹，巧笑倩兮，美目盼兮。

诗之大意：她的手柔软如白茅之芽，皮肤润泽如凝脂。脖颈白长如蝤蛴，牙齿白齐如瓠瓜子。额头宽宽眉儿纤纤，巧笑嫣然，美目流盼。

硕人敖敖¹⁰，说于农郊¹¹。四牡有骄¹²，朱幩^{fén}镳镳^{biāo}¹³，翟茀^{dí fú}以朝¹⁴。大夫夙退¹⁵，无使君劳。

诗之大意：高挑美丽的庄姜，在卫的近郊歇息。四马雄壮威武，嚼上红绸飘飘，车子驶往礼堂，车上雉羽招招。大臣已经早早地退朝，这样的日子不能使君劳。（这段及下段写庄姜出嫁时的车服及随从之盛。）

河¹⁶水洋洋，北流活活^{guō}¹⁷。施罛濊濊^{gū huò}¹⁸，鳣鲔发发^{zhān wěi bō}¹⁹，葭^{jiā}菼^{tǎn}揭揭²⁰。庶姜孽孽^{niè}²¹，庶士有朅^{qiè}²²。

诗之大意：黄河之水浩浩，北流入海汤汤。撒网入水哗哗，鳇鲟击水唰唰。岸边的芦荻长又长，陪嫁的姑娘人人高挑，随行的男子个个轩昂。

注释

1 硕人：丰满高大的人，时人以身材硕大为美。

2 衣锦褧衣：衣，用作动词；褧，绢丝罩衣。

3 子：此处指女儿。

4 姨：指妻子的姐妹。

5 谭公维私：维，语助词；私，女子称其姊妹之夫。

6 荑：白茅之芽。

7 领如蝤蛴：领，颈；蝤蛴，天牛的幼虫，色白身长。

8 瓠犀：葫芦籽，色白而排列整齐。

9 螓首蛾眉：螓首，形容前额丰满开阔；螓，似蝉而小，其头宽广方正；蛾眉，形容眉如蚕蛾触角，细长而曲。

10 敖敖：高挑貌。

11 说于农郊：说，通"税"，休息；农郊，近郊。注：按当时的礼仪，庄姜远嫁而来，到了卫都的近郊要停歇，并更换婚礼穿的服饰。

12 四牡有骄：牡，此处指雄马；有骄，即"骄骄"，雄壮貌。

13 朱幩镳镳：朱幩，系在马嚼子上的红绸饰物；镳镳，盛美的样子。

14 翟茀以朝：翟茀，以雉羽为饰的车帷；朝，相会。

15 凤退：早早退朝。

16 河：指黄河。

17 活活：水流声。

18 施罛濊濊：施，张、设；罛，大的渔网；濊濊，撒网入水声。

19 鳣鲔发发：鳣、鲔，鳇鱼、鲟鱼；发发，鱼尾击水声。

20 葭菼揭揭：葭，初生的芦苇；菼，初生的荻草；揭揭，草木高高貌。

21 庶姜孽孽：庶姜，指随嫁的姜姓众女；孽孽，高大貌，或曰盛饰貌。

22 庶士有朅：庶士，指随行的男子；有朅，勇武貌。

赏析：此诗为卫人赞美卫庄公夫人庄姜之作，场景为庄姜出嫁卫国。本诗共四段，分别描写了庄姜的身份之尊、容颜之美、车服之备、媵从之盛。诗人用了大量的白描手法，动静结合正面写庄姜之美，可谓生动传神，性灵毕现。很多后人描写美女的经典意象即源于此。

卫风·氓

氓之蚩蚩[1]，抱布[2]贸丝。匪来贸丝，来即我谋。送子涉淇，至于顿丘。匪我愆期，子无良媒。将子无怒，秋以为期。

诗之大意：你傻笑着来买丝，实则不是来买丝，借此机会追求我。送你渡过淇水，送你远到顿丘。不是我要延误婚期，是你还没有良媒。请你不要生气，到了秋天来迎娶我。

乘彼垝垣[3]，以望复关[4]。不见复关，泣涕涟涟。既见复关，载笑载言。尔卜尔筮[5]，体无咎言。以尔车来，以我贿迁[6]。

诗之大意：每天爬上墙缺口，盼望看到你的车。不见车来，泣涕涟涟。看到车来，又笑又言。既然你已卜卦，没有不吉之辞。就用你的车子，拉上我的嫁妆。

桑之未落，其叶沃若[7]。于嗟鸠兮，无食桑葚[8]。于嗟女兮，无与士耽。士之耽兮，犹可说也。女之耽兮，不可说也。

诗之大意：桑树未老之时，其叶多么润泽。可怜的斑鸠啊，不要去吃那桑葚。可怜的女子啊，不要沉迷于爱情。男子沉迷，还可解脱。女子沉迷，无法解脱。

桑之落矣，其黄而陨。自我徂尔，三岁食贫。淇水汤汤[9]，渐车帷裳[10]。女也不爽[11]，士[12]贰其行。士也罔极[13]，二三其德。

诗之大意：桑树老时，其叶枯黄而落。自我到你家，三年吃不上饱饭。淇水汤汤，溅湿了我归家的车帷。我并没有过失，是你变

了心。是你没有准则，三心二意。（此段以"桑之落矣"起兴，比拟爱情的消失。）

三岁为妇，靡室劳矣。夙兴夜寐[14]，靡有朝矣。言既遂矣[15]，至于暴矣。兄弟不知，咥[16]其笑矣。静言思之，躬自悼矣。

诗之大意：我嫁到你家三年，你什么家务都不干。我天天起早贪黑，你没有一天如此。这些我都没怨言，还是被你欺负。兄弟不知我的处境，对此不以为然，还笑我。静下心来想到这些，我就独自哀伤。

及尔偕老，老使我怨。淇则有岸，隰则有泮[xí]。总角之宴[17]，言笑晏晏。信誓旦旦，不思其反[18]。反是不思，亦已[19]焉哉！

诗之大意：与你这样的人偕老，老来只有怨恨自己。淇水有岸，洼地有畔，事情总要结束。年少之时，我是多么的快乐。当初你信誓旦旦，谁能料到有今日的背弃。不去想了，从此与你断了吧。

注释

1 氓之蚩蚩：氓，野人称氓，表身份较低；蚩蚩，傻笑貌。

2 布：古代的布可以用作货币。注：收丝的时间一般是在夏初。

3 乘彼垝垣：乘，本义是两只脚踏木上升之意；垝垣，残破的墙。

4 复关：回来的车子。关，为车厢板，这里代指车。

5 尔卜尔筮：尔，你；卜、筮，都是算卦。卜是烧龟甲占卜，筮是用蓍草占卜。

6 以我贿迁：以，介词，表示对事物的处置，相当于"用"、"把"；贿，财产，这里指她的嫁妆。注：文中并未提及良媒，女子的婚姻为私定终身。

7 沃若：润泽肥美貌。注：此句以桑来比喻爱情。

8 无食桑葚：古人发现斑鸠吃了桑葚就醉，容易从树上掉下来，被人抓住。故有此说。

9 汤汤：水势浩大貌。

10 渐车帷裳：渐，打湿；帷裳，古代女子的车都有帷帘遮挡。

11 爽：本义为穿的衣服上有很多的缝隙，引申为漏洞、过失。

12 士：指女子的丈夫。

13 罔极：没有准则。

14 夙兴夜寐：早起晚睡。注：靡室劳矣、靡有朝矣，应说男子。

15 言既遂矣：言，俺；遂，顺从。

16 咥：脸上笑嘻嘻的样子。

17 总角之宴：总角，头发梳上两个发髻，形状如角，为古时男女未到婚嫁年龄时的发型；宴，安乐。

18 反：通"返"。

19 已：终结、了断。

赏析：此诗讲述了一位采桑女的恋爱、婚姻及被弃的故事。此篇叙事简括而抒情浓郁，其故事的完整性为《诗经》中所仅有。前两段写她美丽的爱情，其中有送别时的依依不舍，等待时的"泣涕涟涟"，见面后的"载笑载言"。后四段写她现实婚姻的破灭、兄弟的讥笑，及被弃的心酸。在展现女子悲剧命运的同时，诗人也为我们塑造了一位敢爱敢恨、果敢独立的女子形象。

卫风·竹竿

籊籊¹竹竿，以钓于淇。岂不尔思²？远莫致³之。

诗之大意：细长的竹竿，我用它在淇水垂钓。岂能不思念亲人？路远不得回。

泉源⁴在左，淇水⁵在右。女子有行⁶，远兄弟父母。

诗之大意：泉源在左边，淇水在右边。自我出嫁之后，就远离了兄弟父母。

淇水在右，泉源在左。巧笑之瑳⁷，佩玉之傩⁸。

诗之大意：我在右边，家乡在左。未嫁之时多么快乐，巧笑嫣然玉齿白，步履婀娜佩玉鸣。

淇水滺滺⁹，桧楫¹⁰松舟。驾言¹¹出游，以写¹²我忧。

诗之大意：淇水长而悠悠，备好柏桨松舟。我要乘船出游，以解心中的忧。

注释

1 籊籊：细长的样子。

2 岂不尔思：宾语前置，岂不思尔。尔，这里指家乡的兄弟父母。

3 致：到。

4 泉源：卫国水名，为女子母邦所在地。泉源在朝歌北，以水定方位，北为左。

5 淇水：水名，在朝歌南，以水定方位，南为右。

6 行：指出嫁。

7 瑳：白玉，形容女子笑的时候牙齿洁白如玉。

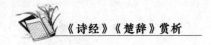

8 傩：步态有节度。

9 滺滺：河水流淌貌。

10 桧楫：桧，圆柏；楫，船桨。

11 驾言：驾，乘；言，语助词。

12 写：通"泻"。

赏析： 此诗为出嫁女思乡之作。女子在淇水垂钓，因思念自己远在泉源边的家乡兄弟及父母而不胜忧愁。

卫风·伯兮

伯兮朅兮[qiè]¹，邦之桀²兮。伯也执殳[shū]³，为王前驱。

诗之大意：哥哥高大威武，是国家的真英豪。执着长长的殳杖，为王出征做先锋。

自伯之东，首如飞蓬⁴。岂无膏沐⁵？谁适为容！

诗之大意：自从哥哥东征，我的头发乱如蓬。岂是因为没膏脂？为谁修饰我颜容！

其雨其雨，杲杲[gǎo]⁶出日。愿言思伯⁷，甘心首疾⁸。

诗之大意：天天盼下雨，天天出太阳。念念不忘地思念你，纵是头痛也心甘。

焉得谖[xuān]草？言树之背⁹。愿言思伯，使我心痗[mèi]¹⁰。

诗之大意：哪里能得忘忧草？我要将它栽屋后。念念不忘地思念你，使我心伤又害病。

注释

1 伯兮朅兮：伯，兄弟中行大曰伯，姊妹中行大曰孟，这里是妻子对丈夫的爱称，相当于"哥哥"；朅，高大威武。

2 桀：通"杰"。

3 殳：古兵器，长丈二而无刃的竹、木棍。

4 蓬：蓬草。

5 膏沐：洗头润发的油脂。

6 杲杲：日出明亮貌。

7 愿言思伯：愿，念；言，语助词。

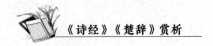

8 首疾：头痛。

9 言树之背：树，种；背，北，这里指屋后。

10 痗：忧思而致病。

赏析：这是一首闺怨诗。丈夫刚走时，她无心梳妆，首如飞蓬。后来，她天天盼丈夫归来就像天天盼下雨一样，久盼不至，她开始头痛，但是纵然头痛也心甘。最后，她相思成疾，再加上对丈夫终不能归的忧惧，此时唯有祈盼能寻得忘忧草，使她忘却相思，身体才能好转。此诗对忧思的刻画可谓入木三分。

卫风·木瓜

投我以木瓜[1]，报之以琼琚[2]（jū）。匪[3]报也，永以为好也！

诗之大意：赠我以木瓜，回馈以美玉。不是为了答谢，是要永远相好啊。

投我以木桃，报之以琼瑶。匪报也，永以为好也！

投我以木李，报之以琼玖（jiǔ）。匪报也，永以为好也！

注释

1 投我以木瓜：投，给予；木瓜，今天所谓的"木瓜"约在明朝才传入中国，此处的"木瓜"应为木刻之瓜。

2 琼琚：美玉。下文的"琼瑶"、"琼玖"义同。

3 匪：通"非"。

赏析：朱熹言此诗为"男女相互赠答"之作，另有美齐桓公说、君臣关系说、朋友赠答说，这些说法皆可通。《孔子诗论》第18简有言："《木瓜》有藏愿而未达也。因木瓜之报，以俞其悁（怨）者也。"此语为我们理解《木瓜》的主旨提供了新的角度。

王风·黍离

彼黍离离¹，彼稷²之苗。行迈靡靡³，中心摇摇⁴。知我者，谓我心忧。不知我者，谓我何求。悠悠苍天，此何人哉！

诗之大意：看到那禾黍离离，高粱正出苗。我的步履沉重，悲从中来。知道我的人，说我是心有悲忧。不知道我的人，问我在寻求什么。悠悠的苍天啊，这是何人所为！

彼黍离离，彼稷之穗。行迈靡靡，中心如醉。知我者，谓我心忧。不知我者，谓我何求。悠悠苍天，此何人哉！

彼黍离离，彼稷之实⁵。行迈靡靡，中心如噎⁶。知我者，谓我心忧。不知我者，谓我何求。悠悠苍天，此何人哉！

注释

1 彼黍离离：黍，黄米；离离，成行。
2 稷：高粱。
3 靡靡：行走迟缓貌。
4 中心摇摇：中心，倒装结构，心中；摇摇，心神不定貌。
5 实：果实。
6 噎：气逆为噎，形容心中郁结不通。注：稷苗、稷穗、稷实，层层递进。诗人心中也是摇摇、如醉、如噎。

赏析：《王风》为周平王迁都后于洛阳一带收集的民歌。到目前为止，主流的说法认为此诗为东周初期一士大夫所作。《毛诗序》言："《黍离》，闵宗周也。周大夫行役至于

宗周，过故宗庙宫室，尽为禾黍。闵周室之颠覆，彷徨不忍去，乃作是诗也。""悠悠苍天，此何人哉"既叹时人莫识己意，又叹王室不在而黍稷青青。此诗另有流浪者之歌说、旧家贵族说、难舍家园说等。

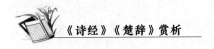

王风·葛藟^{lěi}

绵绵葛藟¹，在河之浒²。终³远兄弟，谓他人父。谓他人父，亦莫我顾。

诗之大意：葛藤缠绕绵延，在那黄河岸边。我已远离兄弟，喊别人作父。喊别人作父，他也不肯将我眷顾。

绵绵葛藟，在河之涘^{sì}。终远兄弟，谓他人母。谓他人母，亦莫我有。

绵绵葛藟，在河之漘^{chún}。终远兄弟，谓他人昆⁴。谓他人昆，亦莫我闻⁵。

注释

1 绵绵葛藟：绵绵，缠绕延伸状；葛藟，葛藤。
2 在河之浒：河，特指黄河；浒，水边。下文的"涘"、"漘"义同。
3 终：既已。
4 昆：兄。
5 闻：与上文的"顾"、"有"皆为相亲之意。

赏析：此诗为流浪者之歌。朱熹《诗集传》云："世衰民散，有去其乡里家族，而流离失所者，作此诗以自叹。"诗人以"绵绵葛藟，在河之浒"起兴，以葛藟的缠绕绵延、生机盎然，反衬自己的背井离乡、孤苦无依。

王风·采葛^{gé}

彼采葛兮[1]，一日不见，如三月兮。

诗之大意：那个采葛的姑娘啊，一日不见你，就像隔了三个月。

彼采萧[2]兮，一日不见，如三秋[3]兮。

彼采艾[4]兮，一日不见，如三岁兮。

注释

1 彼采葛兮：彼，指采葛的姑娘；葛，豆科多年生草本植物，可食用，可织布，可入药。

2 萧：香蒿，又名青蒿，可辟邪，可祭祀，可入药。

3 三秋：一秋为三个月，三秋指九个月。

4 艾：艾草，其叶可制艾绒，用于针灸。

赏析：此诗为爱情诗，描写恋爱中男子对女友深深的思念。此诗为"一咏三叹"复沓章法的典型体现。这种章法适于反复吟诵，而且层层递进，有助于表达深挚的情感。

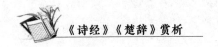

郑风·将仲子^{qiāng}¹

将仲子兮，无逾我里²，无折我树杞³。岂敢爱之？畏我父母。仲可怀⁴也，父母之言，亦可畏也。

诗之大意：二哥哥啊，不要翻我的里墙，不要折坏了我的杞树。岂是舍不得那杞树？我是畏惧父母之言啊。我是想你的，但父母之言也让我害怕。

将仲子兮，无逾我墙⁵，无折我树桑。岂敢爱之？畏我诸兄。仲可怀也，诸兄之言，亦可畏也。

将仲子兮，无逾我园，无折我树檀。岂敢爱之？畏人之多言。仲可怀也，人之多言，亦可畏也。

注释

1 将仲子：将，请；仲子，兄弟行二曰仲。

2 无逾我里：逾，翻越；里，古代乡村五家为邻，五邻为里，里外有墙。

3 杞：杞树。

4 怀：挂念。

5 墙：指院墙。

赏析：《郑风》即郑国民歌。周宣王封弟姬友于镐京附近，国号为郑。后来郑武公迁郑到河南，迁都新郑。此诗为一首爱情诗。男子翻墙进来约会，女子既高兴又担心。她对男子的劝说，表面句句是拒，实则句句在迎。《毛诗序》言此诗为讽刺郑庄公之作，讽刺他纵容公叔段而终致其乱。此说亦有其理。

郑风·遵¹大路

遵大路兮，掺 (shǎn) 执子之袪 (qū) 兮²，无我恶 (wù) ³兮，不寁 (zǎn) 故也⁴！

诗之大意：你沿着那大路走，我拉着你的衣袖。请你不要厌烦我，不要这么快地分手。

遵大路⁵兮，掺执子之手兮，无我 (chǒu) 魗 ⁶兮，不寁好⁷也！

注释

1 遵：顺。

2 掺执子之袪兮：掺，执；袪，袖口。

3 恶：厌烦。

4 不寁故也：寁，快捷、迅速；故，故人，这里指女子自己。

5 路：道。

6 魗：通"丑"。

7 好：相好。

赏析：此诗非常简短，就像一个特写镜头。男子离家，女子在大路上苦苦哀求。本篇的主旨实难坐实，弃妇说、送别说、思君子说，各家之说皆可通。

郑风·女曰鸡鸣

女曰鸡鸣。士曰昧旦[1]。子兴[2]视夜，明星[3]有烂。将翱将翔[4]，弋凫与雁[5]。

诗之大意：妻子说："鸡鸣了，快起来吧。"丈夫答："天还未亮。不信你就起来看，启明星还在天上呢。"妻子说："快起来吧，宿鸟就要出巢了，打些野鸭和大雁回来。"

弋言加之[6]，与子宜[7]之。宜言饮酒，与子偕老。琴瑟在御[8]，莫不静好。

诗之大意：打了野鸭或大雁，咱们就烧了吃。做好佳肴饮美酒，白头到老不相离。愿琴瑟和鸣，岁月静好。（这段是妻子在说话）

知子之来[9]之，杂佩[10]以赠之。知子之顺之，杂佩以问[11]之。知子之好之，杂佩以报之。

诗之大意：知道你关心我、顺从我、对我好，杂佩相赠以表我心。（这段是丈夫的回答）

注释

1 昧旦：天色将明未明之际。

2 兴：起。

3 明星：启明星。

4 将翱将翔：指宿鸟将出巢。

5 弋凫与雁：弋，将绳系在箭上发射；凫，野鸭。

6 弋言加之：言，语助词；加，施加，此处指射中。

7 宜：通"肴"，烹饪。

8 御：奏。

9 来：关怀。

10 杂佩：古人佩饰上系珠、玉，质料和形状不一，故称杂佩。

11 问：赠送。

赏析： 此诗以对话的形式描绘了一个普通的士人家庭。诗人通过一幕生活场景，展现了这对新婚夫妇的恩爱和睦的关系，同时诗人也表达了对"琴瑟在御，莫不静好"生活的向往。

郑风·有女同车

有女同车，颜如舜华[1]。将翱将翔[2]，佩玉琼琚[3]。彼美孟姜[4]，洵美且都[5]。

诗之大意：有女同车，容貌美丽如木槿花。体态轻盈如鸟飞翔，她的佩玉闪着光芒。她是那姜家的大小姐，真是美丽又时尚。

有女同行，颜如舜英。将翱将翔，佩玉将将[6]。彼美孟姜，德音[7]不忘。

注释

1 舜华：一种花，今名木槿。下文的"舜英"义同。华，通"花"

2 将翱将翔：此处形容女子行走时体态轻盈如鸟飞翔，振翅而飞为翱，展翅滑翔为翔。

3 琼琚：泛指美玉。

4 彼美孟姜：彼，指同车的女子；孟姜，姜家的大小姐。

5 洵美且都：洵，确实；都，引申为时尚。

6 将将：通"锵锵"，形容佩玉发出的声音。

7 德音：美好的品德。

赏析： 古代婚姻有"同车之礼"，即新郎为新娘驾车。此诗为男子对婚礼当天的美好回忆。同车时，新娘容颜美丽如舜华。同行时，新娘步态轻盈如鸟飞翔。新郎能得这样的女人为妻，他的喜悦自然是"将翱将翔"。

郑风·褰裳

子惠[1]思我，褰裳涉溱[2]。子不我思[3]，岂无他人？狂童之狂也且[4]！

诗之大意：你若真心跟我好，咱就一起去溱水玩。你若不想跟我去，难道没有别人吗？你这个傻瓜真是傻啊！

子惠思我，褰裳涉洧。子不我思，岂无他士？狂童之狂也且！

注释

1 惠：此处虚化为副词，意为"真心地"。

2 褰裳涉溱：褰裳，提起裙子的下摆；裳，指下裙。古时男女皆穿裙，现代意义上的"裤"在唐代才渐成主流；溱，郑国水名，发源于今河南新密市境内，东南流与洧水汇合。

3 子不我思：宾语前置句式，即子不思我。

4 狂童之狂也且：狂童，傻瓜之谑称；也、且，均为语助词。

赏析：此诗为一位女子欲让意中人一起下河踩水时所说的话，在诗中不难看出她的率真与傲娇。农历三月三为古人的上巳节，"祓除畔浴"是此日的重要活动。因此，郑人都要在这一天出游、下河踩水，青年男女则可于此日自由约会。此诗可以与《郑风》中的另一篇《溱洧》一起品读。

郑风·风雨

风雨凄凄¹，鸡鸣喈喈²。既见君子³，云胡不夷⁴。

诗之大意：风雨凄凄，鸡鸣声声。已经见到了你，我心怎能不平。

风雨潇潇，鸡鸣胶胶⁵。既见君子，云胡不瘳⁶。

风雨如晦⁷，鸡鸣不已。既见君子，云胡不喜。

注释

1 凄凄：寒凉之意。

2 喈喈：象声词，鸡鸣之声。

3 君子：指思念之人。

4 云胡不夷：云，语助词；胡，表反诘，怎能；夷，平，这里指心情平复。

5 胶：通"嘐"，也是鸡鸣之声。

6 瘳：病愈，这里指心病消除。

7 如晦：如，而；晦，昏暗。

赏析：这是一篇风雨怀人之作。女子在风雨交加的清晨想念意中人。她已一夜未眠，听到鸡鸣不断，心绪自是更加烦乱。然而，意中人出现时，她的凄苦烦乱立时退去，喜悦之情溢于言表。

郑风·子衿

青青子衿[1]，悠[2]悠我心。纵我不往，子宁不嗣音[3]？

诗之大意：你青青的衣领，是我深深的思念。纵使我不曾去会你，你就不能传音信？

青青子佩[4]，悠悠我思。纵我不往，子宁不来？

挑兮达兮[5]，在城阙[6]兮。一日不见，如三月兮。

注释

1 青青子衿：青，深绿色；衿，汉服的交领。
2 悠：长。
3 子宁不嗣音：宁，哪能；嗣，通"诒"，寄。
4 佩：指佩玉。
5 挑兮达兮：挑达，走来走去的样子。达，通"挞（tà）"。
6 城阙：城门两边的观楼。

赏析：此诗为一首爱情诗，描写女子在城楼等待不赴约的心上人的心理活动。两人约会，但是他没有来，可能是遇到了突发状况。但事后，男子没有音信，也没有来找她。于是她只能一个人登上城楼，"挑兮达兮"，久久不回去，希望能看到心上人的身影。"子宁不嗣音"、"子宁不来"则体现了女子对恋人的些许埋怨之情。

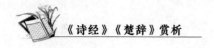

郑风·扬之水[1]

扬之水，不流束楚[2]。终 鲜[3]（xiǎn）兄弟，维予与女[4]。无信人之言，人实诳女。

诗之大意：那湍急的河水，冲不走成捆的荆条。既然我们兄弟都少，只有你我相依为命。请不要听信别人，别人是在骗你呢。

扬之水，不流束薪[5]。终鲜兄弟，维予二人。无信人之言，人实不信[6]。

注释

1 扬之水：指激流。扬者，高也。

2 楚：荆条。

3 终鲜：终，既；鲜，少。

4 女：通"汝"，你。

5 薪：柴，与"楚"同义。

6 信：真实、诚实。

赏析："束楚"、"束薪"于古人有特定的含义，一般用它来代指婚姻。这首诗应为夫妻之间有了很深的误会，在夫妻关系出现裂痕之后，妻子对丈夫的一番肺腑之言。

郑风·出其东门[1]

出其东门，有女如云。虽则如云，匪我思存[2]。缟衣綦巾[3]（gǎo qí），聊乐我员[4]。

诗之大意：出了城邑东门，有美女如云。虽则美女如云，非我心之所系。那个素衣綦裙的女子，才是使我心悦之人。

出其闉阇[5]（yīndū），有女如荼[6]。虽则如荼，匪我思且[7]。缟衣茹藘[8]（lú），聊可与娱。

注释

1 东门：指城邑的东门。

2 存：在。

3 缟衣綦巾：缟，未染色的白绢；綦巾，青黑色的围裙。

4 聊乐我员：聊，赖；乐，悦；员，应为"魂"。

5 闉阇：外城门。

6 荼：茅草的白花。

7 且：通"徂"，往。

8 茹藘：茜草，其根可做绛红色的染料，这里指绛红色的围裙。注：缟衣綦巾、缟衣茹藘均为贫简的女服。

赏析：此诗讲述了一位已有心上人的男子。他在一个春和日暖的日子出东门游玩，虽然那里"有女如云"，但他也不为所动，心里只想着那位"缟衣綦巾"的女子。

郑风·野¹有蔓草

野有蔓草，零露 溥 兮²。有美一人，清扬婉兮³。邂逅⁴相遇，适我愿兮。

诗之大意：野外蔓草青青，草上露珠圆圆。有位男子走过，美目清亮婉转。与这样的男子邂逅，正是我心之所愿。

野有蔓草，零露 瀼 瀼⁵。有美一人，婉如清扬⁶。邂逅相遇，与子偕臧⁷。

注释

1 野：古代城外为郊，郊外为野。

2 零露溥兮：零，降落；溥，露水圆圆貌。

3 清扬婉兮：形容男子的美目清亮有神采。

4 邂逅：不期而遇。

5 瀼瀼：露水多貌。

6 婉如清扬：同"清扬婉兮"。

7 与子偕臧：指与他一起幽会在草丛。臧，通"藏"。

赏析：这是一首爱情诗。露珠盈盈的早上，一位女子在野外与一位美男子不期而遇，她一见倾心，便与他前去约会。清晨之草露，美丽而易逝。此诗以此起兴，比拟女子美丽而易逝的青春。

郑风·溱洧[zhēn wěi][1]

溱与洧，方涣[huàn]涣[2]兮。士与女[3]，方秉蕑[jiān][4]兮。女曰观乎？士曰既且[5]。且往观乎！洧之外[6]，洵訏[xún xū][7]且乐。维[8]士与女，伊其相谑[9]，赠之以勺药[10]。

诗之大意：溱水与洧水，方才解冻，河水奔流。俊男与靓女，正拿着兰草去河边。女子说："去看看？"男子答："去过了。"女子劝说："姑且去看看。"洧水岸边，宽阔而充满快乐。女与男私情欢爱，男子赠女子以芍药。

溱与洧，浏[11]其清兮。士与女，殷其盈兮[12]。女曰观乎？士曰既且。且往观乎！洧之外，洵訏且乐。维士与女，伊其将[13]谑，赠之以勺药。

注释

1 溱、洧：郑国两条河名。

2 涣涣：河水解冻后，春水始盛貌。

3 士与女：指众多的男女。

4 蕑：一种兰草，又名大泽兰，可用于沐浴以驱邪。

5 且：通"徂"，去、往。

6 洧之外：洧水的岸边。

7 洵訏：洵，实在、诚然；訏，大、阔。

8 维：发语词。

9 伊其相谑：伊，发语词；相谑，相互调情。

10 勺药：即芍药，别名将离。赠送芍药是表恋恋不舍之意。

11 浏：水深而清。

12 殷其盈兮：殷，众多；盈，满。
13 将：通"相"。

赏析： 此诗像一部微型小说，描述的是古代三月三的
上巳节。当时郑地的风俗是人们在这一天要用河水洗去污
垢，以祈求一年的幸福。河边自然也成了青年男女谈情说
爱的场所。上巳节可以说是我国古代的情人节。诗中女子
非常大胆、直接地追求男子，终得与其相好，被男子赠之
以芍药。"洧之外，洵訏且乐"，诗人忽然将镜头拉远，俯
瞰充满了情爱男女的洧水边的广阔区域。可以推想，西周
时期一位采诗官到了郑地，他看到并且记录了当地的这一
古老风俗。

齐风·鸡鸣

鸡既鸣矣，朝既盈矣[1]。匪鸡则[2]鸣，苍蝇之声。

诗之大意：妃说："鸡已经鸣了，朝堂已站满臣子。"君主答："不是鸡在鸣，是苍蝇在嗡嗡。"

东方明矣，朝既昌[3]矣。匪东方则明，月出之光。

虫飞薨薨[4]（hōng），甘与子同梦。会且归[5]矣，无庶予子憎[6]。

这段均为妃之言，大意：嗡嗡飞的苍蝇，乐意与你同梦。朝会就要散了，希望臣子不要抱怨于你。

注释

1 朝既盈矣：朝，朝堂；盈，满，指朝堂上站满了臣子。

2 则：作。

3 昌：盛，此处为臣子众多之意。

4 薨薨：苍蝇飞的声音。

5 归：散会。

6 无庶予子憎：无庶，即庶无，希望不要；予子憎，抱怨于你。

赏析：《齐风》为齐国民歌。周武王封姜太公于齐，齐国位于今山东临淄。春秋时期，齐国已发展为东方大国。此诗为赞美贤妃之作，赞美其能劝勉国君早朝理政。另有学者认为对话的主体为一对贵族夫妇，夫人劝其夫上早朝。古制，国君鸡鸣即起视朝，卿大夫则须提前入朝侍君。所以，本文以为美贤妃之说更切。

齐风·东方未明

东方未明，颠倒衣裳[1]。颠之倒之，自公召之[2]。

诗之大意：东方天还未亮，衣裙颠倒穿上。衣裙颠倒穿上，只因朝廷召唤急。

东方未晞[3]，颠倒裳衣。倒之颠之，自公令之。

折柳樊圃[4]，狂夫瞿瞿[5]。不能辰[6]夜，不夙则莫[7]。

诗之大意：折下柳枝菜园扎篱，公差瞪眼乱发脾气。我们不能按时作息，不是早出就是晚归。

注释

1 裳：下裙。古时上衣为衣，下衣为裳。

2 自公召之：公，朝廷的公差；召，召唤。

3 晞：通"昕"，破晓。

4 樊圃：樊，篱；圃，菜园。

5 狂夫瞿瞿：狂夫，傻瓜，这里是指朝廷派来监工的公差；瞿瞿，瞪眼怒视貌。

6 辰：通"晨"，这里指白天。

7 莫：通"暮"。

赏析：此诗是一首讽刺诗，讽刺朝廷对百姓的劳役过于繁重。"颠倒衣裳"既写公差催促之急，又写公差之威。如果不赶紧应召，怕是有皮肉之苦。柳枝柔软本不适于扎篱笆，作者以"折柳樊圃"来讽刺朝廷的劳役不但繁多，而且没有落到实处。

齐风·敝笱^{gǒu}

敝笱在梁¹，其鱼鲂^{fáng guān}鳏²。齐子归止³，其从如云。

诗之大意：破鱼篓设在堤坝，大鱼游进游出。文姜回到齐国，她的仆从如云。

敝笱在梁，其鱼鲂鱮^{xù 4}。齐子归止，其从如雨。

敝笱在梁，其鱼唯唯⁵。齐子归止，其从如水。

注释

1 敝笱在梁：敝，破；笱，竹制的捕鱼装置，口有倒刺，易进难出；梁，拦鱼的堤坝。

2 鲂鳏：形体很大的鱼。

3 齐子归止：齐子，指文姜；止，语助词。

4 鱮：鲢鱼。

5 唯唯：形容连绵不绝，出入自如。

赏析：《毛诗序》言："《敝笱》，刺文姜也。齐人恶鲁桓公微弱，不能防闲文姜，使至淫乱，为二国患焉。"文姜淫乱，嫁鲁桓公，但是还与其兄齐襄公私通，国人以文姜为耻。作者用大鱼可以在破鱼篓游进游出这件事来讽刺文姜淫乱而礼法不能制。

齐风·猗嗟

猗嗟昌兮[1]，颀而长兮。抑若扬[2]兮，美目扬兮。巧趋^{qiāng}跄兮[3]，射则臧[4]兮。

诗之大意：盛美啊，高而颀长。眉宇间有英气，美目中有神采。急走不失优雅，射则箭无虚发。

猗嗟名[5]兮，美目清兮，仪既成兮。终日射侯[6]，不出正[7]兮，展我甥兮[8]。

诗之大意：盛美啊，美目神采飞扬，仪式完成之后，庄公始终在射。箭箭正中靶心，真是我的好外甥。

猗嗟^{luán}娈兮，清扬婉兮[9]。舞则选[10]兮，射则贯兮。四矢反[11]兮，以御乱兮。

诗之大意：美好啊，美目神采飞扬。起舞时能合节拍，射箭时贯穿靶心。四支箭矢全贯穿，这样的箭术足以御敌。

注释

1 猗嗟昌兮：猗嗟，赞叹之声；昌，盛。

2 扬：明亮。

3 巧趋跄兮：趋，小步疾走；跄，走路合拍为跄。

4 臧：善，此处指射中。

5 名：通"明"，昌盛之意。

6 终日射侯：终日，指始终；侯，古代练习射箭的箭靶。

7 正：靶心。

8 展我甥兮：展，诚然；甥，外甥，鲁庄公为齐襄公的外甥。

9 清扬婉兮：形容美目。注：此诗三段均有对眼睛的赞美，因为好的射手，眼睛要有神采。

10 选：配合音乐起舞。

11 反：反复，这里指四矢都是从一个孔穿过去。

赏析： 射礼是古人最重要的礼仪。射礼分为四种：大射、宾射、燕射和乡射。大射是天子、诸侯祭祀前选择参加祭祀人而举行的射祀。宾射为诸侯朝见天子或诸侯相会时举行的射礼。燕射为平时燕息之日举行的射礼。乡射则是地方官为荐贤举士而举行的射礼。此诗是对大射中的鲁庄公进行赞美的诗歌。毛公因庄公的母亲文姜与齐襄公兄妹乱伦之事认为此诗是讽刺庄公，未免牵强。此诗全篇都在赞美青年的庄公，身体强壮、仪表俊美、举止得体、技艺高超，是"以御乱兮"的栋梁。

魏风·园有桃

园有桃，其实之殽¹。心之忧矣，我歌且谣²。不我知者，谓我士³也骄。彼人⁴是哉？子曰何其⁵？心之忧矣，其谁知之？其谁知之，盖亦⁶勿思！

诗之大意：园里长着桃树，它的果实可食。我心忧闷难解，姑且放声高歌。不知道我的人，说我一个士人这般孤傲。那些人说的对吗？你说我该如何？我的忧心，谁人能够知晓？谁人能够知晓，还是不要想了吧！

园有棘⁷，其实之食。心之忧矣，聊以行国⁸。不我知者，谓我士也罔极⁹。彼人是哉？子曰何其？心之忧矣，其谁知之？其谁知之，盖亦勿思！

注释

1 之殽：可以食用。之，介词，表示朝某方向。

2 我歌且谣：配乐为歌，清唱为谣。

3 士：古代低级贵族。

4 彼人：那些人。

5 子曰何其：子，你；其，疑问语词。

6 盖亦：盖，通"盍"，何不；亦，语助词。

7 棘：酸枣树。

8 聊以行国：聊，姑且；行国，离开城邑，这里是出游之意。国，古时指城邑，与"野"相对。

9 罔极：没有准则。

　　赏析：《魏风》为魏国民歌。此诗为遣怀之作，全篇围绕一个"忧"字。诗人作为"士"怀才不遇，反被人认为"骄"、"罔极"。他看到园中的桃树、酸枣树，联想到其果实尚可食用，而自己却遭人嫌弃，不由得悲从中来，难以释怀。虽然"歌且谣"，虽然"聊以行国"，但心中之愤始终无法排解。《吕氏春秋》引用"园有桃"、"园有棘"两句时，应分别为"园有树桃"、"园有树棘"，这样似乎更为可取。

魏风·陟岵¹

陟彼岵兮，瞻望父兮。父曰：嗟！予子²行役，夙夜无已。上慎旃哉³，犹⁴来！无止⁵！

诗之大意：登上山坡，瞻望远方的父亲。父亲好像在叮嘱："哎，我的儿在外服役，日夜不得停歇。千万小心啊，要早点回来，不要留在他乡。"

陟彼屺⁶兮，瞻望母兮。母曰：嗟！予季⁷行役，夙夜无寐⁸。上慎旃哉，犹来！无弃⁹！

陟彼冈¹⁰兮，瞻望兄兮。兄曰：嗟！予弟行役，夙夜必偕¹¹。上慎旃哉，犹来！无死！

注释

1 陟岵：陟，登；岵，有草木的山。

2 予子：我的儿子。

3 上慎旃哉：上慎，千万小心。上，通"尚"；旃，之焉，语气词。

4 犹：副词，特别强调之意。

5 止：停留。

6 屺：无草木之山。

7 季：兄弟行末为季，这里指小儿子。

8 寐：睡。

9 无弃：指不要抛弃母亲。

10 冈：山脊为冈。

11 偕：强迫。

　　赏析：这是一首征人思亲之作。《毛诗序》言此诗为
"孝子行役，思念父母也。"诗人在外服役，登高而思亲，
瞻望之时思念成幻，仿佛听见了父亲、母亲、哥哥对自己
的叮嘱之声。

魏风·伐檀

坎坎伐檀兮[1]，真之河之干兮[2]，河水清且涟猗。不稼不穑，胡取禾三百廛[3]兮？不狩[4]不猎，胡瞻尔庭有县貆兮？彼君子兮，不素餐兮！

诗之大意：坎坎地伐檀啊，置于河水边，河水清清起着涟漪。不播种来不收割，为何你收取三百捆的禾？不狩也不猎，为何你家中挂着小野猪？你可是有德的君子，不会吃白饭的吧！

坎坎伐辐[5]兮，真之河之侧[6]兮，河水清且直[7]猗。不稼不穑，胡取禾三百亿[8]兮？不狩不猎，胡瞻尔庭有县特[9]兮？彼君子兮，不素食兮！

坎坎伐轮[10]兮，真之河之漘[11]兮，河水清且沦[12]猗。不稼不穑，胡取禾三百囷[13]兮？不狩不猎，胡瞻尔庭有县鹑[14]兮？彼君子兮，不素飧[15]兮！

注释

1 坎坎伐檀兮：坎坎，象声词，用力伐木之声；檀，应指北方的青檀，其木质坚硬，宜于做车。

2 真之河之干兮：真，通"置"；河之干，河岸。注：木材都很大很沉，古时一般走水路。

3 廛：①古代城市平民的房地，指一户人家所居的房地。②古同"缠"，束，一捆。此文中指②意。

4 狩：冬猎。

5 辐：车轮上的辐条。此处指伐檀以做车辐。

6 河之侧：指水边。

7 直：直流。

8 亿：周代以十万为亿，引申为数量多。

9 特：三岁大兽。

10 轮：车轮。

11 漘：水边。

12 沦：小波纹。

13 囷：圆形的粮仓。

14 鹑：鹌鹑。

15 飧：熟食。

赏析：此诗为伐木人劳动时所歌，是《诗经》中反剥削、反压迫的代表性诗篇。伐檀、伐辐、伐轮均为伐檀之意，这样用词有助于其达到"一咏三叹"的歌咏。三百廛、三百亿、三百囷均是以夸张的手法极言取禾之多。在伐木人辛苦劳作和控诉剥削者的不劳而获之间，作者笔锋一转，写道"河水清且涟猗"，此句貌似与主题无关，细想却非常契合主题。它既是实写自然之美，又是以河水之流淌反衬伐木人的不自由，可谓是神来之笔。此诗的美学价值也由此得到了提升。

魏风·硕鼠

硕鼠硕鼠，无食我黍[1]！三岁贯女[2]，莫我肯顾[3]。逝[4]将去女，适[5]彼乐土。乐土乐土，爰[6]得我所。

诗之大意：硕鼠啊硕鼠，不要吃我的黍。三年辛苦侍奉你，你却对我不惜顾。誓要离开你，去到那乐土。乐土啊乐土，那里才是我的去处。

硕鼠硕鼠，无食我麦！三岁贯女，莫我肯德[7]。逝将去女，适彼乐国[8]。乐国乐国，爰得我直[9]。

硕鼠硕鼠，无食我苗！三岁贯女，莫我肯劳[10]。逝将去女，适彼乐郊[11]。乐郊乐郊，谁之永号[12]？

注释

1 黍：黄米。

2 贯女：贯，通"宦"，侍奉；女，通"汝"。

3 顾：顾惜。

4 逝：通"誓"。

5 适：往。

6 爰：于是。

7 德：恩惠。

8 国：古代的国指城邑。

9 直：通"职"，与"所"同义。

10 劳：慰劳。

11 郊：古代城外曰郊。

12 乐郊乐郊，谁之永号：乐郊啊乐郊，如果能到那里，谁还能有这样长长的哀叹？之，语气词；永号，长长的哀叹。

赏析：《毛诗序》曰："《硕鼠》，刺重敛也。国人刺其君重敛，蚕食于民，不修其政，贪而畏人，若大鼠也。"周代有一项政策，即每三年都需要重新登记一次户口，这时百姓可以搬家，所以"三岁贯女"有现实意义，并非虚指。虽然劳动人民可以搬家，但是重敛无处不在，哪里会是他们歌中的乐土呢？

唐风·蟋蟀

蟋蟀在堂，岁聿其莫[1]。今我不乐，日月其除[2]。无已大康[3]，职思其居[4]。好乐无荒[5]，良士瞿瞿[6]。

诗之大意：蟋蟀鸣叫在堂，已经到了岁末。如今再不享乐，时光一去不返。享乐亦不可太过，还要想想平时。不要耽于享乐而误事，贤德之人不可不虑。

蟋蟀在堂，岁聿其逝。今我不乐，日月其迈[7]。无已大康，职思其外[8]。好乐无荒，良士蹶蹶[9]。

蟋蟀在堂，役车其休[10]。今我不乐，日月其慆[11]。无已大康，职思其忧。好乐无荒，良士休休[12]。

注释

1 岁聿其莫：聿，语助词；莫，通"暮"。注：周人的岁末为农历九月底，十月则为新年第一个月。

2 除：去、结束。

3 无已大康：已，甚；大康，过分享乐，大即太。

4 职思其居：职，尚，还要；居，平素、平时。

5 好乐无荒：不要因为耽于享乐而误正事。

6 瞿瞿：有所顾忌貌。

7 迈：过去。

8 外：意外之事。

9 蹶蹶：勤奋貌。

10 役车其休：役车，行役和车马之事，形容一年的劳作；休，止。

11 慆：逝。

12 休休：和乐貌。

赏析：《唐风》为晋国民歌。周成王封其弟叔虞于唐，唐地位于今山西翼城。唐地有晋水，后改国号为晋。此诗为过年时的歌唱，主旨在于劝人享乐须适度。《孔子诗论》第27简有"《蟋蟀》知难"。唯有"知难"，方能虑远。唯有虑远，方能懂得享乐要适度，奢俭有分寸的道理。

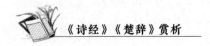

唐风·山有枢¹

山有枢，隰²有榆。子有衣裳，弗曳弗娄³。子有车马，弗驰弗驱⁴。宛⁵其死矣，他人是⁶愉。

诗之大意：山里有枢，湿地有榆。你有衣裳，却不去穿。你有车马，却不出游。忽然之间身便死，你的所有愉悦他人。

山有栲，隰有杻⁷。子有廷内⁸，弗洒弗埽⁹。子有钟鼓，弗鼓弗考¹⁰。宛其死矣，他人是保¹¹。

山有漆¹²，隰有栗¹³。子有酒食，何不日鼓瑟？且以喜乐，且以永日¹⁴。宛其死矣，他人入室。

注释

1 枢：刺榆。

2 隰：低湿之地。

3 弗曳弗娄：曳，拉；娄，通"搂"，用手拢而提之意。

4 弗驰弗驱：走马为驰，策马为驱。

5 宛：忽然间。

6 是：语助词。

7 山有栲，隰有杻：栲、杻，均为树名。

8 廷内：庭室。

9 埽：通"扫"。

10 考：敲。

11 保：占有。

12 漆：漆树。

13 栗：栗子树。

14 永日：整日。永者长也。

赏析：此诗是一首劝人活在当下、及时行乐的诗。诗人并非提倡奢侈，而是讥讽吝啬。诗中用"宛其死矣"来警醒守财奴的偏执。钱钟书所写的《管锥编》称《蟋蟀》为"正言及时行乐"，此篇则"反言及时行乐"。此两篇可一并品读。

唐风·绸缪¹

绸缪束薪，三星在天²。今夕何夕，见此良人³。子兮子兮，如⁴此良人何？

诗之大意：束柴相互缠绕，三星已在天空。今晚是怎样的夜晚，能见到这样的新郎。你啊你啊，这样好的人，让我该如何？

绸缪束刍⁵，三星在隅⁶。今夕何夕，见此邂逅⁷。子兮子兮，如此邂逅何？

绸缪束楚⁸，三星在户⁹。今夕何夕，见此粲¹⁰者。子兮子兮，如此粲者何？

注释

1 绸缪：捆束的柴缠绕之状，后引申为缠绵。

2 三星在天：三星，猎户座的腰带三星；在天，始现于东方的天空。三星在天，也表明时节是秋冬。

3 良人：丈夫，这里指新郎。注：古时婚前男女一般不能见面，所以新娘今晚见到新郎一表人才，不由感叹"今夕何夕"。

4 如：通"奈"。

5 刍：草。

6 隅：角落，这里指三星斜对东南房角。

7 邂逅：不期而遇。

8 楚：黄荆，也是柴之意。

9 三星在户：三星正对门户，表明三星移到了正南方，时间到了半夜。

10 粲：本义上等白米，引申为漂亮。

　　赏析：此诗描绘了新婚男女在人生中最美丽的夜晚真情流露的三幕音乐剧。首章为女子之词，称男子为良人。次章为男女合唱。末章为男子之词，称女子为粲者。古时婚礼在黄昏开始，须束楚以照明，因此"束楚"、"束薪"逐渐成为指代婚姻的典型意象。

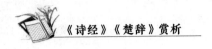

唐风·葛生

葛生蒙楚[1]，蔹^{liǎn}蔓于野[2]。予美[3]亡此，谁与？独处！

诗之大意：葛藤爬满荆条，蔹草蔓延田野。我的所爱眠于此，以后的日子谁陪伴？一人独处！

葛生蒙棘[4]，蔹蔓于域[5]。予美亡此，谁与？独息[6]！

角枕粲兮[7]，锦衾烂兮。予美亡此，谁与？独旦[8]！

夏之日，冬之夜[9]。百岁之后，归于其居。

诗之大意：夏日炎炎，冬夜漫漫。只有死后，才能跟你在一起。

冬之夜，夏之日。百岁之后，归于其室[10]。

注释

1 葛生蒙楚：葛，藤蔓植物；蒙，覆盖；楚，黄荆。

2 蔹蔓于野：蔹，攀援性草本植物；野，古代郊外为野。

3 予美：我的所爱。

4 棘：酸枣树。

5 域：墓室周围的空地。

6 息：止、居。

7 角枕粲兮：角枕，长方体状，有八个角的枕头；粲，漂亮。注：此处的角枕、锦衾都是殉葬之物。

8 独旦：一个人到天亮。

9 夏之日，冬之夜：时光漫长，难挨之意。

10 室：指墓室。古代的坟是棺外有椁，椁外有室。

　　赏析：本诗是一首悼亡诗。女子见"葛生蒙楚"，就像爱人相依，想到丈夫新亡，自己形单影只，好不凄凉。余生的夏日冬夜，她都要独自捱过，百岁之后，才能"归于其室"。悲伤之重，让她何以承担？一说此诗为悼念亡妻，亦可通。

秦风·蒹葭 _{jiān jiā}

蒹葭苍苍¹，白露为霜。所谓伊人²，在水一方。溯洄从之³，道阻且长。溯游⁴从之，宛⁵在水中央。

诗之大意：蒹葭苍苍，白露成霜。我思念的人儿，就在水的另一方。逆着水流去寻找，道路阻塞且漫长。顺着水流去寻找，伊人若在水中央。

蒹葭凄凄⁶，白露未晞⁷。所谓伊人，在水之湄⁸。溯洄从之，道阻且跻⁹。溯游从之，宛在水中坻¹⁰。

蒹葭采采¹¹，白露未已¹²。所谓伊人，在水之涘¹³。溯洄从之，道阻且右¹⁴。溯游从之，宛在水中沚¹⁵。

注释

1 蒹葭苍苍：蒹葭，芦苇；苍苍，老青色。

2 所谓伊人：谓，念；伊人，指所思慕之人。

3 溯洄从之：溯洄，逆流；从，追寻。

4 溯游：顺流。

5 宛：仿佛。

6 凄凄：通"萋萋"，草木茂盛貌。

7 晞：晒干。

8 湄：岸边水草交汇的地方。

9 跻：上升。

10 坻：水中沙滩。

11 采采：草木茂盛貌。

12 未已：未干。

13 涘：水边。

14 右：迂回。

15 沚：水中小洲。

    赏析:《秦风》为秦地民歌。西周孝王封其臣非子于秦地，秦地位于今甘肃之南、陕西之西。这首诗写得非常美，写出了诗人思慕伊人、求而不得的心情。伊人的性别未知，所以这首诗可能是在思慕爱人，也可能是在思慕贤者，更有一种说法是秦人在凭吊水神冯夷。但无论哪种说法都不妨碍此诗秋水伊人的意境。

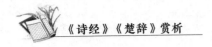

秦风·无衣

岂曰无衣？与子同袍[1]。王于[2]兴师，修我戈矛[3]。与子同仇[4]！

诗之大意：谁说我们没有衣？与你同穿一件袍。周王命令兴师，准备好我们的戈矛，与你共杀敌仇。

岂曰无衣？与子同泽[5]。王于兴师，修我矛戟[6]。与子偕作[7]！

岂曰无衣？与子同裳[8]。王于兴师，修我甲兵[9]。与子偕行[10]！

注释

1 袍：外袍。

2 王于：王，指周王，一说指秦君；于，语助词。

3 修我戈矛：修，备；戈，古代兵器，有横刃；矛，古代兵器，长杆利刺之刃。

4 仇：仇敌。

5 泽：内衣，如今之汗衫。

6 戟：古代兵器，合戈矛为一体。

7 偕作：同起。

8 裳：下裙。

9 甲兵：类指战甲和兵器。

10 行：往。

赏析：这是一首慷慨激昂、同仇敌忾的军歌，也是《诗经》里唯一的军歌。同袍、同泽、同裳均为精神上的祸福与共。"王于兴师"指的是秦国奉周平王之命，灭西戎十二国去开疆拓土的重要战争。

陈风·防有鹊巢¹

防有鹊巢，邛 有旨苕²。谁 侜 予美³？心焉忉忉⁴。
（qióng）（zhōu）（dāo）

诗之大意：水堤上筑了鹊巢，山丘上长了苕草。谁在蒙骗我的爱人？我的心里又愁又焦。

中唐有甓⁵，邛有旨鷊⁶。谁侜予美？心焉惕惕⁷。
（pì）（yì）

注释

1 防有鹊巢：防，堤防；鹊一般筑巢在树上，而非水堤。

2 邛有旨苕：邛，山丘；旨苕，美味的苕菜。苕菜喜水，不可能长在山丘。

3 谁侜予美：侜，蒙骗；予美，我的所爱。

4 心焉忉忉：焉，语助词；忉忉，忧愁状。

5 中唐有甓：中唐，即唐中。唐，古代堂前或门内的甬道；甓，从瓦，指砖。

6 鷊：应为"虉"，绶草，一般长在阴湿处。

7 惕惕：心中不安貌。

赏析：《陈风》为陈国民歌。陈国位于今河南省淮阳一带。此诗为一首爱情诗。所爱之人受人欺骗而疏远自己，她或他为此忧心忉忉，希望爱人回心转意。《毛诗序》言此诗为"忧谗贼也。宣公多信谗，居子忧惧焉"。此说亦合诗意，古人多有以男女之情喻其对宗教、君王、贤人的情感。

陈风·月出

月出皎[1]兮，佼(jiǎo)人僚兮[2]，舒窈纠(jiǎo)兮[3]，劳心悄[4]兮！

诗之大意：月出皎皎，让我想起你的娇美，想起你步履的婀娜，苦苦的思念让我心忧。

月出皓兮，佼人懰(liú)[5]兮，舒懮(yǒu)受兮，劳心慅(cǎo)[6]兮！

月出照兮[7]，佼人燎[8]兮，舒夭绍兮，劳心惨[9]兮！

注释

1 皎：月光。

2 佼人僚兮：佼，通“姣”，美好；僚，同“嫽”，娇美。

3 舒窈纠兮：舒，发语词；窈纠，形容女子行走时体态的曲线美。下文的“懮受”、“夭绍”义同。

4 悄：忧愁状。

5 懰：妩媚。

6 慅：心神不安貌。

7 月出照兮：指月光明亮。

8 燎：明，引申为圣洁、美好。

9 惨：通“懆”，忧愁不安貌。

赏析：此诗为一首怀人诗。这首诗句句以“兮”收尾，结合叠韵词的使用，使这首诗深具韵律之美，仿佛一首月光曲。以皎月比美人，形神兼备，且有月光同照两地之意，当真妙不可言。此诗开创了中国文人望月怀人的先河。

陈风·泽陂^bēi 1

彼泽之陂，有蒲与荷。有美一人，伤²如之何？寤寐无为，涕泗³滂沱。

诗之大意：大泽水边，有蒲与荷。心中一人爱而不得，我该如何？日思夜想没办法，唯有涕泗滂沱。

彼泽之陂，有蒲与蕳^jiān 4。有美一人，硕大且卷^quán 5。寤寐无为，中心悁悁^yuān 6。

彼泽之陂，有蒲菡萏⁷。有美一人，硕大且俨⁸。寤寐无为，辗转伏枕⁹。

注释

1 泽陂：泽，比池塘大得多的水域；陂，水岸。

2 伤：应为"阳"，第一人称。

3 涕泗：眼泪为涕，鼻涕为泗。

4 蕳：应为"莲"。

5 卷：鬈发之美。

6 悁悁：愁苦忧郁状。

7 菡萏：荷花。

8 俨：庄重、端庄。

9 伏枕：伏枕而哭之意。

赏析：此诗为一首情歌，描写女子的暗恋之苦。蒲长于近水的陆上，荷长于近岸的水中。女子在水边看到蒲与荷蓬勃生长，且蒲与荷通过盈盈的水波相连，联想起自己的爱而不得，不由得心中悁悁。

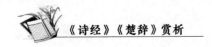

桧风·羔裘

羔裘逍遥¹，狐裘以朝²。岂不尔思³？劳心忉忉⁴_{dāo}。

诗之大意：穿着羔裘游玩，穿着狐裘上朝。岂能不担心你？我心忧愁不已。

羔裘翱翔⁵，狐裘在堂⁶。岂不尔思？我心忧伤。

羔裘如膏⁷，日出有曜⁸。岂不尔思？中心是悼⁹。

注释

1 逍遥：指游玩。

2 朝：上朝。注：羊羔皮袍是上朝时穿的礼服，狐裘是下朝穿的礼服。这句是讽刺国君穿衣不按规矩。

3 尔思：思尔。尔，指桧国的国君。

4 忉忉：忧愁不安状。

5 翱翔：游玩之意。

6 堂：朝堂。

7 羔裘如膏：羊羔裘鲜亮得如同涂了油脂。膏，油脂。

8 有曜：同"曜曜"，闪亮发光貌。

9 中心是悼：中心，心中；是，语助词；悼，哀伤。

赏析：《桧风》为桧国民歌。桧国为妘姓诸侯国，它位于今河南新密市东北，后为郑所灭。《毛诗序》言此诗为"大夫以道去其君也。国小而迫，君不用道，好洁其衣服，逍遥游燕，而不能自强于政治。"

桧风·隰有苌楚¹

xí cháng

隰有苌楚，猗傩²其枝。天之沃沃³，乐子之无知⁴！

诗之大意：湿地的猕猴桃树，枝条婀娜。柔嫩又润泽，真高兴你还没配偶。

隰有苌楚，猗傩其华⁵。天之沃沃，乐子之无家！

隰有苌楚，猗傩其实⁶。天之沃沃，乐子之无室⁷！

注释

1 隰有苌楚：隰，低湿之地；苌楚，猕猴桃树。
2 猗傩：同"婀娜"，美而旺盛。
3 天之沃沃：天者少壮也；沃沃，丰美润泽貌。
4 无知：无配偶。
5 华：花。
6 实：果实。
7 室：指婚配。

赏析：此诗为青年男女相会时的歌唱，与今天一些少数民族的对歌传情相似。桧、郑地域相同，《郑风》中所表现的男女自由相会的风俗，桧地亦有之。此诗的主旨另有大夫疾其君说、不堪税赋说、不婚主义说等。

曹风·蜉蝣¹

fú yóu

蜉蝣之羽，衣裳楚楚²。心之忧矣，於我³归处？

诗之大意：蜉蝣的翅膀很美丽，像穿着鲜亮的衣服。我的心中感伤，哪里是我的归处？

蜉蝣之翼，采采⁴衣服。心之忧矣，於我归息？

蜉蝣掘阅⁵，麻衣⁶如雪。心之忧矣，於我归说⁷？

诗之大意：蜉蝣破穴而飞舞，像穿着洁白如雪的麻衣。我的心中感伤，哪里是我的归处？

注释

1 蜉蝣：一种昆虫，生长于水泽地。它的翅膀宽大透明，有长长的尾须，飞舞起来姿态纤美。它不饮不食，日落时分成群飞舞，在空中交配，交配后很快坠地死去。古人认为蜉蝣朝生暮死。

2 楚楚：鲜亮貌。

3 我：通"何"。

4 采采：光洁鲜艳状。

5 掘阅：破穴而出。阅，通"穴"。

6 麻衣：古代诸侯、卿大夫的日常衣服，用白麻皮缝制。

7 说：通"税"。处、息、税，都是止息之意。

赏析：《曹风》为曹国民歌。曹国是周武王弟曹叔振铎的封地，在今山东定陶一带。此诗为伤时之作，作者以纤美但生命短暂的蜉蝣起兴，感叹人生苦短，不知所归。蜉蝣由此衍化为后人伤时的典型意象，如苏轼的"寄蜉蝣于天地，渺沧海之一粟"。

曹风·候人

彼候人兮[1]，何戈与祋[2]（duì）。彼其之子[3]，三百赤芾[4]（fèi）。

诗之大意：那个候人，荷着戈与祋。那些贵族子弟，穿着赤皮裙的人有三百多。

维鹈在梁[5]（tí），不濡[6]其翼。彼其之子，不称[7]其服。

诗之大意：鹈鹕栖在鱼梁上，根本没有湿翅膀。那些贵族子弟，根本不配那身朝服。

维鹈在梁，不濡其咮[8]（zhòu）。彼其之子，不遂其媾[9]（gòu）。

荟兮蔚兮[10]，南山朝隮[11]（jī）。婉兮娈[12]（luán）兮，季女斯饥[13]。

诗之大意：云气聚集，南山早上怕是要落雨。美丽可爱的小女儿，还在家里等饭吃。

注释

1 彼候人兮：彼，那；候人，负责迎送的小官，相当于仪仗队员。

2 何戈与祋：何，通"荷"；祋，一种兵器，竹制，长丈二，有棱而无刃。

3 彼其之子：其，语助词；之子，指贵族子弟。

4 赤芾：红色的皮围裙。注：赤芾是大夫以上官爵的待遇。曹国很小，按照级别只能有五个大夫，但是居然有三百多。

5 维鹈在梁：维，语助词；鹈，鹈鹕；梁，鱼梁，拦住水流以捕鱼。

6 濡：湿。

7 称：相称、相配。

8 咮：鸟的喙。

9 不遂其媾：不配他们得到的宠爱。遂，符合；媾，宠爱。

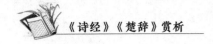

10 荟兮蔚兮：荟、蔚，形容云雾弥漫。

11 隮：云气。注：南山有云气，表明要下雨了。

12 娈：美好。

13 季女斯饥：季女，小女儿；斯，语助词。

赏析：此诗为讽刺诗。主人公是一名候人，全诗以第三人称叙事。他站岗时看到官员赤芾来朝，抱怨曹国的官多且不称职。他看到南山有云气聚集，担心自己淋雨，想要离职而去，但念及家中还有小女儿吃不上饭，只得继续忍耐。

曹风·鸤鸠¹

鸤鸠在桑，其子七兮。淑²人君子，其仪³一兮。其仪一兮，心如结兮。

诗之大意：布谷鸟在桑，它的子女有七。有德君子，其心公正始终如一。始终如一，像是心里打了结。

鸤鸠在桑，其子在梅。淑人君子，其带伊丝⁴。其带伊丝，其弁伊骐⁵。

诗之大意：布谷鸟在桑，它的子女在梅。有德君子，他的丝带束在腰间。他的丝带束在腰间，他的皮帽嵌着美玉。

鸤鸠在桑，其子在棘⁶。淑人君子，其仪不忒⁷。其仪不忒，正是四国⁸。

鸤鸠在桑，其子在榛。淑人君子，正是国人。正是国人，胡不万年⁹？

注释

1 鸤鸠：布谷鸟。

2 淑：善。

3 仪：由外而内的威仪，这里指公正之心。

4 其带伊丝：带，腰带；伊，语助词。

5 其弁伊骐：弁，皮帽；骐，通"琪"，美玉。

6 棘：酸枣树。

7 其仪不忒：他的公正之心不变。忒，变更。

8 正是四国：这样的品德是诸国的榜样。正，榜样。

9 正是国人，胡不万年：是国人的榜样，这样的淑人君子，怎能不长寿万年呢？

赏析： 旧说布谷鸟有七子，早晨喂食从头到尾，下午喂食从尾到头，始终公正如一。此诗应为曹国大夫赞美晋文公之作。赞美之外更是希求作为霸主的晋文公能不念旧恶，像布谷鸟对待其子一样对待曹国。

曹风·下泉

冽彼下泉¹，浸彼苞稂²。忾我寤叹³，念彼周京⁴。
（冽 liè，稂 láng，忾 kài）

诗之大意：地下涌出寒泉凉，浸润杂草难生长。忧愤难眠长叹息，想起周京心凄凉。

冽彼下泉，浸彼苞萧⁵。忾我寤叹，念彼京周。

冽彼下泉，浸彼苞蓍⁶。忾我寤叹，念彼京师。
（蓍 shī）

芃芃⁷黍苗，阴雨膏⁸之。四国有王，郇伯¹⁰劳之。
（芃 péng，郇 xún）

诗之大意：黍苗蓬勃生长，离不开雨水的滋养。诸侯重新有王，离不开郇伯的奔忙。

注释

1 冽彼下泉：冽，寒冷；下泉，地下涌出的泉水。

2 浸彼苞稂：苞，丛生；稂，狗尾草。

3 忾我寤叹：忾，愤慨；寤叹，睡不着而叹息。

4 周京：指周的京城。与下文的"京周"、"京师"同义。

5 萧：艾蒿。

6 蓍：蓍草。

7 芃芃：蓬勃貌。

8 膏：滋润。

9 郇伯：指晋大夫荀跞。

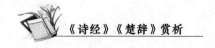

　　赏析：公元前520年，王子朝起兵，周王室内乱，二王并立，攻伐数年。公元前516年，晋国遣大夫荀跞率兵平乱，护送周敬王回都城洛阳。曹国亦参与了此次平乱。此诗应为曹大夫所作，他见证了这一历史事件，为王室衰败感伤以及赞美晋大夫荀跞。

豳风·七月

七月流火¹，九月授衣。一之日²觱bì bō发，二之日栗烈。无衣无褐³，何以卒岁？三之日于耜sì⁴，四之日举趾⁵。同我妇子⁶，馌yè⁷彼南亩⁸。田畯jùn⁹至喜。

诗之大意：七月大火星滑向西南，九月开始缝衣裳。十一月大风呼呼，十二月寒风冽冽。没有衣服遮体，怎度岁末寒凉？一月整理农具，二月下地干活。老婆孩子相伴，送饭送到田间。农官见了心欢喜。

七月流火，九月授衣。春日载¹⁰阳，有¹¹鸣仓庚。女执懿筐，遵彼微行，爰¹²求柔桑¹³。春日迟迟，采蘩fán祁祁¹⁴。女心伤悲，殆及公子同归¹⁵。

诗之大意：七月大火星滑向西南，九月开始缝衣裳。春天阳光明媚，黄鹂啼声悠扬。姑娘们提着深筐，走在桑间小径，在那儿采摘柔桑。春天白日变长，采蘩的姑娘众多。姑娘心里暗生愁，担心公子来抢亲。

注释

1 七月流火：表明天气开始转凉。火，或称大火，星名，即心宿二。夏秋之交它会出现在中国正南方的天空。它的轨道是从南往西南角下滑，故称为"流火"。注：这里"月"表示的时间，用的是夏历，同农历。

2 一之日：一之日，农历十一月。注：这里"日"表示的时间，用的是周历。周历以农历十一月为第一个月。所以，一之日是农历十一月，以此类推。

3 褐：短袄，黑黄色的粗布衣裳。

4 于耜：于，动词，往取、准备；耜，起土之农具，形似锹。

5 举趾：泛指下地干活。趾，通"耜"，锄头。

6 同我妇子：即"我妇子同"。

7 馌：送饭。

8 南亩：古代的农田通常在房子南面，所以称"南亩"。

9 田畯：为领主监工的农官。

10 载：开始。

11 有：语助词。

12 爰：于焉的合音。

13 柔桑：初生的桑叶。

14 采蘩祁祁：蘩，即白蒿，可用于养蚕；祁祁，众多貌。

15 殆及公子同归：殆，危险；公子，指领主之子。注：从"殆及公子同归"可以看出，当时的采桑女作为底层的劳动者，其人身权利是得不到充分保证的。相似的场景在《陌上桑》里也有体现。

七月流火，八月萑苇¹⁶。蚕月条桑¹⁷，取彼斧斨¹⁸。以伐远扬¹⁹，猗彼女桑²⁰。七月鸣鵙²¹，八月载绩²²。载玄载黄²³，我朱孔阳²⁴，为公子裳。

诗之大意：七月天气转凉，八月割苇做筐。三月修剪桑枝，拿起斧来拿起斨。砍去高长的大枝，以便柔枝成长。七月伯劳鸣叫，八月开始织布。染成黑来染成黄，我做的布红又亮，献给公子做衣裳。

四月秀葽²⁵，五月鸣蜩，八月其获，十月陨萚²⁶。一之日于貉²⁷，取彼狐狸，为公子裘。二之日其同²⁸，载缵武功²⁹，言私其豵³⁰，献豜³¹于公。

诗之大意：四月葽草抽穗，五月蝉儿鸣叫，八月收割庄稼，十

月落叶飘飘。十一月开始猎貉，猎到狐狸取下皮，献给公子做狐裘。十二月聚合起来，继续打猎以演练军事。猎得小兽归自己，打到大兽献领主。

注释

16 萑苇：荻草和芦苇。注：八月砍荻草、芦苇，将其晒干后可编筐。

17 蚕月条桑：蚕月，指三月；条桑，修剪桑枝。

18 斧斨：斧、斨均为砍削工具。圆孔的为斧，方孔的为斨。

19 远扬：指长而高扬的枝条。

20 猗彼女桑：猗，美盛貌；女桑，长在柔弱枝条上的桑叶。注："以伐远扬，猗彼女桑"为修枝技术，即砍掉大枝条，便于小枝生长。

21 鵙：鸟名，伯劳。

22 载绩：载，开始；绩，织布的一道工序，把很多的细丝绞成线，此处引申为织布。

23 载玄载黄：载…载…，连词，相当于"又…又…"；玄，黑而赤。玄、黄皆指丝织品与麻织品的染色。

24 孔阳：孔，很、非常；阳，亮、光鲜。

25 秀葽：秀，长穗；葽，中药，今名远志。

26 陨萚：落叶。

27 于貉：猎取狗獾，这里的"于"作动词。

28 同：聚合，指狩猎之前聚合众人。

29 载缵武功：指以田猎来演练军事，因为狩猎的车驾武器与战阵同。缵，继续。

30 言私其豵：言，俺；豵，一岁小猪，这里泛指小兽。

31 豜：三岁大猪，这里泛指大兽。

五月斯螽^{32}动股，六月莎鸡^{33}振羽。七月在野，八月在宇^{34}。九月在户，十月蟋蟀入我床下。穹室^{35}熏鼠，塞向墐户^{36}。

107

嗟我妇子，曰为改岁³⁷。入此室处³⁸。

诗之大意：五月蚂蚱动股，六月蝈蝈振翅。蟋蟀七月在田野，八月在檐下，九月躲进屋，十月入我床下。清除墙缝里的虫，熏走地洞里的鼠。堵塞北窗，泥巴涂门。老婆孩子都感叹，眼看又是新年到。一家人都在屋里住。

六月食郁及薁^{yù}³⁹，七月亨葵及菽^{shū}⁴⁰，八月剥枣^{pū}⁴¹，十月获稻⁴²。为此春酒⁴³，以介眉寿⁴⁴。七月食瓜，八月断壶⁴⁵，九月叔苴^{jū}⁴⁶，采荼薪樗^{chū}⁴⁷，食我农夫。

诗之大意：六月吃野李、山葡萄，七月煮葵烧豆，八月打枣，十月收稻。新米酿成春酒，帮助领主得长寿。七月吃瓜，八月掐葫，九月收取秋麻籽，采苦菜为食，砍臭椿作柴。我们农夫以此养活自己。

注释

32 斯螽：虫名，蚂蚱。旧说蚂蚱以两股相切发声。

33 莎鸡：虫名，今名蝈蝈、纺织娘。

34 宇：屋檐，引申为院子。

35 穹窒：清除堵塞在墙缝里的虫子。

36 塞向墐户：塞向，堵塞北面的窗；墐，用泥涂抹。贫穷人家的门扇用柴竹编束而成，涂泥可使其不透风。

37 曰为改岁：曰，说；改岁，指旧年将尽，新年来到。

38 入此室处：搬到家里来住。注：春耕之后壮年男子要在外劳作看庄稼，等田地里没有活了，才回来与家人一起住。

39 六月食郁及薁：郁，野李子；薁，野葡萄。

40 七月亨葵及菽：亨，同"烹"，烹饪；葵，葵菜；菽，豆的总名。

41 剥：通"扑"。一说制作枣干。

42 稻：旱稻。

43 春酒：冬天酿酒经春始成，叫做"春酒"，枣和稻都是酿酒的原料。

44 以介眉寿：以，介词，表示目的；介，助；眉寿，长寿，人老眉毛长，称秀眉，故长寿亦称"眉寿"。

45 壶：葫芦。八月要把挂葫芦的藤掐断，以便风干。

46 叔苴：叔，收拾；苴，秋麻之籽，可以吃。

47 采荼薪樗：荼，苦菜；薪樗，采樗木为薪。樗，即臭椿。

九月筑场圃[48]，十月纳禾稼。黍稷重穋[49]（lù），禾麻菽麦[50]。嗟我农夫，我稼既同[51]，上入执宫功[52]。昼尔于茅，宵尔索綯[53]（táo jí）。亟其乘屋，其始播百谷。

诗之大意：九月修筑谷场，十月谷物进仓。黄米高粱和谷物，小米、麻、豆和小麦。可叹我们农夫苦！庄稼既已收割，就要服役修官室。白天取茅草，晚上搓草绳。还要急修自家屋，因为又要播种忙。

二之日凿冰冲冲[54]，三之日纳于凌阴[55]。四之日其蚤[56]，献羔祭韭[57]。九月肃霜，十月涤场[58]。朋酒斯飨[59]（xiǎng），曰[60]杀羔羊。跻彼公堂[61]，称彼兕觥[62]（sì），万寿无疆。

诗之大意：十二月凿冰响冲冲，一月搬进领主家的冰窖中。二月族人行早祭，羔羊和韭菜齐献礼。九月开始凝霜，十月草木摇落。领主设宴犒劳，杀羊摆酒。大家齐聚公堂，高高举起酒杯，恭祝领主万寿无疆。

注释

48 筑场圃：在谷场上建谷仓。场圃，古代打谷场也用来种菜，所以称场圃。

49 黍稷重穋：黍，黄米；稷，高粱；重，应为"種"，早种晚熟的谷子；穋，晚种早熟的谷子。

50 禾麻菽麦：这里的"禾"，专指小米；菽，豆子。

51 既同：已集中。庄稼被捆束起来，表明收获。

52 上入执宫功：上，由田入宫为上；宫功，修建宫室事宜。

53 索绹：搓草绳。

54 冲冲：凿冰之声。

55 凌阴：地下冰窖。冰可防暑，可给食物保鲜，为古代贵族之必须。

56 蚤：通"早"，时人尝鲜之祭。

57 韭：韭菜，用它祭祀取其生生不息之意。

58 涤场：即"涤荡"，指十月草木摇落无余。

59 朋酒斯飨：朋酒，两樽酒；斯，语助词；飨，宴享，乡人年终聚饮。

60 曰：句首助词。

61 跻彼公堂：跻，登；公堂，乡间的公共建筑，平时为学校，年终可用作饮酒礼的场所。

62 称彼兕觥：称，举；兕觥，古代用兽角做的酒器。注：最后五句当指"蜡祭"后的大宴。

赏析：豳为周部族早期的聚居地，位于今陕西旬邑、彬州市一带。此诗为一幅古代劳动的文明画卷，具体的描写了当时劳动人民的务农、采桑、打猎等生活场景，因而具有很高的研究价值。劳动人民从年头忙到年尾，忙私忙公，无止无息，但诗中并没有明显的抱怨，只是对生活的如实刻画。此诗当作于西周中后期。

豳风·鸱鸮
chī xiāo

鸱鸮鸱鸮，既取我子，无毁我室。恩斯勤斯，鬻子之闵斯[1]。

诗之大意：猫头鹰啊猫头鹰，你已抓走我的儿，不要再毁我的家。多少恩爱，多少操劳，养儿让我操碎了心。

迨[2]天之未阴雨，彻彼桑土[3]，绸缪牖户[4]。今女下民[5]，或敢侮予？

诗之大意：趁着天未落雨，衔取桑根，将窝补牢。现今你们这些下民，有谁还敢来欺辱？

予手拮据[6]，予所捋荼[7]，予所蓄租[8]，予口卒瘏[9]，曰予未有室家。

诗之大意：我的爪劳累已极，还得继续取茅草，还得继续拾禾秸，为此嘴都累病了，可叹啊，我的窝还不稳牢。

予羽谯谯[10]，予尾翛翛[11]。予室翘翘[12]，风雨所漂摇，予维音哓哓[13]！

诗之大意：我的羽毛稀疏，我的尾巴枯焦。我的窝还不稳固，还在风雨里飘摇。我该怎么办呢，只有声声惊叫。

注释

1 鬻子之闵斯：鬻，通"育"；闵，通"悯"，忧虑。
2 迨：趁着。
3 彻彼桑土：彻，通"撤"，取；土，通"杜"，树根。

111

4 绸缪牖户：绸缪，缠缚；牖户，窗和门，这里指鸟窝的缝隙。

5 今女下民：女，通"汝"；下民，暗指管蔡等。

6 拮据：此处指手因疲劳而痉挛。

7 予所捋荼：所，通"尚"；捋，取；荼，茅草的白花，可以垫在巢里保暖。

8 蓄租：蓄，积累；租，禾秸。

9 卒瘏：劳累致病。

10 谯谯：通"憔憔"。

11 翛：通"萧"，稀疏。

12 翘：高，此处形容其窝高而危险。

13 予维音哓哓：维，只有；哓哓，鸟儿惊恐的叫声。

赏析：此诗为寓言诗。《毛诗序》谓此诗为周公所作。当时成王被管蔡蛊惑，未知周公之志，周公乃作此诗以诫成王。诗中用母鸟在小鸟被猫头鹰叼走后，重新建巢的艰难来比拟周公辅政的艰辛。此诗借鸟写人，其悲其劳，足使草木落泪。今之学者多认为此诗乃后人拟周公的口吻而作。

豳风·东山

我徂东山¹，慆慆²不归。我来³自东，零雨其濛⁴。我东曰归，我心西悲。制彼裳⁵衣，勿士行枚⁶。蜎蜎者蠋⁷，烝⁸在桑野。敦⁹彼独宿，亦¹⁰在车下。

诗之大意：我去东山打仗，久久不能归来。终于能从东山归，归路之上雨濛濛。才刚说起回家，我就心生伤悲。做套家常衣服，再也不想打仗了。路上蜷曲的野蚕，爬满田野的树桑。夜晚一人独宿，蜷缩在车之下。

我徂东山，慆慆不归。我来自东，零雨其濛。果蠃¹¹之实，亦施于宇¹²。伊威¹³在室，蟏蛸¹⁴在户。町畽¹⁵鹿场，熠耀宵行¹⁶。不可畏也，伊¹⁷可怀也。

诗之大意：我去东山打仗，久久不能归来。终于能从东山归，归路之上雨濛濛。栝楼藤上结瓜，藤蔓爬上屋檐。屋里地虱爬行，门上蜘蛛结网。空地上野鹿出没，萤火虫闪着绿光。这些我都不在乎，想妻念妻，我要早回家。（这段是讲他归路上所见的破败景象）

注释

1 我徂东山：徂，往；东山，今山东境内，周公东征管蔡之地。

2 慆：通"滔"，水流不息，形容时间长久。

3 来：回来。

4 零雨其濛：零，落；濛，细雨霏霏之状。

5 裳：通"常"。

6 行枚：像筷子样的短棍，行军时含在嘴里以禁声。

113

7 蜎蜎者蠋：蜎蜎，虫子蠕动之貌；蠋，野蚕虫。

8 烝：通"蒸"，众多貌。

9 敦：团状。

10 亦：本义腋窝，这里使车子为腋窝，露宿在车下之意。

11 果蠃：一种药瓜，又名为栝楼。

12 亦施于宇：施，蔓延；宇，屋宇。

13 伊威：小虫，俗称土虱。

14 蟏蛸：细脚蜘蛛。

15 町畽：田舍旁空地。

16 熠耀宵行：熠耀，发光；宵行，萤火虫。

17 伊：指妻子。

我徂东山，慆慆不归。我来自东，零雨其濛。鹳鸣于垤¹⁸，
妇叹于室。洒扫穹窒¹⁹，我征聿²⁰至。有敦瓜苦²¹，烝在栗薪²²。
自我不见，于今三年。

诗之大意：我去东山打仗，久久不能归来。终于能从东山归，
归路之上雨濛濛。鹳鸟在土丘鸣叫，妻子在家中叹息。她正忙着洒
扫，清除墙缝的虫子，仿佛知道我要回来。那瓠瓜的藤蔓爬满柴薪，
而我已经三年不在家里。（这段是诗人在路上的想象，他仿佛看到了
家中的妻子）

我徂东山，慆慆不归。我来自东，零雨其濛。仓庚²³于飞，
熠耀其羽。之子于归，皇驳²⁴其马。亲结其缡²⁵，九十其仪²⁶。其
新孔嘉²⁷，其旧如之何？

诗之大意：我去东山打仗，久久不能归来。终于能从东山归，
归路之上雨濛濛。黄鹂在天上飞，它的羽毛闪着光辉。娶你进门的
那天，送亲的马匹色彩斑驳。你娘为你系上裙带，结婚的礼仪可真
不少啊。你做新娘时是那么美好，现在的你怎样了呢？（这段是诗人

回忆起迎娶妻子进门的情形，兼有近乡情更怯的忐忑心情。）

注释

18 鹳鸣于垤：鹳鸟，感情专一的候鸟；垤，小土丘。

19 穹窒：清除堵在墙缝里的虫子。

20 聿：预，将要。

21 苦：通"瓠"，一种葫芦。

22 栗薪：木柴。注：分瓢和束薪都是古人结婚时的仪式。

23 仓庚：黄鹂鸟。

24 皇驳：黄白间杂。

25 亲结其缡：古时女子出嫁时的一种仪式，即母亲为女儿系上裙带。缡，蔽膝，一种围裙。

26 九十其仪：形容仪式甚多。

27 孔嘉：很美好。

赏析：此诗的背景为周公东征三年，平定三监之乱。此诗描写的是一位士卒或低级军官在平定管蔡之乱后在归路上的所见所感。"我来自东，零雨其濛"，虽得胜归来，但他没有明显的喜悦，萦绕在他心里的是厌战，和对妻子的想念，以及由此而产生的细雨般的无尽愁思。于此，足见战争之沉重。

小雅·鹿鸣

呦呦[1]鹿鸣，食野之苹[2]。我有嘉宾，鼓瑟吹笙[3]。吹笙鼓簧，承筐是将[4]。人之好^{hào}我[5]，示我周行^{háng}[6]。

诗之大意：呦呦鹿儿鸣，啃食那青苹。我有嘉宾到来，弹起瑟来吹起笙。宴饮燕乐之中，奉上我满筐的币帛。你们待我好啊，指示我治国的大道。

呦呦鹿鸣，食野之蒿[7]。我有嘉宾，德音孔昭[8]。视民不恍[9]，君子是则是效[10]。我有旨酒[11]，嘉宾式燕以敖[12]。

诗之大意：呦呦鹿儿鸣，啃食那蒿草。我有嘉宾，德行远昭。示人稳重不轻佻，四方君子的好榜样。我有酒儿香又醇，嘉宾愉快又逍遥。

呦呦鹿鸣，食野之芩^{qín}[13]。我有嘉宾，鼓瑟鼓琴。鼓瑟鼓琴，和乐且湛^{dān}[14]。我有旨酒，以燕乐嘉宾之心。

注释

....

1 呦呦：鹿鸣之声。

2 苹：藾蒿。

3 鼓瑟吹笙：瑟，一种传统的弦乐，像琴，有二十五弦；笙，一种传统的管乐，内有簧片。

4 承筐是将：承筐，筐里装满币帛，为当时送礼的方式；是，语助词；将，送之意。

5 人之好我：人，指大臣们；好，喜爱。

6 示我周行：示，指示；行，道路、方向。

7 蒿：青蒿。

8 德音孔昭：德音，美好的声誉；孔，非常；昭，明。

9 视民不恍：视，通"示"；恍，通"佻"，轻佻。

10 是则是效：则，标准，榜样；效，与"则"同义。

11 旨酒：美酒。

12 式燕以敖：式…以…，既…又…；燕，通"宴"，宴乐；敖，同"遨"，自在放松。

13 芩：也是蒿类植物。

14 和乐且湛：伴着音乐久久沉醉。湛，深厚、沉醉。

赏析： 此诗为款待嘉宾的宴会乐歌。《毛诗序》有"《鹿鸣》，燕群臣嘉宾也。既饮食之，又实币帛筐篚，以将其厚意，然后忠臣嘉宾得尽其心矣"之句。诗中的"我"为周王，他宴请群臣，其乐融融之余不忘以家国为己任。此诗以"呦呦鹿鸣，食野之苹"起兴，盖因鹿之顺美。据《礼记》记载，《鹿鸣》为周人饮酒礼的一部分，在周人之间广为传唱。

小雅·常棣[1]

常棣之华，鄂不^{wěi}韡韡[2]。凡今之人，莫如兄弟。

诗之大意：棠棣开花，多么光灿。凡今之人，亲莫如兄弟。

死丧之威[3]，兄弟孔[4]怀。原隰^{xí póu}裒矣[5]，兄弟求矣。

诗之大意：面临死亡之时，兄弟最为关切。即使埋尸荒野沼泽，兄弟也会去求寻。

脊令在原[6]，兄弟急难。每[7]有良朋，况也永叹[8]。

诗之大意：鹡鸰落难原野，兄弟鸣着救难。虽有良朋众多，只是多些哀叹。

兄弟阋^{xì}于墙[9]，外御其务[10]。每有良朋，烝[11]也无戎。

诗之大意：兄弟虽有争斗，却能同御外敌。虽有良朋众多，相助也不会拿起武器。

丧乱既平，既安且宁。虽有兄弟，不如友生[12]！

诗之大意：丧乱平定之后，生活平静安宁。虽然也有兄弟，反而不如友生！

注释

1 常棣：亦作棠棣。常，通"棠"。棠棣开花时两三朵为一缀，因此古人常以之喻兄弟之情。

2 鄂不韡韡：鄂不，何不；韡韡，光灿貌。

3 威：通"畏"。

4 孔：很。

5 原隰裒矣：原，荒原；隰，低湿之地；裒，聚拢，此处为埋尸时聚土。

6 脊令在原：脊令，通"鹡鸰"，一种水鸟。水鸟在原，喻落难。

7 每：虽。

8 况也永叹：况，通"赐"，给予；永，长。

9 兄弟阋于墙：阋，斗；墙，墙内，指家庭之内。

10 务：通"侮"。

11 烝：通"承"，此处指帮助。

12 友生：友人。

> bīn biān
> 傧尔笾豆¹³，饮酒之饫¹⁴。兄弟既具¹⁵，和乐且孺¹⁶。

诗之大意：家宴摆开，畅饮开怀。兄弟聚集，和睦友爱。

> 　　　　　　　　　　　xī　　　　　　dān
> 妻子¹⁷好合，如鼓¹⁸瑟琴。兄弟既翕¹⁹，和乐且湛²⁰。

诗之大意：家人相谐，如琴瑟调和。兄弟相聚，快乐深深。

> 　　　　　　　　　　　　　dǎn
> 宜尔²¹室家，乐尔妻帑²²。是究是图²³，亶其然乎²⁴？

诗之大意：家庭和顺，妻儿开心。你们想想，是不是确实如此？（这段承接上文）

注释

13 傧尔笾豆：傧，陈列；笾，古代祭祀时用来盛干肉、水果的食器，竹制；豆，古代盛肉菜的器具，形如高足盘，或有盖，陶制、木制或铜制。

14 之饫：之，往、到；饫，饱。

15 具：通"俱"，聚集。

16 和乐且孺：和，乐；孺，相亲。

17 妻子：妻和子，泛指家人。

18 鼓：奏。

19 翕：合。

20 湛：乐甚为湛、沉醉。

21 宜尔：宜，安、和顺；尔，你。

22 帑："帑"同"孥"，儿女。

23 是究是图：是，语助词；究，深思；图，思虑。

24 亶其然乎：亶，信、确实；然，如此。

　　赏析： 此诗为表达兄弟之情的诗歌，"凡今之人，莫如兄弟"为此篇的主旨。家宴上族中长者对其兄弟子侄进行谆谆劝导，希望兄弟和睦、齐力同心，家和才能万事兴。西周末年，统治阶级内部骨肉相残、手足相害之事频发。据《左传》记载，"凡今之人，莫如兄弟"及"兄弟阋于墙，外御其务"皆为周公之语，周厉王时召穆公本其意而作此诗。

小雅·采薇[1]

采薇采薇，薇亦作[2]止。曰归曰归，岁亦莫止[3]。靡[4]室靡家，
玁狁[5]（xiǎnyǔn）之故。不遑启居[6]，玁狁之故。

诗之大意：采薇啊采薇，薇菜刚发芽。说归啊说归，岁末也不
能归。抛舍家业，因为玁狁侵犯。无暇休息，因为玁狁侵犯。

采薇采薇，薇亦柔[7]止。曰归曰归，心亦忧止。忧心烈烈[8]，
载饥载渴。我戍[9]未定，靡使归聘[10]。

采薇采薇，薇亦刚[11]止，曰归曰归，岁亦阳[12]止。王事靡盬[13]（gǔ），
不遑启处[14]。忧心孔疚[15]，我行不来[16]！

注释

1 薇：野豌豆。

2 作：指薇菜冒出地面。

3 岁亦莫止：亦，语助词；莫，通"暮"，岁暮指年末。

4 靡：无。

5 玁狁：北方游牧民族，周时常面临玁狁的侵犯。

6 不遑启居：遑，闲暇；启，跪坐；居，安居。

7 柔：指薇菜长高时，其茎的顶部柔软的样子。

8 烈烈：形容心急如焚。

9 戍：戍边。

10 靡使归聘：找不到人带信回家。使，指带信的人；聘，问。

11 刚：老、硬。

12 阳：农历十月，一说是指春天。

13 王事靡盬：王事，公事，这里指战事；靡盬，没有止息。

14 启处：休整，休息。

15 孔疚：孔，副词，很；疚，久病不愈。

16 我行不来：我行伍在外不能回来。

彼尔¹⁷维何？维常之华¹⁸。彼路¹⁹斯何？君子之车²⁰。戎车既驾，四牡业业²¹。岂敢定居？一月三捷²²。

诗之大意：那花是什么花？是绽放的棠棣之花。那车是谁的车？是将帅乘坐的战车。战车已经出发，四马雄壮前奔。怎敢安然驻扎？一月多次退敌。

驾彼四牡，四牡骙骙²³。君子²⁴所依，小人所腓²⁵。四牡翼翼²⁶，象弭鱼服²⁷。岂不日戒²⁸？玁狁孔棘²⁹！

诗之大意：驾着四马前驱，四马高大雄骏。将军立于车上，士兵紧随在后。四马威武整齐，象牙装饰强弓，鱼皮制成箭袋。岂能不日日戒备，玁狁频频来犯。

昔我往矣，杨柳依依。今我来思³⁰，雨雪霏霏³¹。行道迟迟，载渴载饥³²。我心伤悲，莫知我哀！

注释

17 彼尔：彼，那；尔，这里指花。

18 维常之华：维，语助词；常之华，棠棣之花。这里用棠棣之花喻指士兵亲如兄弟。

19 路：通"辂"，高大的马车。

20 君子之车：此处指将帅之车。

21 四牡业业：牡，指公马；业业，高大雄壮貌。

22 三捷：多次胜仗。

23 骙骙：马强壮貌。

24 君子：指将帅。

25 小人所腓：小人，指士兵；腓，庇护、掩护。

26 翼翼：整齐貌。

27 象弭鱼服：象弭，以象牙镶饰的弓。弭，弓的一种，其两端饰以骨角；鱼服，鲨鱼皮制的箭袋。

28 戒：警戒。

29 棘：通"急"。

30 思：语助词。

31 霏霏：盛貌。

32 行道迟迟，载渴载饥：归路崎岖漫长，腹中又渴又饥。

赏析： 此诗为一位戍边军人在归途中对其行伍生活的回顾，诗中不乏军旅生活的艰苦、有家不能回的抱怨、保家卫国的骄傲及终于归来的感伤。此诗最后一段抚今追昔、情景交融，其优美感伤可谓《诗经》之最。《世说新语》里记载了这样一则故事：东晋谢安与子侄聚会，问孩子们最喜欢《诗经》中的哪一句。谢玄答："昔我往矣，杨柳依依。今我来思，雨雪霏霏。"

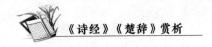

小雅·湛露

湛湛露斯[1]，匪阳不晞[2]。厌厌[3]夜饮，不醉无归。

诗之大意：浓浓的夜露，没有阳光不会干。快乐的夜饮，没有吃醉莫要还。

湛湛露斯，在彼丰[4]草。厌厌夜饮，在宗载考[5]。

诗之大意：浓浓的夜露，在那丰草上。快乐地夜饮，宗庙里充满了孝敬。

湛湛露斯，在彼杞棘[6]。显允[7]君子，莫不令德[8]。

其桐其椅[9]，其实离离[10]。岂弟[11]君子，莫不令仪[12]。

注释

1 湛湛露斯：湛露，露水浓多貌；斯，语助词。

2 匪阳不晞：匪，非也；晞，晒干。

3 厌厌：和悦貌。

4 丰：盛貌。

5 在宗载考：宗，宗庙；载，充满；考，通"孝"。

6 在彼杞棘：指枸杞和酸枣树，皆灌木。

7 显允：光明磊落、诚信。

8 令德：美德。

9 其桐其椅：其，代词，那些；桐，梧桐；椅，树名，山桐子木。

10 其实离离：其实，指桐、椅的果实；离离，累累。

11 岂弟：通"恺悌"，乐而谦恭。

12 令仪：美好的仪容。

赏析：《毛诗序》言此诗为"天子燕诸侯也"。"湛露"既实写夜饮时庭外之露，又喻指周王待客时的殷殷之情。虽夜宴者均为同姓，但依然有着明显的亲疏关系。丰草为草本，喻疏远者。杞、棘为灌木，喻稍近者。桐、椅为乔木，喻指近亲。

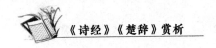

小雅·菁菁者莪[1]

菁菁者莪，在彼中阿[2]。既见君子[3]，乐且有仪[4]。

诗之大意：莪蒿葱茏生长，在那山阿之中。终于见到了您，和蔼又仪态不凡。

菁菁者莪，在彼中沚[5]。既见君子，我心则喜。

菁菁者莪，在彼中陵[6]。既见君子，锡我百朋[7]。

泛泛杨舟[8]，载沉载浮。既见君子，我心则休[9]。

诗之大意：（我的前程就像）那漂浮的杨舟，沉沉又浮浮。见到了您，我心则安。

注释

1 菁菁者莪：菁菁，茂盛貌；莪，莪蒿，又名抱娘蒿。

2 中阿：即阿中。阿，大的丘陵。

3 君子：指周王。

4 仪：仪容、风度。

5 沚：小沙洲。

6 陵：大土山。

7 锡我百朋：锡，同"赐"；朋，古代货币单位，五贝为一串，两串为一朋。

8 泛泛杨舟：泛泛，漂浮貌；杨舟，杨木之舟。

9 休：安。

赏析：《毛诗序》持育才说。此诗应为周王行礼视察于辟雍（当时的最高学府）时士子所歌。"菁菁者莪，在彼中

126

阿"喻指学生如莪，周王如阿。学生的茁壮生长离不开周王的呵护。学生们满怀喜悦，因为周王会赐百朋，更会选用人才，令其前程无忧。

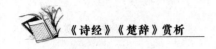

小雅·鸿雁

鸿雁于飞¹，肃肃²其羽。之子于征³，劬劳⁴于野。爰及矜人⁵，哀此 鳏 寡⁶。

_{guān}

诗之大意：鸿雁飞过，肃肃有声。与你们远行，在野外辛劳。帮助穷苦，同情鳏寡。

鸿雁于飞，集于中泽。之子于垣⁷，百堵皆作⁸。虽则劬劳，其究⁹安宅。

诗之大意：鸿雁飞过，集于沼泽。与你们筑墙，筑墙百堵。虽然劳苦，流民终得安居。

鸿雁于飞，哀鸣嗷嗷。维此哲人¹⁰，谓我劬劳。维彼愚人，谓我宣¹¹骄。

_{áo}

诗之大意：鸿雁飞过，嗷嗷哀鸣。那些明理之人，说我很是操劳。那些愚昧之人，说我又横又骄。

注释

1 鸿雁于飞：鸿雁，大雁；于，语助词。

2 肃肃：鸟飞振翅之声。

3 之子于征：之，连词，表联合；子，指赈灾的人员；于征，指远行赈灾。

4 劬劳：辛苦勤劳。

5 爰及矜人：爰，同"援"；矜人，穷苦之人。

6 鳏寡：老而无妻者为鳏，老而无夫者为寡。

7 于垣：筑墙。

8 百堵皆作：堵，墙的单位，长和高各一丈的墙为一堵；作，筑起。

9 究：终究。

10 维此哲人：维，语助词；哲人，明理之人。

11 宣：宣示、表现。

赏析：此诗为赈灾官员所歌。《毛诗序》言周宣王执政期间出现灾荒，万民离散，不得安居，宣王派遣官员赈济，万民得其所。鸿雁为候鸟，以此起兴，喻指失所的流民。

小雅·庭燎

夜如何其¹? 夜未央²，庭燎³之光。君子至止⁴，鸾声 将 将⁵。

诗之大意：宣王问："什么时候了？"报时官答："天还未亮，庭中火炬正发光。"宣王说："是诸侯大臣们到了吧，我听见他们的鸾铃声响。"

夜如何其? 夜未艾⁶，庭燎晣晣⁷。君子至止，鸾声哕哕⁸。

夜如何其? 夜乡⁹晨，庭燎有辉¹⁰。君子至止，言观其旂¹¹。

注释

1 其：语助词。

2 央：尽。

3 庭燎：宫廷中照明的火把。

4 君子至止：君子，此处指上朝的诸侯大臣；止，语助词，表肯定。

5 鸾声将将：鸾声，车上鸾铃之声；将将，形容车铃之声。

6 艾：也是尽之意。

7 晣晣：明亮貌。

8 哕哕：车铃之声。

9 乡：通"向"。

10 有辉：烟光相杂貌。

11 言观其旂：言，俺；旂，有交龙图案且杆顶有铃的旗子，为诸侯仪仗。

赏析：据史料记载，周代早朝的时间在"昧爽"、"漏尽"，大约是鸡鸣时分。算上梳洗、更衣的时间，与朝者须在凌晨三四点钟起床，可谓非常辛苦。《毛诗序》言此诗为赞美周宣王之作。宣王勤政，心系早朝。时辰未到，他已数次问询报时官"夜如何其"。

小雅·沔¹水

沔彼流水，朝宗²于海。鴥彼飞隼³，载飞载止。嗟⁴我兄弟，邦人诸友。莫肯念⁵乱，谁无父母？

诗之大意：流水汤汤，奔向大海。飞隼迅疾，时飞时翔。可叹啊，我的兄弟，我的诸友同乡。你们无人忧祸乱，难道没有爹和娘？

沔彼流水，其流 汤 汤⁶。鴥彼飞隼，载飞载扬⁷。念彼不迹⁸，载起载行⁹。心之忧矣，不可弭¹⁰忘？

鴥彼飞隼，率彼中陵¹¹。民之讹言¹²，宁莫之惩¹³。我友敬¹⁴矣，谗言其兴¹⁵。

诗之大意：飞隼迅疾，掠过丘陵。谣言四起，竟不能止。警惕啊，我的朋友，谗言正兴须提防。（这段为告诫朋友）

注释

1 沔：流水涨满貌。

2 朝宗：诸侯朝见周天子的仪式，春季为朝，夏季为宗。这里为拟人化手法。

3 鴥彼飞隼：鴥，鸟飞之快也；飞隼，鹰、雕等猛鸟。

4 嗟：拟声词，表感叹。

5 念：思。

6 汤汤：水流浩大貌。

7 扬：飞。

8 不迹：不依法度。

9 载起载行：比拟不法之事已经愈演愈烈。

10 弭：止。

11 率彼中陵：率，沿着；中陵，倒装用法。陵，丘陵。

12 讹言：谣言。

13 之惩：宾语前置用法，惩之。惩，止。

14 敬：通"警"，警觉。

15 谑言其兴：其，语助词；兴，起。

赏析： 此为忧乱之诗，作者应为周之大夫。他看到社会的乱象而对此发出警告，并叹息当权者的不作为。诗人以"沔彼流水"和"鴥彼飞隼"形容恶人当道，无法无天。从文章的结构看，此诗的最后一段应在流传中缺失了两句。

小雅·鹤鸣

鹤鸣于九皋[1]，声闻于野。鱼潜在渊[2]，或在于渚[3]。乐彼之园，爰有树檀[4]，其下维萚^{tuò}[5]。它山之石，可以为错[6]。

诗之大意：鹤鸣于大泽，声闻于四野。大鱼可在深渊，也可在小渚边。可爱啊，那片园林，那里有檀树参天，其下皆是矮灌木。它山之石，可以用来制玉。

鹤鸣于九皋，声闻于天。鱼在于渚，或潜在渊。乐彼之园，爰有树檀，其下维穀^{gǔ}[7]。它山之石，可以攻玉[8]。

注释

1 九皋：九，此处为虚数；皋，沼泽地。

2 渊：深水。

3 渚：本义水中小岛，这里指浅水。

4 爰有树檀：爰，那里；檀，檀木，这里比喻贤人。

5 萚：酸枣类的灌木。

6 错：砺石，打磨玉器的工具。

7 穀：树木名，即楮树。古人以之为恶木。

8 攻玉：制玉为器。

赏析：此诗为哲理诗。《毛诗序》言此诗为诲周宣王之作。诗中以鹤、鱼、檀、它山之石比拟贤人，以萚、穀比拟庸人。由于此诗通篇比兴，且语焉不详，其主旨既可解为求贤，又可解为用人，或两者兼而有之。

小雅·祈父¹
_{qí fú}

祈父！予王之爪牙²。胡转予于恤³？靡所止居⁴。

诗之大意：祈父呀，我是周王的卫兵。为何调我去征战？让我忧愁又受苦，连个住的地方都没有。

祈父！予王之爪士⁵。胡转予于恤？靡所厎止⁶。
_{dǐ}

祈父！亶⁷不聪。胡转予于恤？有母之尸饔⁸。
_{dǎn} _{yōng}

诗之大意：祈父，你是脑子坏了吗？为何调我去征战？家中老母没饭吃。

注释

1 祈父：执掌军事的官员，即司马。

2 王之爪牙：指周王的卫兵。

3 胡转予于恤：胡，为何；恤，愁苦，这里指外出征战之愁苦。

4 靡所止居：靡，无；止居，安居。

5 爪士：同"爪牙"。

6 厎止：停止，这里也是指住地。

7 亶：诚。

8 有母之尸饔：之，连词，连接主谓语；尸，通"失"；饔，熟食。

赏析：《毛诗序》言此诗为"刺宣王也"。周王的卫兵按例不能外调征战，但是这个卫兵却被外调，而且吃了败仗。他内心的气愤可想而知，于是有了怒斥祈父的一幕。此诗的背景为周宣王三十九年王师在千亩败于姜戎。

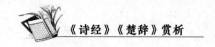

小雅·白驹

皎皎白驹[1]，食我场苗。絷^{zhí}之维之[2]，以永[3]今朝。所谓伊人[4]，于焉逍遥？

诗之大意：皎皎的白驹，来吃我场圃的豆苗。让我把你拴好，延长快乐的今朝。我思慕的人啊，你在哪里逍遥？

皎皎白驹，食我场藿^{huò}[5]。絷之维之，以永今夕。所谓伊人，于焉嘉客？

皎皎白驹，贲然来思[6]。尔公尔侯[7]，逸豫[8]无期？慎尔优游[9]，勉[10]尔遁思。

诗之大意：皎皎的白驹，你快快地来吧。你那尊贵的主人，还是逍遥无期吗？安逸快活要慎重啊，莫要总是避世吧。

皎皎白驹，在彼空谷。生刍[11]一束，其人如玉。毋金玉尔音[12]，而有遐心[13]。

诗之大意：皎皎的白驹，在那空谷觅食。你的主人捧着一束青草，人品高洁如玉。莫要音讯隔绝，而生疏远之心。

注释

1 皎皎白驹：皎皎，白而发光貌；驹，本义小马，此处泛指马。

2 絷之维之：絷，用绳拴住马足；维，拴马的缰绳，此处用作动词。

3 永：长久。

4 所谓伊人：谓，念；伊人，此处指白马的主人。

5 藿：豆苗。

6 贲然来思：贲，通"奔"；思，语助词。

7 尔公尔侯：尔，你的；公、侯，皆为爵位名，这里指白驹的主人。

8 逸豫：安逸快活。

9 慎尔优游：慎，慎重；优游，悠闲。

10 勉：通"免"，打消。

11 生刍：青草。

12 毋金玉尔音：金玉，喻指因珍重而吝啬；尔音，你的音讯。

13 遐心：疏远之心。

赏析： 此诗为君王思贤之作。全篇均为作者的遥想，抒发其求贤而不得的惆怅。由于思慕甚切，贤人的白驹亦皎皎生光。

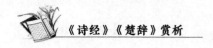

小雅·黄鸟[1]

黄鸟黄鸟，无集于穀[2]，无啄我粟[3]。此邦之人，不我肯穀[4]。言旋言归[5]，复[6]我邦族。

诗之大意：黄鸟啊黄鸟，不要聚集在穀树，不要把我的粟米啄光。此邦之人，不肯把我养。回去吧回去，回到我的族邦。

黄鸟黄鸟，无集于桑，无啄我梁[7]。此邦之人，不可与明[8]。言旋言归，复我诸兄。

黄鸟黄鸟，无集于栩[9]，无啄我黍[10]。此邦之人，不可与处。言旋言归，复我诸父[11]。

注释

1 黄鸟：黄雀。

2 无集于穀：集，聚集；穀，楮树，落叶乔木。

3 粟：谷子。

4 穀：同"谷"，引申为养育。

5 言旋言归：言，俺；旋、归，都是归之意。

6 复：返回。

7 梁：粟类。

8 明：通"盟"，盟誓。

9 栩：柞树。

10 黍：黄米。

11 诸父：古时对长者的通称。

　　赏析：此诗为流落他邦之人的思归之作。诗人以成群的黄鸟啄食谷子来比拟自己在外乡遭到的欺侮，而外乡的欺侮更增加了其归乡之情。回乡避开了"黄鸟"，但是家乡就没有"硕鼠"吗？一说此诗为弃妇诗，亦有其理。

小雅·我行其野

我行其野，蔽芾其樗¹。昏²姻之故，言就尔居³。尔不我畜⁴，复我邦家⁵。

诗之大意：独自行走在野，臭椿枝叶茂密。因为婚姻之故，来到你家同住。如今你不养活我，只得返回我家乡。

我行其野，言采其蓫⁶。昏姻之故，言就尔宿。尔不我畜，言归斯⁷复。

我行其野，言采其葍⁸。不思旧姻，求尔新特⁹。成¹⁰不以富，亦祇以异¹¹。

诗之大意：我行在野，采食葍菜。你不念旧情，求娶新人。并非因她富有，只是你见异思迁。

注释

1 蔽芾其樗：蔽芾，形容枝叶幼小；樗，臭椿。

2 昏：通"婚"。

3 言就尔居：言，俺；就，靠近、前来；尔居，你家。

4 畜：养活。

5 复我邦家：复，回；邦家，这里指娘家。

6 蓫：野菜，俗名羊蹄菜。

7 斯：语助词。

8 葍：野菜。

9 新特：新配偶。

10 成：通"诚"，确实。

11 亦祇以异：祇，只、仅；异，异心。

赏析：此诗为弃妇诗。女子被丈夫抛弃走在野外，找地方乘凉，偏又遇到一棵臭椿树。她饥肠辘辘，找野菜充饥，偏又只有蓫、葍等难食之菜。女子以此描述自己的困苦，也喻指自己所托非人。有学者认为此诗与《黄鸟》主题相关，二诗当出自一人，可备一说。

小雅·斯干

秩秩斯干[1]，幽幽南山[2]。如竹苞[3]矣，如松茂矣。兄及弟矣，式[4]相好矣，无相犹[5]矣。

诗之大意：涧水缓缓而流，南山大而深幽。宫殿耸立如丛生的竹，又如茂密的松。住在这里的兄和弟，相好相亲，从不相欺。

似续妣^{bǐ}祖[6]，筑室百堵[7]，西南其户[8]。爰[9]居爰处，爰笑爰语。

诗之大意：继承祖先基业，筑造宫室百间，门户朝向西南。于是家人居此，欢声笑语不断。

约之阁阁[10]，椓^{zhuó tuó} 之橐橐[11]。风雨攸[12]除，鸟鼠攸去，君子攸芋[13]。

诗之大意：筑板拉紧，阁阁作响。木杵夯击，橐橐有声。房屋坚固，挡雨又遮风，鸟鼠钻不进，君子的好居所。

注释

1 秩秩斯干：秩秩，水缓流貌；斯，指示代词，相当于"这"；干，通"涧"。

2 幽幽南山：幽，深；南山，指终南山。

3 苞：丛生。

4 式：结构词。

5 犹：本义是黄鼠狼，黄鼠狼长得像老鼠，但是它吃老鼠，故引申义为欺诈。

6 似续妣祖：似，通"嗣"；妣，女性祖先。

7 百堵：形容墙多。堵，长高各一丈的墙为堵。

8 户：指门，古代的房门通常开在西南方向。

9 爰：连词，于是。

10 约之阁阁：约，用绳子捆扎；阁阁，拉紧筑墙板的绳子时发出的声音。

11 椓之橐橐：椓，筑墙时以杵夯土的动作；橐橐，打夯筑土之声。

12 攸：连词，相当于"乃"。

13 君子攸芋：君子，指宣王及其子嗣；芋，应为"宇"，居住。

如跂^{qǐ}斯翼¹⁴，如矢斯棘¹⁵，如鸟斯革¹⁶，如翚¹⁷斯飞，君子攸跻^{jī18}。

诗之大意：宫殿直立高耸，四角方棱如箭，屋檐有如鸟展翅，又如锦鸡飞，君子居住的好住处。

殖殖¹⁹其庭，有觉其楹²⁰。哙哙^{kuài}其正²¹，哕哕^{huì}其冥²²。君子攸宁。

诗之大意：庭院平正，廊柱高擎。正堂明亮，幽室有光。君子居此心安宁。

下莞^{guān}上簟^{diàn23}，乃安斯寝²⁴。乃寝乃兴²⁵，乃占我梦。吉梦维²⁶何？维熊维罴^{pí27}，维虺^{huī28}维蛇。

诗之大意：铺好蒲席、竹席，于是安然就寝。睡醒之后起床，占卜梦中所见。这是什么好梦？梦见熊罴，梦见虺蛇。

注释

14 如跂斯翼：跂，踮脚而立；斯，语助词。

15 棘：箭羽翎。

16 革：鸟的翅膀。

17 翚：锦鸡。

18 跻：登高，引申为入室居住。

19 殖殖：平正貌。

20 有觉其楹：有，语助词；觉，高大直立；楹，堂前廊柱。

21 哙哙其正：哙哙，通"快快"，宽敞明亮貌；正，正堂。

22 哕哕其冥：哕，光亮；冥，僻静之地。

23 下莞上簟：莞，蒲草席；簟，竹席。

24 乃安斯寝：乃，连词，于是；斯，语助词。

25 兴：起。

26 维：是。

27 罴：棕熊。

28 虺：一种毒蛇。

大人²⁹占之：维熊维罴，男子之祥³⁰。维虺维蛇，女子之祥。

诗之大意：太卜解梦说：梦见阳刚的熊罴，是生男之兆。梦见阴柔的虺蛇，是生女之兆。

乃³¹生男子，载寝³²之床。载衣³³之裳，载弄之璋³⁴。其泣
huáng   fú
喤 喤³⁵，朱芾斯皇³⁶，室家君王。

诗之大意：如若生了男孩，就让他睡在床上，穿上好衣裳，给他玩玉璋。他的哭声响亮，日后必朱芾鲜亮，成为我周室的好君王。

乃生女子，载寝之地。载衣之裼³⁷，载弄之瓦³⁸。无非无
yí lí
仪³⁹，唯酒食是议⁴⁰，无父母诒罹⁴¹。

诗之大意：如若生了女孩，就睡在地上，给她穿襁衣，给她纺锤玩。长大之后不犯错，一心操持酒食之事，不给父母添麻烦。

注释

29 大人：这里指太卜，周代掌占卜之官。

30 祥：吉祥的征兆。

31 乃：如果。

32 载寝：载，则、就；寝，安睡。

33 衣：作动词用。

34 载弄之璋：以璋作玩具。璋，形状似圭的玉器。

35 喤喤：象声词，声音响亮。

36 朱芾斯皇：朱芾，兽皮做的红色蔽膝，形如围裙，为诸侯、天子之服；皇，辉煌鲜亮。

37 褓：婴儿用的褓衣。

38 瓦：陶制的纺线锤。

39 无非无仪：非，错误；仪，通"俄"，错误。

40 议：谋虑、操持。

41 诒罹：诒，同"贻"，此处是带来之意；罹，忧。

赏析：《毛诗序》言此诗为"宣王考室也"，即在周宣王宫殿落成典礼上的颂歌。通篇皆为溢美之词，既颂宫殿环境宜人、气势雄伟，又祝居住之人子孙昌盛。另外，诗里也可见周人明显的男尊女卑的思想观念。

小雅·无羊

谁谓尔无羊？三百维群[1]。谁谓尔无牛？九十其犉[2]（chún）。尔羊来思[3]，其角濈濈[4]（jí）。尔牛来思，其耳湿湿[5]（shī）。

诗之大意：谁说你这没有羊？三百一群有很多。谁说你这没有牛？七尺以上九十多。你的羊儿归来时，羊角挨着羊角。你的牛儿归来时，牛耳扇动不停。

或降于阿[6]，或饮于池，或寝或讹[7]。尔牧[8]来思，何蓑何[9]笠，或负其餱[10]（hóu）。三十维物[11]，尔牲则具[12]。

诗之大意：有的牛羊奔下坡，有的池畔把水喝，有的打盹，有的醒。你的牧人归来时，披戴蓑衣斗笠，有的还背着干粮。牛羊毛色三十种，各色牺牲都齐备。

注释

1 三百维群：三百只羊归为一群。维，为。

2 犉：牛七尺为犉。

3 尔羊来思：来，归来；思，语助词。

4 濈濈：形容羊角密集。

5 湿湿：牛耳扇动之状。

6 阿：山冈。

7 讹：通"吪"，动、醒。

8 牧：牧人。

9 何：通"荷"，戴着。

10 餱：干粮。

11 物：本义为纯毛色的牛羊。

12 尔牲则具：牲，牺牲，用于献祭；具，备。

尔牧来思，以薪以蒸[13]，以雌以雄[14]。尔羊来思，矜矜兢兢[15]，不骞不崩[16]。麾之以肱[17]，毕来既升[18]。

诗之大意：你的牧人归来时，有的背着柴薪，有的提着猎物。你的羊儿归来时，健壮而且拥挤，不失不散。牧人手臂一挥，全都奔入圈中。

牧人乃梦，众[19]维鱼矣，旐维旟矣[20]。大人占之：众维鱼矣，实维丰年。旐维旟矣，室家溱溱[21]。

诗之大意：牧人做了一个梦，梦见蝗虫变成鱼，梦见龟蛇旗变成雀旗。太卜解析说：蝗虫变鱼，丰年满仓之兆。龟蛇变鸟，人丁兴旺之祥。

注释

13　以薪以蒸：以，拿；薪，粗柴；蒸，细柴。

14　以雌以雄：指猎取的禽兽有雌有雄。

15　矜矜兢兢：矜矜，健壮貌；兢兢，羊群挤着下山的状态。

16　不骞不崩：骞，本义为马肚凹陷，引申为损失；崩，溃散。

17　肱：手臂。

18　毕来既升：毕，全部；升，登也，这里指入圈。

19　众：通"螽"，蝗虫。

20　旐维旟矣：旐，有龟蛇图案的旗帜；旟，有鸟图案的旗帜。

21　溱溱：通"蓁蓁"，兴盛貌。

赏析：《毛诗序》言此诗为"宣王考牧也"。此诗题为《无羊》，但正文极言牛羊之盛，可能是因为有人向宣王告状，讲王室牧场经营不善，所以宣王派人考察。此诗应为考察官员回来后作的报告。诗人以白描手法刻画牛羊、牧

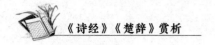

人，体物入微、动静结合，为我们展现了一幅自然和谐的放牧图。此诗与《斯干》除所述主题外，结尾均加以吉梦，这应为当时行文的一种范式。

小雅·小宛

宛彼鸣鸠[1]，翰飞戾天[2]。我心忧伤，念昔先人[3]。明发不寐[4]，有怀二人[5]。

诗之大意：小小斑鸠鸣叫，高高飞上云天。我却满心忧伤，觉得愧对先人。天亮还未入睡，心念文王、武王。

人之齐圣[6]，饮酒温克[7]。彼昏[8]不知，壹醉日富[9]。各敬尔仪[10]，天命不又[11]。

诗之大意：圣贤有德之人，饮酒恭敬克制。那些昏庸之人，则一醉方休，日甚一日。人人都要警惕举止，否则天命不会保佑。

中原有菽[12]，庶民[13]采之。螟蛉^{shū}[14]有子，蜾蠃^{míng líng}负之[15]。教诲尔[16]子，式穀^{guǒ luǒ}似之[17]。^{gǔ}

诗之大意：原中有豆菜，人人都会采去栽培。螟蛉的子女，蜾蠃也会帮助养育。你要教育子女，传承发扬这种美德。

注释

1 宛彼鸣鸠：宛，小貌；鸠，鸟名，斑鸠。

2 翰飞戾天：翰飞，高飞；戾，至、到达。

3 念昔先人：昔，昔日；先人，先祖。

4 明发不寐：明发，天亮；寐，睡。

5 二人：此处指文王、武王。

6 齐圣：速通为齐，大通为圣。

7 温克：温和克制。

8 昏：昏庸之人。

9 壹醉日富：壹醉，每饮必醉；日富，日甚一日。

10 各敬尔仪：敬，通"警"，警戒、小心；仪，仪容。

11 又：通"佑"。

12 中原有菽：中原，原中；菽，豆。

13 庶民：众人。

14 螟蛉：螟蛾的幼虫。

15 蜾蠃负之：蜾蠃，一种黑色的细腰土蜂；负，担负，这里指养育螟蛉的幼虫。注：蜾蠃常捉螟蛉入巢，在其身上产卵，以养育自己的幼虫，古人误认为是代螟蛾哺养幼虫，故称养子为螟蛉义子。

16 尔：指周幽王。

17 式穀似之：式，法度，这里可理解为榜样；穀，善；似，借"嗣"，继承。

题彼脊令[18]，载飞载鸣。我日斯迈[19]，而月斯征[20]。夙兴夜寐，毋忝尔所生[21]。
wútiǎn

诗之大意：看那脊令鸟，又飞又叫找寻兄弟。我日日奔波、月月操劳，你也要早晚勤政，不要辱没了先祖。

交交桑扈[22]，率场啄粟[23]。哀我填寡[24]，宜岸[25]宜狱。握粟出卜[26]，自何能穀？

诗之大意：青雀不种不收，却来谷场啄食粟米。可怜贫病之人，无端被投进监狱。在这样的乱世，人人只能持粟问卜，问询何时能得好生活？

温温恭人[27]，如集于木[28]。惴惴小心，如临于谷。战战兢兢，如履薄冰。

诗之大意：温和恭谨的人，好像站在树上。惴惴小心，如临深渊。战战兢兢，如履薄冰。

注释

18 题彼脊令：题，通"睇"，看；脊令，鹡鸰，形小而似鸡，常在水边捕食昆虫。古人认为鹡鸰凡一母所生，则不相离。如果失散了，其他的兄弟便鸣叫着去找寻。所以古人常用脊令比喻兄弟之情。

19 斯迈：斯，语助词；迈，远行。

20 征：远行。这里迈、征都引申为忙碌、操劳。

21 毋忝尔所生：毋，不要；忝，愧对；所生，此处指周王室的祖先。

22 交交桑扈：交交，鸟鸣声，一说为往来翻飞的样子；桑扈，鸟名，俗名青雀。青雀不种不收，却来吃我的粟，引申为不劳而获。

23 率场啄粟：率，循、沿着；场，打谷场。

24 填寡：填，通"瘨"，病；寡，贫。

25 宜岸：宜，应为"且"；岸，应为"犴"之误，指监狱。

26 握粟出卜：古人通常给卜者粟米以问卜。

27 温温恭人：温温，和柔貌；恭人，谦逊谨慎的人。

28 如集于木：像集于树枝，随时可能掉下来。

赏析：《毛诗序》言此诗为劝周幽王之作。周人认为天命在于周王，所以"天命不又"必为劝诫周王之语。周王可能为幽王、厉王或其他时期的周王，这里姑且从毛说。周幽王饮酒败德，王室堪忧，天下大乱，民不聊生。劝诫者作为族中长者，劝说幽王谨言慎行，莫要终日饮酒而辱没先人。身处危局，如履薄冰，我们不难感受诗人心情之沉重。

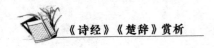

小雅·谷风

习习[1]谷风，维[2]风及雨。将[3]恐将惧，维予与女[4]。将安将乐，女转弃予。

诗之大意：谷风连续不断，带着瓢泼大雨。担惊受怕之时，你我相依为命。在这安乐之时，转而被你抛弃。

习习谷风，维风及颓[5]。将恐将惧，寘^{zhì}予于怀[6]。将安将乐，弃予如遗[7]。

诗之大意：谷风连续不断，夹杂旋风呼啸。担惊受怕之时，你把我搂在怀里。在这安乐之时，你却弃我如弃物。

习习谷风，维山崔嵬^{wéi}[8]。无草不死，无木不萎。忘我大德，思我小怨[9]。

诗之大意：谷风连续不断，吹刮那高耸的山峰。百草全枯死，树木皆凋零。我的大德你全忘记，我的小过你记得分明。

注释

1 习习：连续不断貌。

2 维：语助词。

3 将：正当。

4 女：通"汝"，你之意。

5 颓：旋风。

6 寘：通"置"。

7 遗：指废弃物。

8 崔嵬：山高耸貌。

9 怨：过失。

赏析： 此诗为弃妇诗。女子遭丈夫休弃，回娘家途中
遇到谷风习习，冷雨凄凄，于是激起心中悲苦及对丈夫的
抱怨之情，抱怨其可共患难，却不可同安乐。《邶风》中也
有一篇《谷风》，亦为弃妇诗。母题同，内容往往相同，此
为歌谣常例。

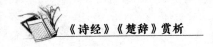

小雅·蓼莪

蓼蓼者莪¹，匪莪伊蒿²。哀哀父母，生我劬劳³。

诗之大意：远看莪蒿高高，近观只是散蒿。可怜我的父母，养我多么辛劳。

蓼蓼者莪，匪莪伊蔚⁴。哀哀父母，生我劳瘁⁵。
瓶之罄矣，维罍之耻⁶。鲜民⁷之生，不如死之久矣。无父何怙⁸？无母何恃？出则衔恤⁹，入则靡¹⁰至。

诗之大意：瓶里空空无水，罍也应感到羞耻。小民这样活着，不如早早死去。没有父亲，我能依谁？没有母亲，我能靠谁？外出心里衔着悲伤，回家茫然没有归处。

注释

1 蓼蓼者莪：蓼蓼，长大貌；莪，莪蒿，又称抱娘蒿。

2 匪…伊…：不是…而是…。

3 劬劳：劳苦。

4 蔚：牡蒿。

5 劳瘁：劳累而致体衰。

6 瓶之罄矣，维罍之耻：此两句是对社会的抱怨，比喻家庭的苦难是王朝的耻辱。罄，空；维，为；罍，一种贮酒或水的器皿，口小肚大，一般为青铜制或陶制。

7 鲜民：小民。

8 怙：依靠，义同下文"恃"。

9 衔恤：含忧。

10 靡：没有。

父兮生我，母兮鞠[11]我。拊我蓄我[12]，长我育我，顾我复[13]我，出入腹[14]我。欲报之德，昊天 罔 极[15]！

诗之大意：父母生我养我、抚我、育我、关心我、回应我，出入都挂念我。欲报父母之德，怎奈天不遂我愿！

南山烈烈[16]，飘风发发[17]。民莫不穀[18]，我独何害[19]！

诗之大意：南山险阻，大风凄凄。人人都能终养父母，为何独我不能！

南山律律[20]，飘风弗弗[21]。民莫不穀，我独不卒[22]！

注释

11 鞠：养。

12 拊我蓄我：拊，通"抚"；蓄，蓄养。

13 复：响应。

14 腹：挂怀。

15 昊天罔极：昊，大。罔极，没有准则。

16 烈烈：险阻貌。

17 飘风发发：飘风，大风；发发，象声词，形容风声之急。

18 穀：善，此处以终养父母为善。

19 害：遭灾，此处把不能终养父母这件事视为灾难。

20 律律：山势险峻貌。

21 弗弗：象声词，形容风声急。

22 卒：终，这里指为父母送终。

赏析：《孔子诗论》第26简："《蓼莪》有孝志。"此诗旨为表述孝子不能终养父母的深切哀伤之情。莪蒿抱根丛生，仿佛孩童黏着母亲，故又称抱娘蒿。作者以"蓼蓼者莪，匪我伊蒿"起兴，抒发其看似孝子，实则未能尽孝的自责之情。此诗悲切至深，千年以来，为人子女者，谁能读之而不涕下？

小雅·大东

有饛簋飧^{méng sūn}¹，有捄棘匕^{jiù}²。周道如砥^{dǐ}³，其直如矢。君子⁴所履，小人⁵所视。睊言^{juàn}顾之⁶，潸^{shān}焉出涕⁷。

诗之大意为：昔日簋里食物满满，枣木勺儿又曲又长。治国之道平如砥，直如箭。昔日执政者的作为，我们小民都有亲见。回忆起以前的日子，不禁潸然流涕。（这段皆为诗人对昔日的回忆）

大东小东⁸，杼柚^{zhù}其空⁹。纠纠葛屦^{jù}¹⁰，可¹¹以履霜？佻佻^{tiāo}¹²公子，行彼周行¹³。既往既来，使我心疚。

诗之大意：大东小东诸国，织机上已无布匹。葛藤编的鞋子，怎能踏雪、踏霜？那不耐劳苦的谭公子，也跟我一起上路。看他来回奔忙，我心深感内疚。

注释

1 有饛簋飧：有饛，食物盛满器皿貌；簋，有两耳的青铜或陶制食器；飧，古人习俗为一日两餐，早饭为饔，晚饭为飧。这里泛指饭食。

2 有捄棘匕：捄，曲而长貌；棘匕，酸枣木做的勺子。

3 砥：磨刀石。

4 君子：指执政者。

5 小人：指自己。

6 睊言：同"睊然"，眷念回顾貌。

7 潸：泪流纷纷貌。

8 大东小东：西周以镐京为中心统治东方诸国，近者为小东，远者为大东。

9 杼柚：代指织布机。杼，梭子；柚，通"轴"，织布机上的轴。

10 纠纠葛屦：纠纠，绳索缠绕之状；屦，鞋。

11 可：通"何"。

12 佻佻：不耐劳苦貌。

13 周行：周道。

有冽氿泉¹⁴，无浸获薪¹⁵。契契寤叹¹⁶，哀我惮¹⁷人。薪是获薪，尚可载也。哀我惮人，亦可息¹⁸也。

（guǐ 标注于"氿"字上方）

诗之大意：横流的泉水又清又冷，莫要浸湿我的柴薪。夜里无眠而哀叹，怜我东人劳累成疾。虽柴薪被浸湿，但是还可以拉回晒干。东人已疲惫不堪，赋役也该停一停。

东人之子¹⁹，职劳不来²⁰。西人²¹之子，粲粲衣服。舟人²²之子，熊罴是裘。私人²³之子，百僚是试²⁴。

（pí 标注于"罴"字上方）

诗之大意：东人子弟，辛苦劳役无人问。周的贵族子弟，衣着华丽又光鲜。那里的商贾之子，都是熊袍穿在身上。那里的家奴之子，都是在衙门当差。

或以²⁵其酒，不以其浆²⁶。鞙鞙佩璲²⁷，不以其长。维天有汉²⁸，监²⁹亦有光。跂彼织女³⁰，终日七襄³¹。

（juān suì 标注于"鞙"和"璲"字上方）

诗之大意：有人终日饮酒，有人喝不上米汤。有人佩玉垂垂，不是因为才能有所长。看那天上银河，只有微弱的光。看那三星的织女，每天七次移动运转忙。

注释

14 有冽氿泉：有冽，即"冽冽"，寒冷貌；氿泉，岩石侧面涌出之泉。

15 获薪：已经砍下的柴。

157

16 契契寤叹：契契，忧苦貌；寤叹，睡不着而叹。

17 惮：因劳成疾。

18 息：停。

19 子：子弟。

20 来：通"勑"，慰勉。

21 西人：周的贵族子弟。

22 舟人：指商贾之人。

23 私人：家奴。

24 百僚是试：僚，官僚；试，用。

25 以：取、用。

26 浆：米汤。

27 鞙鞙佩璲：鞙鞙，玉圆貌；佩璲，佩带上镶的美玉。

28 维天有汉：维，语助词；汉，银河。

29 监：看。

30 跂彼织女：跂，通"歧"，分叉状；织女，织女星，由三星组成，形如三角。

31 七襄：指织女星七次移位，每次移位一个时辰。

虽则七襄，不成报章³²。睆^{huǎn}³³彼牵牛，不以服箱³⁴。东有启明，西有长庚³⁵，有捄天毕³⁶，载施之行³⁷。

诗之大意：虽然七次移动，没见织出布来。牵牛星明又亮，没见它拉车载箱。东边的启明星，西边的长庚星，还有网状有柄的天毕星，你们都是有名无实，只是在天上运行而已。

维南有箕³⁸，不可以簸扬³⁹。维北有斗⁴⁰，不可以挹^{yì}⁴¹酒浆。维南有箕，载翕其舌^{xī}⁴²。维北有斗，西柄之揭⁴³。

诗之大意：南天有箕星，不能簸谷扬糠。北天有北斗，不能舀起酒浆。南天的箕星，还吸着舌头。北天的北斗，还把西边的柄高举，勺子向着东方。

注释

32 不成报章：指织不成布。报，织布时梭子往复引线的动作。章，指布的纹理。

33 睆：明亮貌。

34 服箱：拉车。

35 东有启明，西有长庚：金星黄昏时在西，黎明在东，古人误认为是两颗星，长庚和启明。

36 有捄天毕：天毕八星的分布好像是有柄的网。《毛传》："毕所以掩兔也，何尝见其可用乎？"

37 载施之行：施，安放；行，运行的轨道。

38 箕：箕宿，形如簸箕。

39 簸扬：扬谷物。

40 斗：北斗星座。

41 挹：舀。

42 载翕其舌：载，语助词；翕，通"吸"。

43 揭：举。

赏析：《毛诗序》言此诗为刺乱之作，历代注解基本认同此说。西周末年，周王朝对东方诸国征敛无度，东人生活困苦。谭国是东方的一个小国，亦困于役而伤于财。谭大夫作此诗以抒怨。此诗盖作于诗人运送贡赋去周京的途中。面对灿灿星空，他感于时事，任其想象力驰骋。此诗鲜明的对比、形象的比喻、奇幻的想象，可谓是开辞赋之先声。

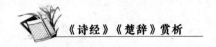

小雅·四月

四月维夏¹，六月徂暑²。先祖匪³人，胡宁⁴忍予？

诗之大意：四月已是夏天，六月酷暑将过。我的先祖都很显赫，为何竟忍心让我受苦？

秋日凄凄，百卉具腓⁵(féi)。乱离瘼⁶(mò)矣，爰其适归⁷？

诗之大意：秋日风凄凄，百花皆枯萎。遭乱流离病怏怏，哪里是我的归处？

冬日烈烈⁸，飘风发发。民莫不穀⁹，我独何害¹⁰？

山有嘉卉，侯¹¹栗侯梅。废为残贼¹²，莫知其尤¹³！

诗之大意：山里有嘉卉，有栗也有梅。它们却常被毁坏，不知犯了什么罪！

注释

1 四月维夏：四月，农历四月；维，为。

2 徂暑：盛夏将过。徂，往；暑，通"暑"。

3 匪：通"斐"，显赫。

4 胡宁：为何竟然。

5 百卉具腓：卉，草的总称，也可指花；具，通"俱"，皆；腓，通"痱"，此处指草木枯萎。

6 瘼：病。

7 爰其适归：爰，于焉；适，往。

8 烈烈：寒盛貌。

9 穀：善。

10 我独何害：何，通"荷"，承受；害，遭罪。

11 侯：有。

12 废为残贼：废，常；残贼，毁坏。

13 尤：罪过。

相¹⁴彼泉水，载清载浊。我日构¹⁵祸，曷云¹⁶能穀！

诗之大意：看那泉水，有时浊来有时清。我却日日遭罪，何时能转好！

滔滔江汉，南国之纪¹⁷。尽瘁以仕，宁莫¹⁸我有！

诗之大意：滔滔的江汉，统领着南方的水系。我鞠躬尽瘁地当差，如今竟然什么都没有。

匪鹑匪鸢¹⁹，翰飞戾天²⁰。匪鳣匪鲔²¹，潜逃于渊。

诗之大意：我不是雕和鹰，不能高飞在天。我不是鲤和鲔，无法潜在深渊。

山有蕨薇²²，隰有杞桋²³。君子作歌，维以告哀！

诗之大意：蕨菜薇菜长在山里，枸杞赤棟生于洼地，我的归宿在哪里？只能作歌抒发我哀。

注释

14 相：观察。

15 构：通"遘"，遇。

16 曷云：曷，通"何"；云，语助词。

17 南国之纪：南国，此处指南方各河流；纪，本义是拉渔网的绳子，引申为统领。

18 宁莫：竟然没有。

19 匪鹑匪鸢：鹑，猛禽，雕；鸢，鹰。

20 翰飞戾天：翰飞，高飞；戾，至。

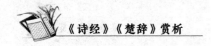

21 匪鳣匪鲔：鳣，大鲤鱼；鲔，鲟鱼。这两种鱼都是深水鱼。

22 蕨薇：两种野菜。

23 杞桋：杞，枸杞；桋，赤楝树。

赏析：此诗为迁谪诗。《毛诗序》言此诗为"刺幽王也"。西周末年天下大乱，周大夫被谪贬，流放南国。他经夏历冬，疲病衔冤，作此诗以抒怨。从"先祖匪人"来看，我们很容易联想到屈原的"帝高阳之苗裔兮"。

小雅·北山

陟¹彼北山，言²采其杞^{xié}。偕偕士子³，朝夕从事。王事靡盬⁴^{mǐgǔ}，忧我父母。

诗之大意：登上北山，采摘枸杞。像我这样强壮的人，朝夕在外奔忙。差事无休无止，家中父母使我忧心。

溥⁵^{pǔ}天之下，莫非王土。率土之滨⁶，莫非王臣⁷。大夫不均，我从事独贤⁸。

四牡彭彭⁹，王事傍傍¹⁰。嘉我未老，鲜我方将¹¹。旅¹²力方刚，经营¹³四方。

这段是诗人在抱怨之余，感叹自己的怀才不遇。大意：四马驾车奔不停，王事总是急又切。人人称我未老，正值壮年。体力方强之时，正当经营四方。

注释

1 陟：登。

2 言：俺。

3 偕偕士子：偕偕，身强体壮貌；士子，低级贵族，指自己。

4 靡盬：无休止。

5 溥：普。

6 率土之滨：率，自；滨，四海之滨，古人以为中国大陆四面环海。

7 王臣：王的臣民。

8 贤：本义为多。

9 四牡彭彭：牡，公马；彭彭，奔走不息貌。

10 傍：近，这里引申为急切。

11 鲜我方将：鲜，善；将，通"强"。

12 旅：通"膂"。

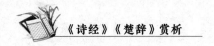

13 经营：治理。

或燕燕[14]居息，或尽瘁[15]事国，或息偃[16]在床，或不已于行[17]，

诗之大意：有的人安闲在家，有的人为国尽瘁。有的人高枕在床，有的人不停奔忙。

或不知叫号[18]，或惨惨劬劳[19]，或栖迟偃仰[20]，或王事鞅掌[21]，

或湛[22]乐饮酒，或惨惨畏咎[23]，或出入风议[24]，或靡事不为[25]。
dān

最后三段，诗人用六组对比抒发他心中的抱怨。

注释

14 或燕燕：或，有的人；燕燕，安闲貌。

15 瘁：病。

16 偃：卧。

17 或不已于行：不已，不止；行，道路。

18 叫号：朝廷的号召。

19 劬劳：操劳。

20 或栖迟偃仰：栖迟，安乐；偃仰，仰卧。

21 鞅掌：本义手不离马袋，引申为奔波不停。

22 湛：沉醉。

23 畏咎：怕犯错误。

24 风议：放言高论。

25 靡事不为：无事不做。

赏析：此诗为一位士人抱怨差役不公之作。自己"朝夕从事、惨惨劬劳"，有的人却"不知叫号、湛乐饮酒"。周的官员分卿、大夫、士三个等级。作者只是"偕偕士人"，故其抱怨的矛头仅指向大夫亦合情理。

小雅·无将¹大车

无将大车，祇²自尘兮。无思百忧，祇自疧³兮。

诗之大意：不要推那大车，只会落得一身尘。莫思种种忧心事，只让自己成病身。

无将大车，维尘冥冥⁴。无思百忧，不出于颎⁵。

无将大车，维尘雝⁶兮。无思百忧，祇自重兮⁷。

注释

1 将：推。

2 祇：通"只"。

3 疧：本义为疹，这里指病。

4 维尘冥冥：维，语助词；冥冥，昏暗貌。

5 不出于颎：走不出这些忧心事。颎，通"耿"。

6 雝：通"壅"，遮蔽。

7 祇自重兮：只会忧上加忧。重，加重。

赏析：此诗为周大夫的自嘲之作。他励精图治，想挽社稷于乱世，即所谓的"将大车"，但是不被君王理解，反遭小人谗害，终致他忧病缠身。

小雅·信南山

信彼南山[1]，维禹甸之[2]。畇畇原隰[3]（yún xí），曾孙[4]田之。我疆我理[5]，南东其亩[6]。

诗之大意：终南山脉绵延开阔，这片土地是大禹开拓的。平整原野和湿地，子孙们使它变良田。我们划分田界，向南、向东开垦着这片土地。

上天同云[7]，雨雪雱雱[8]，益之以霡霂[9]（màimù）。既优既渥[10]（yù fēn wò），既沾[11]既足，生我百谷。

诗之大意：冬日彤云密布，瑞雪纷纷，加之以小雨。水分丰沛，大地滋润，百谷蓬勃生长。

疆埸翼翼[12]（yì），黍稷彧彧[13]（sè yù）。曾孙之穑[14]，以为酒食。畀我尸宾[15]（bì），寿考[16]万年。

诗之大意：田界整齐有序，黍稷苗壮茂盛。子孙们收割庄稼，把它做成酒食。献给神尸、款待宾朋，祈求长寿万年。

注释

1 信彼南山：信，通"伸"，延伸；彼，那；南山，指终南山。
2 维禹甸之：维，为；甸，治理。
3 畇畇原隰：畇畇，平整貌；隰，湿地。
4 曾孙：子孙，此处为周王祭祖时的自称。
5 我疆我理：疆，疆界；理，疆内的再次划分。
6 南东其亩：南东，动用，向南、向东开垦；亩，本义为田垄。
7 上天同云：上天，冬天之天；同云，云层灰蒙蒙连成一片。

166

8 雨雪雰雰：雨，下；雰雰，纷纷貌。

9 益之以霢霖：益，添加；霢霖，小雨。

10 既优既渥：既，又；优，充足；渥，湿润。

11 沾：沾湿。

12 疆埸翼翼：埸，界；翼翼，本义为鸟羽齐整，引申为整齐貌。

13 彧彧：茂盛貌。

14 稺：收庄稼。

15 畀我尸宾：畀，给予；尸，指祭祀时扮演受祭祀者的人员，一般由同宗孙辈扮演；宾，宾客。

16 寿考：寿考，长寿之意。考，本义是老。

中田有庐¹⁷，疆埸有瓜。是剥是菹^{zū}¹⁸，献之皇祖¹⁹。曾孙寿考，受天之祜²⁰。

诗之大意：田中有萝卜，田边有瓜果。把它们剥削腌渍，献给祖先。保佑子孙长寿，得到上天庇护。

祭以清酒，从以骍^{xīng}牡²¹，享于祖考²²。执其鸾刀²³，以启其毛^{liáo}²⁴，取其血膋²⁵。

诗之大意：坛上祭以清酒，再把红色的公牛，献于祖先灵前。提起鸾刀，剥开它的皮毛，取出它的血和脂膏。

是烝^{zhēng}是享²⁶，苾苾^{bì}²⁷芬芬。祀事孔明²⁸，先祖是皇²⁹。报以介³⁰福，万寿无疆。

诗之大意：进献祭品给祖先，祠堂里香气弥漫。仪式成功举行，先祖煌煌降临。回报子孙以宏福，保佑子孙万寿无疆。

注释

17 中田有庐：中田，倒装用法；庐，通"芦"，指芦菔，今称萝卜。

167

18 菹：腌渍。

19 皇祖：先祖之美称。

20 祜：保护。

21 骍牡：骍，赤色；牡，此处指小公牛。

22 享于祖考：享，献祭；祖考，祖先。

23 鸾刀：柄上有铃铛的刀。

24 启其毛：取其毛以向神显示其色纯。

25 膋：脂肪。

26 是烝是享：是，语助词；烝，进；享，献祭。

27 苾苾：芳香貌。

28 祀事孔明：祀事，祭祀活动；明，光线足，引申为成功。

29 皇：本义为火焰上腾，这里指先祖发着光降临。

30 介：大。

赏析：此诗为周王在春夏之交举行"尝新"之祭的乐歌。周人以农立国、崇拜祖先，这两点于此诗中皆有充分体现。诗中对于农事及籍田祭祖的细节描写，对研究周人的社会民俗具有极高的价值。

小雅·青蝇

营营[1]青蝇，止于樊[2]。岂弟[3]君子，无信谗言。

诗之大意：绿头苍蝇闹嗡嗡，在那篱笆上面停。和乐可亲的君子啊，谗言千万莫信听。

营营青蝇，止于棘[4]。谗人罔极[5]，交乱四国[6]。

营营青蝇，止于榛[7]。谗人罔极，构我二人[8]。

注释

1 营营：象声词，苍蝇飞舞声。

2 樊：篱笆。

3 岂弟：通"恺悌"，平和有礼。

4 棘：酸枣树。

5 罔极：无原则。

6 交乱四国：结党生事，搅得四方邻国不宁。交，这里指结党。

7 榛：此处指樊篱，因榛、棘都可用于扎篱笆。

8 构我二人：构，离间；二人，应指王与后。

赏析： 此诗为劝诫君王勿信谗言之作。作者以青蝇类比谗人，可谓生动贴切。据魏源《诗古微》所写，此诗的背景应为周幽王听信褒姒之言而废后放子。

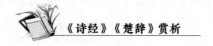

小雅·都[1]人士

彼都人士，狐裘黄黄[2]。其容不改[3]，出言有章[4]。行归于周[5]，万民所望。

诗之大意：那些都城的执政者，他们的狐裘黄黄。他们仪容如一，出言有章。他们的举止合周礼，深受万民仰望。（这段讲的是都城内的诸侯一级的执政者）

彼都人士，台笠缁撮[6]。彼君子女，绸直如[7]发。我不见兮，我心不说[8]。

大意：那些都城的士人，戴着草笠青布冠。那些女人，密直头发垂如丝。如今不见这样的人，我心不悦。（这段讲的是都城的士人）

彼都人士，充耳琇实[9]。彼君子女，谓之尹吉[10]。我不见兮，我心苑[11]结。

大意：那些都城的贵族，男人佩戴美石做的充耳。女人端庄，如出自尹吉之家。如今见不到这样的人，我心郁结。（这段及以下两段都是讲都城中的贵族士大夫阶层）

注释

1 都：都城。
2 狐裘黄黄：按当时的礼法，狐裘外罩黄色锦衣为诸侯的服饰。
3 不改：有常。
4 章：章法。
5 周：此处指周礼。

6 台笠缁撮：台笠，莒草编的草帽。台，通"苔"，莒草；缁撮，青布冠。

7 如：应为"其"。

8 说：通"悦"。

9 充耳琇实：以形如草木之实的美石为耳充。

10 尹吉：尹氏、吉氏，皆为当时的大姓。

11 苑：通"郁"。

彼都人士，垂带而厉[12]。彼君子女，卷发如$\overset{chài}{蛮}$[13]。我不见兮，言从之迈[14]。

　　诗之大意：那些男人，腰带垂垂。那些女子，发卷如蛮。如今见不到这样的人，我真想追随他们而去。

匪伊[15]垂之，带则有余。匪伊卷之，发则有$\overset{yú}{旟}$[16]。我不见兮，云何$\overset{xū}{盱}$[17]矣。

　　诗之大意：不是男子要垂衣带，而是衣带本该有余长。不是女子要卷头发，而是发梢本该向上扬。如今见不到这样的人，我还能说什么，只有深深的忧伤。

注释

12 垂带而厉：垂带，古人的腰带打结后垂下来的部分；厉，垂带貌。

13 卷发如蛮：卷发，向上卷翘的发饰；蛮，长尾蝎。

14 言从之迈：言，俺；迈，行。

15 匪伊：匪，非；伊，代词。

16 旟：一种画有鸟形图案的旗子，此处指上扬之状。

17 盱：忧伤。

赏析：此诗为追思之作。周平王东迁后社会环境礼崩乐坏，世风日下。诗人伤今而思古，遥想周王朝鼎盛时的京都人士，那时各阶层的人皆能自然而然地规范仪容、遵从周礼。诗人羡慕那些"充耳琇实"的君子，却不能"言从之迈"，其心何其忧伤！

小雅·瓠叶^{hù}

幡幡瓠叶[1]，采之亨[2]之。君子[3]有酒，酌言尝之[4]。

诗之大意：葫芦嫩叶随风摇，采它下来细烹饪。我这里啊有美酒，倒入杯中与君尝。

有兔斯首[5]，炮之燔之[6]^{páo fán}。君子有酒，酌言献[7]之。

有兔斯首，燔之炙[8]之^{zhì}。君子有酒，酌言酢[9]之^{zuò}。

有兔斯首，燔之炮之。君子有酒，酌言酬[10]之。

注释

1 幡幡瓠叶：幡幡，随风摆动貌；瓠叶，葫芦叶。

2 亨：通"烹"。

3 君子：指自己。

4 酌言尝之：酌，倒酒入杯为酌；言，语助词。

5 有兔斯首：有兔一只。有、斯，均为语助词。

6 炮之燔之：炮，把肉用泥巴包起来烤；燔，近火烧。

7 献：主人向客人敬酒为献。

8 炙：串肉而远火烤。

9 酢：客人回敬主人。

10 酬：主人回敬客人，客人接酒不饮，放在席前。

赏析： 此为描述周时士人的宴饮之诗。一献、一酢、一酬合称为"一献之礼"。根据《礼记》记载，正式的宴饮上荤菜当备"六牲"，即豕、牛、羊、鸡、鱼、雁。这位士人虽贫困，宴饮时只有瓠叶和兔肉，但是主客之间饮酒的礼仪可一点都不少。

小雅·苕之华^{tiáo}¹

苕之华，芸²其黄矣。心之忧矣，维其伤矣³！

诗之大意：凌霄花黄黄，开得正旺。我忧伤的心，见此更加的忧伤。

苕之华，其叶青青。知我如此，不如无生！

^{zāng}牂 羊坟首⁴，三星在罶^{liǔ}⁵。人可以食，鲜^{xiǎn}⁶可以饱！

诗之大意：母羊瘦得头大，鱼篓只有星光。人已经在吃人，但是几乎无人能饱。

注释

1 苕之华：苕，凌霄花；华，同"花"，"花"字出现要到魏晋时期。

2 芸：通"纭"，繁盛之貌。

3 维其伤矣：维，唯有；其，语助词。

4 牂羊坟首：牂羊，母羊；坟首，大头。这句意为母羊瘦得头大，意指野无青草。

5 三星在罶：三星，指参宿中的三颗连成一排的星；罶，捕鱼的竹篓，置于水下，鱼易进难出。这句意为鱼篓中只有星光，意指水下无鱼。

6 鲜：几乎没有。

赏析：《毛诗序》言此诗是"大夫闵时也"。幽王之时，外侵不断，饥荒连年，人民无食，已经到了食人的境地。虽然可以食人，但仍然"鲜可以饱"。于此大饥之时，诗人见凌霄花生机盎然，更觉心中悲愤，因而发出了"不如无生"的感慨。

小雅·何草不黄

何草不黄？何日不行¹？何人不将²？经营³四方。

诗之大意：何草不枯黄？何日不奔忙？何人不是被迫？被迫奔走四方。

何草不玄⁴？何人不矜⁵？哀我征夫，独为匪⁶民。

诗之大意：何草不腐烂？何人不寡鳏？可怜我们出征人，独独不被当人看。

匪兕⁷匪虎，率⁸彼旷野。哀我征夫，朝夕不暇。

诗之大意：不是犀牛不是虎，不能随意相奔逐。可怜我们出征人，白天黑夜都忙碌。

有芃⁹者狐，率彼幽草¹⁰。有栈之车¹¹，行彼周道¹²。

诗之大意：毛发蓬松的狐狸，随意出没深草丛。我们只能拉着栈车，走在漫长大路中。

注释

1 行：行役。

2 将：通"强"，强迫。

3 经营：此处指忙于奔走。

4 玄：黑之意，这里指草腐烂之色。

5 矜：通"鳏"。

6 匪：通"非"。

7 兕：犀牛。

8 率：循。

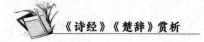

9 有芃：即芃芃，蓬松状。

10 幽草：指生长茂盛的草丛。

11 有栈之车：栈车，专门用于运输物资的棚车。

12 周道：大道。

赏析： 此诗为征夫愁怨之作。西周末年外夷频犯，天下大乱。征夫被役使，朝夕不暇。诗人以"匪兕匪虎"感慨自己的生活不如旷野之兽，以"何草不黄"哀叹自己毫无希望的命运。全诗以征夫口吻凄凄惨惨道来，别有一份无奈中的苦楚，可谓是怨之至也。

大雅·文王

文王在上[1]，於昭于天[2]。周虽旧邦[3]，其命维新[4]。有周不显[5]，帝命不时[6]。文王陟降[7]，在帝左右。

诗之大意：文王的英灵在天，光辉闪耀。周虽旧邦，承受着新的天命。周的国运昌盛，承受天命最合时宜。祈求文王的英灵降临，在帝左右享受祭品。

亹 亹[8]文王，令闻[9]不已。陈锡哉周[10]，候文王孙子[11]。文王孙子，本支[12]百世。凡周之士[13]，不显亦世[14]。

诗之大意：勤勉不倦的文王，你的美名传颂不息。得上帝厚赐，周邦兴起，惠及子孙后代。请你保佑子孙，百世昌盛。保佑周朝，贤人辈出。

世之不显，厥犹翼翼[15]。思皇[16]多士，生此王国。王国克[17]生，维周之桢[18]。济济[19]多士，文王以宁。

诗之大意：贤人辈出，谨慎谋划。济济的人才，生在我周邦。他们使王国生存，是周之栋梁。有了济济的贤人，文王才得以定国安邦。

注释

1 文王在上：文王，姬姓，名昌，周王朝的缔造者；在上，在天界。

2 於昭于天：於，通"呜"，感叹词；昭，明。

3 邦：国。

4 其命维新：命，天命；维，为。

5 有周不显：有，语助词；不，通"丕"，大之意。

6 不时：即丕时，大合时宜。

7 陟降：祭祀时请求神明降临。

8 亹亹：勤勉不倦貌。

9 令闻：美好的名声。

10 陈锡哉周：陈，犹"重""屡"；锡，通"赐"，赏；哉，"载"的假借，充满。

11 侯文王孙子：侯，乃；孙子，子孙。

12 本支：指嫡子、庶子。

13 士：贤士。

14 不显亦世：不显，丕显；亦，通"奕"，累、重。

15 厥犹翼翼：厥，其；犹，同"猷"，谋划；翼翼，恭谨勤勉貌。

16 思皇：思，语首助词；皇，美、盛。

17 克：能。

18 维周之桢：维，为；桢，支柱、骨干。

19 济济：人多之貌。

穆穆[20]文王，於缉熙敬止[21]。假[22]哉天命，有[23]商孙子。商之孙子，其丽不亿[24]。上帝既命，侯于周服[25]。

诗之大意：庄严恭敬的文王啊，你行事光明又恭谨。天命真是大啊，使得商的子孙归服。商的子孙，人数何其之多。但是上帝之命难违，只能归服于周。

侯服于周，天命靡常[26]。殷士肤敏[27]，裸(guàn)将于京[28]。厥作[29]裸将，常服黼冔(fǔ xǔ)[30]。王之荩(jìn)[31]臣，无念尔祖[32]。

诗之大意：只能归服于周，因为天命已在周不在商。殷朝臣子服役勤敏，来到周京进行裸礼。他们助祭之时，身着殷商旧服。大王你要任用贤臣，不要总想着文王的庇护。

注释 ....

20 穆穆：庄重恭敬貌。

21 於缉熙敬止：缉熙，不断地累积光明；敬，恭谨；止，语助词。

22 假：大。

23 有：拥有。

24 其丽不亿：丽，数；不亿，丕亿。周人十万为亿，因此其丽不亿，指其数极多。

25 周服：倒装用法，归服于周。

26 靡常：无常。

27 殷士肤敏：殷士，指殷朝的臣子；肤敏，此处指勤敏地陈序礼器。

28 祼将于京：引申为殷的旧臣对周王朝的归附。祼，古代的一种祭礼，在神位前铺白茅，把酒浇在茅上，像神在饮酒，也称"灌祭"；将，行。

29 作：操作。

30 常服黼冔：常，通"尚"；黼，古代有白黑相间花纹的衣服；冔，殷冕。

31 荩：进。

32 尔祖：指文王。

无念尔祖，聿修³³厥德。永言配命³⁴，自求多福。殷之未丧师³⁵，克配上帝³⁶。宜鉴于殷，骏命³⁷不易。

诗之大意：不要总想着文王的庇护，要修炼他的德行。只有这样才能久合天命，为自己求得福祉。殷商未失民心之时，能够合乎上帝之命。大王你要以殷为鉴，天命不是不会改变。

命之不易，无遏尔躬³⁸。宣昭义问³⁹，有虞⁴⁰殷自天。上天之载⁴¹，无声无臭⁴²。仪刑⁴³文王，万邦作孚⁴⁴。

诗之大意：天命不是不会改变，你自身不要自绝于天。你要宣传美好德行，从殷的教训中体察天命。上天行事，无声无息。你要仿效文王之法，万邦才会诚心归服。

注释

33 聿修：聿，语助词；修，修炼。

34 永言配命：言，语助词；配命，与天命相合。

35 师：众。

36 克配上帝：能够与天帝之意相称。

37 骏命：大命，也即天命。

38 无遏尔躬：遏，止、绝；尔躬，你身。

39 宣昭义问：宣昭，宣传、发扬；义问，美好的名声。问，通"闻"。

40 有虞：有，通"又"；虞，审察、推度。

41 载：行事。

42 臭：味。

43 仪刑：效法。

44 作孚：作，则；孚，信服。

赏析：此诗为《大雅》的首篇，是周王歌颂周王朝的奠基者周文王的乐歌。据朱熹考据，此诗创作于西周初年，作者为周公旦。这里从朱熹之说。周公在歌颂文王的功德之余，谆谆告诫成王天命无常，要以殷为鉴，"仪刑文王"才能"万邦作孚"，真可谓用心良苦。另外，本诗的一大特色是连珠顶真手法的运用，如"候文王孙子"之后紧接"文王孙子"，"有商孙子"之后紧接"商之孙子"，如此行文，紧凑而不显累赘，语气连贯而富有诵读之美。

大雅·绵

绵绵瓜瓞^{dié}¹。民之初生²，自土沮^{jǔ}漆³。古公亶^{dǎn}父⁴，陶复⁵陶穴，未有家室。

诗之大意：瓜瓞繁衍，绵绵不息。周人初始，生活在沮水、漆水流域。是那太王亶父，率民挖窖开窑，当时啊还没有房屋。

古公亶父，来⁶朝走马。率西水浒⁷，至于岐下⁸。爰及姜女⁹，聿来胥宇¹⁰。

诗之大意：太王亶父迁居，清晨骑马外出。沿着漆水西行，来到岐山之下。于是协同妻子，考察周原地势。

周原膴^{wǔ}膴，堇荼如饴^{jǐn}¹¹。爰始爰谋，爰契我龟¹²，曰止曰时¹³，筑室于兹¹⁴。

诗之大意：周原土地肥美，堇荼味甜如饴。于是开始谋划，于是刻龟占卜。卜辞说定居于此正当时，于是在此筑室定居。

注释

1 绵绵瓜瓞：绵绵，绵延不绝貌；瓞，结在瓜藤根部的小瓜。

2 民之初生：民，指周人；生，繁衍。

3 自土沮漆：土，居住；沮，沮水流域；漆，漆水流域。注：周人初期住在沮水、漆水流域的豳地，位于今陕西省境内。

4 古公亶父：古公，远祖；亶，酋长的名字；父，尊称。

5 陶复：陶，通"掏"；复，横挖为复，下挖为穴。

6 来：通"黎"。黎朝为清晨之意。注：周人遭到昆夷部落的侵扰，要占领他们的土地。亶父决定举族迁徙，所以外出考察地势。

7 率西水浒：率，循着；水浒，指漆水边。

8 岐下：指岐山脚下的周原。

9 爰及姜女：爰，语助词；姜女，指太姜，亶父之妻。

10 聿来胥宇：聿，语助词；胥宇，指考察地势。胥，相、视；宇，本义屋檐。

11 堇荼如饴：堇、荼，均为味苦的野菜；饴，麦芽糖。

12 爰契我龟：契龟，在龟背上刻纹来占卜。契，通"锲"，刻。注：古人迷信，遇大事必问卜于天，一般是在龟壳上刻纹，再烧裂，根据烧裂后的图形来定吉凶。

13 曰止曰时：曰，说，这里指卜的结果；止，定居；时，时宜。

14 兹：这里。

nǎi
廼慰[15]廼止，廼左廼右[16]，廼疆廼理[17]，廼宣廼亩[18]。自西徂东，周爰执事[19]。

诗之大意：于是在此安居，于是划分住地，理出田地边界，通沟渠起田垄。从东到西，都在做事。

乃召司空[20]，乃召司徒[21]，俾[22]立室家。其绳[23]则直，缩版以载[24]，作庙翼翼[25]。

诗之大意：召来司空管工程，召来司徒集人力，带领族人建房屋。绳尺拉得笔直，夹板捆紧竖起，建造宗庙好端庄。

jū réng   duó hōng   píng
捄之陾陾[26]，度之薨薨[27]，筑之登登[28]，削屡冯冯[29]。百
gāo
堵[30]皆兴，鼛[31]鼓弗胜。

诗之大意：盛土之声隆隆，倒土之声轰轰，夯土之声登登，削土之声冯冯。筑起高墙百堵，劳动之声高过鼓声。

注释 ....

15 廼慰：廼，同"乃"；慰，安居。

16 廼左廼右：将住地划分左右。

17 理：为疆内再次分界。

18 廼宣廼亩：宣，同"渲"，排水的沟渠；亩，动词，起田垄。

19 周爰执事：周，全；执事，做事。

20 司空：主管工程的官员。

21 司徒：主管土地和劳役的官员。

22 俾：俾者，使也，安排。

23 绳：取直的工具。

24 缩版以载：缩版，捆束筑墙用的夹板；载，通"栽"，树立。

25 作庙翼翼：庙，宗庙；翼翼，庄严齐整貌。

26 捄之陾陾：捄，盛土入筐；陾陾，象声词，盛土声。

27 度之薨薨：度，倒土；薨薨，象声词，倒土之声。

28 筑之登登：筑墙时夯土之声。

29 削屡冯冯：屡，土墙隆起处；冯冯，削平墙面声。

30 堵：墙的单位，五版为堵。

31 鼛：大鼓。

廼立皋门³²，皋门有伉。廼立应门³³，应门将将。廼立冢土³⁴，戎丑攸行³⁵。

诗之大意：于是建起郭门，郭门高大。于是建起宫门，宫门雄伟。于是建起大社，那里是祭祀之所。

肆不殄厥愠，亦不陨厥问³⁶。柞棫³⁷拔矣，行道兑³⁸矣。混夷駾矣³⁹，维其喙⁴⁰矣！

tiǎn

zhàyù

tuì

诗之大意：既不消除他们的愤怒，也不破坏他们的赞誉。拔掉柞棫，大道变得通畅。昆夷奔逃，唯有喘气。（这段及下段是讲文王

183

的治国之道）

虞芮质厥成[41]，文王蹶厥生[42]（guì）。予曰有疏附[43]，予曰有先后。予曰有奔奏[44]，予曰有御侮[45]！

诗之大意：虞芮不再争地，文王感化其性。了不起啊文王，他能使疏离者归附，他能使人先后追随。他的德行人们奔走相告，他有良将抵御外敌。

注释

32 皋门：郭门、外城门。

33 应门：对着朝堂的宫门。

34 冢土：祭神用的大土堆，又称社。一般位于皋门内，应门外。

35 戎丑攸行：抓获戎狄俘虏进行献礼之所。攸，所。

36 肆不殄厥愠，亦不陨厥问：肆……亦……，连词，既……又……；殄，消除；厥，代词，指邻国；愠，愤怒；陨，毁坏；问，通"闻"，声誉。

37 柞棫：均为小灌木。

38 兑：通。

39 混夷駾矣：混，通"昆"；駾，奔逃。

40 喙：嘴巴，此处指喘气。

41 虞芮质厥成：此句为一个故事：虞国与芮国因争地起纠纷，其国君找文王评理。但是进入周国就发现这里的人非常的谦逊有礼，不但不争地，而且相互谦让。于是大为感动，不再争抢。虞、芮，两个小国；质，交换信物；成，缔结友好关系。

42 文王蹶厥生：蹶，感动；生，通"性"。

43 予曰有疏附：予，指诗人自己；疏附，疏者附着。

44 奔奏：奔走相告。

45 御侮：抵御外敌侵犯。

赏析：此诗可谓是周部族的史诗，讲述了周部族在古

公亶父的带领下由豳迁岐，定居周原，以及在文王的德政下日益强大的故事。周人迁岐，实为游牧民族昆夷所迫。但是这一事件却成为周人发展的转折点。迁岐之后，在亶父及文王几代人的努力下，周部族日渐强大，奠定了周灭商建国的基础。诗中对劳动场面的刻画生动而热烈，体现了周人建设家园的热情。

大雅·生民

厥初生民¹，时维姜嫄²。生民如何？克禋克祀³，以弗⁴无子。履帝武敏歆⁵，攸介攸止⁶，载震载夙⁷。载生载育，时维后稷。

诗之大意：我们的祖先后稷，当初是那姜嫄所生。话说如何降生？姜嫄郊外祭祀，祈求怀孕生子。踩在了上帝足趾印，心有所动而受孕。她就休息养胎，胎儿时动时静。于是生了一个男孩，就是我们祖先后稷。

诞弥⁸厥月，先生如达⁹。不坼不副¹⁰，无菑无害¹¹，以赫厥灵¹²。上帝不宁，不康¹³禋祀，居然生子。

诗之大意：说那姜嫄足月后，竟然生下一肉球。产道无破无裂，身体无病无痛，真是怪异之极。姜嫄想是否上帝心不宁，对她的祭祀不满意，居然生下如此孩儿。

注释

1 厥初生民：厥初，其初，意为很久以前；民，特指后稷。

2 时维姜嫄：时，通"是"；维，语助词；姜嫄，传说中有邰氏之女，周始祖后稷之母。

3 克禋克祀：克，能；禋祀，一种祭祀。用火烧牺牲油脂，使烟气上达于神。

4 弗：通"祓"，去除不祥。

5 履帝武敏歆：履，踩；武，半步为武，这里指脚印；敏，脚拇指；歆，心有所动，这里引申为受孕。

6 攸介攸止：攸，连词，于是；介、止，均为止息之意。

7 载震载夙：载⋯载⋯，连词，表并列；震，指胎动；夙，通

"肃"，静。

8 诞弥：诞，通"言"；弥，满。

9 先生如达：先生，头胎，意为后稷为姜嫄的第一胎；如达，指如生小羊。小羊是带着胞衣一起下来的，看上去像个肉球。母羊添破胞衣，小羊才能出来。

10 不坼不副：坼、副，均为裂之意。

11 无菑无害：菑、害，指痛苦。菑，同"灾"。

12 以赫厥灵：赫，显赫；灵，怪异。

13 康：安。

诞寘之隘巷¹⁴，牛羊腓字¹⁵之。诞寘之平林¹⁶，会¹⁷伐平林。诞寘之寒冰，鸟覆¹⁸翼之。鸟乃去矣，后稷呱¹⁹矣。实覃实訏²⁰，厥声载²¹路。

诗之大意：说把后稷丢在小巷，就有牛羊保护喂养。把他丢在林里，偏巧有人来砍柴。把他丢在寒冰上，大鸟展翅给他取暖。大鸟飞走之后，后稷开始啼哭。他的哭声又长又亮，路上的人都能听闻。

诞实匍匐，克岐克嶷²²，以就²³口食。蓺之荏菽²⁴，荏菽旆旆²⁵。禾役穟穟²⁶，麻麦幪幪²⁷，瓜瓞唪唪²⁸。

诗之大意：说那后稷刚会爬，他的才智就出众，就能自己找食物。长大之后，精于务农，他种的大豆蓬蓬，他种的禾黍沉沉，他种的麻麦密密，他种的瓜瓞累累。

注释

14 诞寘之隘巷：寘，通"置"；隘巷，窄巷，引申为偏僻之处。

15 腓字：腓，隐藏，引申为保护；字，本义生养后代，引申为喂养。

187

16 平林：平原上的树林。

17 会：遇到。

18 覆：覆盖。

19 呱：小儿啼哭声。

20 实覃实訏：覃，长；訏，大。

21 载：充满。

22 克岐克嶷：岐嶷，形容小孩才智出众。

23 就：由此及彼为就。

24 蓺之荏菽：蓺，通"艺"，种植；荏菽，豆类作物。

25 旆旆：长势蓬勃貌。

26 禾役穟穟：役，通"颖"，禾苗之末；穟穟，谷穗沉而下垂貌。

27 幪幪：茂密貌。

28 唪唪：果实累累貌。

诞后稷之²⁹穑，有相³⁰之道。茀³¹厥丰草，种之黄茂³²。实方实苞³³，实种实褎³⁴，实发实秀³⁵，实坚³⁶实好，实颖实栗³⁷。即有邰³⁸家室。

诗之大意：说那后稷种庄稼，辨识土地有本领。去除丰草，种上嘉谷。不久吐芽出新苗，苗儿成长，渐渐抽穗，变得结实，长势喜人。禾穗渐渐下垂，谷粒变得饱满。因为庄稼种得好，后稷被封在有邰。

诞降嘉种，维秬维秠³⁹，维穈维芑⁴⁰。恒⁴¹之秬秠，是⁴²获是亩。恒之穈芑，是任是负⁴³。以归肇祀⁴⁴。

诗之大意：说那上帝又降嘉种，有秬有秠，有红米来有白米。后稷遍种秬秠，收获一亩又一亩。遍种红米白米，肩挑背负收不完。后稷感激上帝，开启了周人的祭祀。

注释

29 之：介词，相当于"于"。

30 相：相地。

31 茀：通"拂"，去除。

32 黄茂：代指禾黍类的庄稼。

33 实方实苞：实，语助词；方，通"放"；苞，苗出土后含苞待放之形。

34 实种实襄：种，通"肿"，壮；襄，通"袖"，发芽。

35 实发实秀：发，生长；秀，抽穗。

36 坚：结实。

37 实颖实栗：颖，垂穗；栗，坚实、饱满。

38 即有邰：即，就；有邰，地名，周的发祥地。

39 维秬维秠：秬，黑黍；秠，黍的一种，一个黍壳中含有两粒黍米。

40 维穈维芑：穈，红米；芑，白米。

41 恒：通"亘"，遍。

42 是：语助词。

43 是任是负：任，肩挑；负，背。

44 以归肇祀：归，馈；肇，创始；祀，祭祀。

诞我祀如何？或舂或揄⁴⁵，或簸或蹂⁴⁶。释之叟叟⁴⁷，烝（zhēng）之浮浮⁴⁸。载谋载惟⁴⁹，取萧祭脂⁵⁰。取羝以軷（dī bá）⁵¹，载燔载烈（fán）⁵²，以兴嗣岁⁵³。

诗之大意：说我们的祭祀如何？有的舂米有的舀，有的簸谷有的蹂。淘米叟叟，蒸米浮浮。按照事先的筹划，取来香蒿浸油脂，香气袅袅入云霄。杀了公羊去了皮，又烤又烧来祭拜，祈求来年更兴旺。

卬（áng）⁵⁴盛于豆，于豆于登⁵⁵，其香始升。上帝居歆⁵⁶，胡臭亶（xiù）时⁵⁷。后稷肇祀，庶无罪悔⁵⁸，以迄于今。

诗之大意：我把祭品盛在豆，我把祭品盛在登，香气徐徐升上天。上帝安然来享用，还感叹味道为何如此好。后稷开始的祭祀，我们年年进行无怠慢，一直持续到今天。（这段话已经跳出了故事，是歌者站在当代周人的角度所讲）

注释

45 或舂或揄：舂，用舂臼给谷物脱壳；揄，通"舀"。

46 蹂：用脚踩谷去皮。

47 释之叟叟：释，淘米；叟叟，淘米之声。

48 烝之浮浮：烝，通"蒸"；浮浮，象声词，热气上浮。

49 惟：思维。

50 取萧祭脂：取香蒿浸在油脂里，祭祀时燃烧它，使香味上飘。萧，香蒿。

51 取羝以軷：用车碾以去羊皮,古人以此方式杀羊，有祭路神之意。羝，公羊。

52 载燔载烈：燔，近火烧；烈，将肉穿起来架在火上熏烤。

53 嗣岁：来年。

54 卬：我。

55 于豆于登：豆、登，都是高脚食器。

56 居歆：安然享受。

57 胡臭亶时：胡，为何；臭，气味；亶，诚、确实；时，善、好。

58 庶无罪悔：指周人基本上年年都在恭敬地举行祭祀，所以没有罪悔。庶，大体、基本上。

赏析：此诗也是周部族的史诗，讲的是其祖先后稷的故事，后稷因善于稼穑，被后世尊为农神。从姜嫄受孕到后稷出生后发生的种种灵异之事，可归因于古人对于英雄的崇拜。古人认为英雄必承天命、生而不同。英雄人物必有神迹，在各民族的史诗中无不如此。

周颂·天作¹

天作高山，大王荒之²。彼作³矣，文王康⁴之。彼徂⁵矣，岐有夷之 行 ⁶。子孙保之。

háng

诗之大意：上天造就高耸岐山，太王领导开垦周原。太王去世之后，文王治下人民安康。文王去世之后，周人有了康庄大道。我当永保祖先基业。

注释

1 作：建造。

2 大王荒之：大王，指太王亶父，文王的祖父；荒，开荒。

3 作：去世。

4 康：安康。

5 徂：往，此处指去世。

6 岐有夷之行：夷，平坦；行，道，引申为治国之道。

赏析：《颂》为祭祀宗庙的乐歌，也有舞曲。此诗为周王岐山祭祖之作。岐山作为周人的兴起之地，被视为圣地。此诗既祭圣地，又祭开创与经营此地的祖先太王及文王。行祭之人一说武王，一说成王。

周颂·我将

我将我享[1]，维[2]羊维牛，维天其右[3]之。仪式刑文王之典[4]，日靖[5]四方。伊嘏文王[6]，既右 _{xiǎng} 飨 之[7]。我其[8]夙夜，畏天之威，于时[9]保之。

诗之大意：我献上羊，献上牛，祈求上天佑我周人。我将仿效文王之法，使得四方日益安定。啊！伟大的文王，上帝右边尽享祭品。我将日夜勤政，敬畏上天，祈求上天时刻保佑。

注释

1 我将我享：将，捧；享，献祭。

2 维：语助词。

3 右：通"佑"，保佑。

4 仪式刑文王之典：仪、式、刑，均为效法之意；典，制度。注：疑此句应为"仪刑文王之典"。

5 靖：安定。

6 伊嘏文王：伊，语助词；嘏，通"假"，伟大。

7 既右飨之：既，尽；飨，享用祭品之意。

8 其：副词，将、当。

9 于时：于，语助词；时，时刻。

赏析：此诗应为《大武》一成的歌词，内容为武王出征时祭天，求取上天护佑。《大武》为西周的开国乐，共六成（即六场歌舞）。据《礼记·乐记》记载，孔子对《大武》六成所表现的历史事件做了说明："且夫《武》始而北出。再成而灭商。三成而南。四成而南国是疆。五成而分，周公左、召公右。六成复缀以崇天子。"

周颂·思文

思文后稷[1]，克配彼天[2]。立我烝民[3]，莫匪尔极[4]。贻我来牟[5]，帝命率[6]育。无此疆尔界，陈常于时夏[7]。

诗之大意：后稷的文德功绩，能够配享上天之祭。论起养育人民，你的贡献最大。是你带来优良麦种，上帝命我们遍地种植。不分疆界，华夏推广麦种成为常规。

注释

1 思文后稷：思，语助词；文，文德；后稷，周人始祖，姬姓，名弃。

2 克配彼天：克，能；彼，那。

3 立我烝民：立，通"粒"，引申为供养；烝，众。

4 莫匪尔极：匪，通"非"；极，最。

5 贻我来牟：贻，赠；来，小麦；牟，大麦。

6 率：遍。

7 陈常于时夏：陈，布陈，引申为推广；常，常规；时，是、此；夏，华夏。

赏析： 此诗为祭祀时歌颂后稷伟大功绩的乐歌。周王祭天，后稷配享。后稷的传奇经历和"诞降嘉种"赐民百谷的功德在《大雅·生民》篇中有详尽的叙述，可以参照阅读。

周颂·臣工

嗟嗟臣工[1]，敬尔[2]在公。王厘尔成[3]，来咨来茹[4]。

诗之大意：嗟嗟，我说各位臣工，你们要恭敬尽职。王赐你们的耕种法，多多商量勤研究。

嗟嗟保介[5]，维莫[6]之春，亦又何求？如何新畬[7]（yú）？

诗之大意：嗟嗟，你们这些保介，暮春之际，你们还有什么要求？新田旧田种得如何？

於（wū）皇来牟[8]，将受厥明[9]。明昭[10]上帝，迄用康年[11]。

诗之大意：啊，大麦小麦多肥茂，看来将有好收成。感谢光明的上帝，终于有了丰收年。

命我众人[12]：庤乃钱镈[13]（zhì jiǎnbó），奄观铚艾[14]（zhì）。

诗之大意：农人们都听好：收起你们的锹锄，拿上你们的镰刀，我要看着收庄稼。

注释

1 嗟嗟臣工：嗟嗟，语气词；臣工，官吏。

2 敬尔：即尔敬。

3 王厘尔成：厘，通"赉"，赐；成，成法。

4 茹：本义是吃，引申为研究。

5 保介：古代基层农官。

6 维莫：维，语助词；莫，通"暮"。

7 新畬：新，耕种两年的田；畬，开垦三年以上的良田。

8 於皇来牟：於，叹词；皇，美盛；来，小麦；牟，大麦。

194

9 厥明：指上天眷顾而带来的好收成。明，光明。

10 昭：发光。

11 迄用康年：迄，终于；用，通"有"；康年，丰收年。

12 众人：农民。

13 庤乃钱镈：庤，储备；乃，你们；钱，农具，用于松土的锹；镈，锄头。

14 奄观铚艾：奄观，视察；铚，镰刀；艾，通"刈"。

赏析：周朝制度，每年周王都要率领百官举行各种关于农事的祭祀活动，以祈求神明保佑。此诗即为歌颂周王于暮春麦熟之际，巡查农事及动员割麦的场景。一说此诗作于成王时期。

周颂·噫嘻¹

噫嘻成王，既昭假尔²。率时³农夫，播厥⁴百谷。骏发尔私⁵，终三十里⁶。亦服⁷尔耕，十千维耦⁸。

诗之大意：成王他轻声祈祷，已招请过上帝和先王。他又率领农夫，播种百谷。你们这些农夫啊，快快拿起你们的耜，尽平良田千井。再扶起你们的犁，万人分成五千组。

注释

1 噫嘻：感叹词，表轻声感叹。

2 既昭假尔：昭假，招请之意，昭假的对象仅为神灵；尔，语助词。

3 时：是、此。

4 厥：代词，指周王。

5 骏发尔私：骏，引申为迅速；私，应为"耜"之误，类似于锹。

6 终三十里：终，尽；三十里，古井田制时，每终为千井，长宽各三十一点六里，取整为三十里。

7 服：从事。

8 耦：一种耕种方式，两人操作一犁，前拉后推。

赏析： 此诗为歌颂周成王春天祈谷，祭祀上帝的乐歌。诗虽然简短，却具体地反映了周初的农业生产情景和祭祀典礼实况，有较高的史料价值。有学者认为此诗乃周康王祈谷，可备一说。

周颂·丰年

丰年多黍多稌^{tú}¹，亦有高廪^{lǐn}²，万亿及秭³。为酒为醴⁴，烝^{lǐ zhēng}
畀^{bì}祖妣^{bǐ}⁵。以洽百礼⁶，降福孔皆⁷。

诗之大意：丰年黍多稻也多，一座座高大的粮仓，储存粮米万亿斛。酿成米酒和甜酒，进献先祖和先妣。各项礼仪都融洽，神明降福我周人。

注释

1 稌：旱稻。

2 廪：仓。

3 秭：周人以十千为万，十万为亿，十亿为秭。

4 醴：一种带渣滓的甜酒，浓度不高。

5 烝畀祖妣：烝，进献；畀，给予；妣，女性祖先。

6 以洽百礼：洽，和谐；礼，礼仪。

7 孔皆：非常普遍，引申为所有人。

赏析：周人以农立国，故以农业为主题的祭祀活动贯穿四季。春祭曰祠，夏祭曰礿，秋祭曰尝，冬祭曰烝。如果遇到天旱，还要祈雨。此诗为周人在丰收之年的秋冬之际进行祭祀的乐歌。

周颂·武

於皇^{wū}¹武王！无竞维烈²。允文³文王，克开厥后⁴。嗣⁵武受之，胜殷遏刘⁶，耆^{zhǐ}⁷定尔功。

诗之大意：伟大啊，武王！功绩无人能及。文德彰显的文王，能够把基业开创。武王继承发扬，战胜殷商遏杀戮，达成伟业功绩辉煌。

注释

1 於皇：於，感叹词；皇，光耀。

2 维烈：维，语助词；烈，功业。

3 允文：允，诚；文，有文德。

4 克开厥后：克，能；厥，其。

5 嗣：继承。

6 胜殷遏刘：遏，制止；刘，杀。

7 耆：达成。

赏析： 此篇为对武王克商的赞歌。据《左传·宣公十二年》记载，"楚子曰：'……武王克商，作《颂》曰：……又作《武》，其卒章曰：'耆定尔功。'其三曰：'铺时绎思，我徂惟求定。'其六曰：'绥万邦，屡丰年。'"据此我们可以确定此篇《武》当属《大武》中的一篇。据《礼记·乐记》中的"再成而灭商"可知，此篇应为《大武》的二成歌词。楚子提及的另外两篇分别为《周颂》中的《赉》及《桓》。

周颂·闵予小子[1]

闵予小子，遭家不造[2]，嬛嬛在疚[3]。於乎皇考[4]，永世克[5]孝。念兹皇祖[6]，陟降庭止[7]。维[8]予小子，夙夜敬[9]止。於乎皇王[10]，继序思不忘[11]。

诗之大意：可怜我小小年纪，遭遇丧父之痛，孤苦无依忧心愧疚。呜呼先父，我当永世敬孝。想念的皇祖啊，请降临宗庙保佑。我虽年幼，当日夜恭谨理政。各位先王，继承发展王业之心，我不敢忘。

注释

1 闵予小子：闵，同"悯"；予小子，成王自称。

2 不造：不幸。

3 嬛嬛在疚：嬛嬛，通"茕茕"，孤独貌；疚，忧、病。

4 於乎皇考：於乎，同"呜呼"，悲叹之声；皇考，对亡父的尊称，这里指武王。

5 克：能。

6 皇祖：这里指文王。

7 陟降庭止：陟降，祭祀时请神明或先祖降临之意；庭，这里指宗庙；止，语助词，表肯定。

8 维：语助词。

9 敬：勤勉谨慎。

10 皇王：历代祖先。

11 继序思不忘：序，通"绪"，指周室的统治；思，心意。

赏析：此诗为周成王祭祀宗庙时的乐章，诉说了成王少年继位时的孤苦无依，也表达了他要为了稳定周王室的基业不辞劳苦的决心。《周颂》中以"闵予小子"为主旨的诗还有《访落》《敬之》《小毖》三篇，这四首诗可视为组诗。一说《闵予小子》组诗的主旨为祭祀周昭王。昭王死于汉水，其子穆王祭之。

周颂·敬¹之

敬之敬之，天维显思²，命不易哉。无曰高高在上，陟降厥士³，日监在兹⁴。

诗之大意：您要警戒呀警戒，天命显赫，从不改变。不要讲上帝高高在上，他会降临观察其事业，日日在这里监视。（这段是大臣告诫周王之唱词）

维予小子⁵，不聪敬止⁶。日就月将，学有缉熙⁷于光明。佛时仔肩⁸，示我显德行。

诗之大意：我还年幼，不够聪明、不够警戒。我将日积月累，学习光明的大道。我的担子很重啊，你们要辅助我，示我显著的德行。（这段为周王对大臣之唱词）

注释

1 敬：通"警"。

2 天维显思：维，为；思，语助词。

3 士：通"事"。

4 兹：此。

5 维予小子：维，语助词；予小子，周成王的自谦。

6 敬止：敬，小心谨慎；止，语助词。

7 缉熙：缉，本义为一针一针地缝，引申为逐渐积累；熙，光明。

8 佛时仔肩：佛，通"弼"，辅助；时，是、这；仔肩，肩膀承重。

赏析：此诗为《闵予小子》组诗中的一篇，为周王祭祀典礼上的乐歌。全诗可分为两段：第一段为大臣所歌，

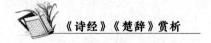

告诫周王要警戒天命；第二段为周王所歌，表明自己会不断修习，并要求大臣们做好弼辅，以示其"显德行"。

商颂·玄鸟¹

天命玄鸟,降而生商,宅殷土芒芒。古帝命武汤,正域彼四方²。

诗之大意:上天命玄鸟,下凡而生商的始祖,商人自此定居在广袤的殷土上。上帝又命汤,征伐天下四方。

方命厥后,奄有九有³。商之先后,受命不殆,在武丁⁴孙子。武丁孙子,武王靡(mǐ)不胜。

诗之大意:各国的诸侯都受命,商拥有了九州。商的先王们,承受天命,不敢懈怠,子孙武丁最为不凡。子孙武丁,功业犹胜武汤。

龙旂(qí)十乘(shèng)⁵,大糦(xī)是承⁶。邦畿(jī)千里,维民所止,肇(zhào)域彼四海。

诗之大意:大车十乘竖龙旗,装满酒食来进贡。疆域千里,人民安居,商开始拥有四海之地。

四海来假⁷,来假祁祁⁸。景员⁹维河,殷受命咸宜,百禄是何¹⁰。

诗之大意:四海之内诸侯来朝,诸侯来朝络绎不绝。景山辽阔黄河环绕,殷受天命最是适宜,承受百福永世呈祥。

注释

1 玄鸟:燕子。传说有娀氏之女简狄吞燕卵而怀孕生契,契建商。

203

2 正域彼四方：正，通"征"；彼，那。

3 奄有九有：奄，通"掩"，覆盖，这里引申为拥有；九有，九州。

4 武丁：即殷高宗。

5 龙旂十乘：旂，有铃铛的龙旗；乘，四马拉的车为乘。

6 大糦是承：糦，酒食；承，本义为捧，引申为进献。

7 来假：指来朝。假，通"格"，至。

8 祁祁：众多貌。

9 景员：景，景山，位于今河南商丘，古称亳，商之都城；员，本义为圆，引申为周围。

10 百禄是何：百禄，多福；何，通"荷"，承受、承担。

　　赏析： 周公旦平定三监之乱后，封商纣王的兄长微子启于商的旧都商丘建立宋国，以承商朝的宗祀。此诗是宋君祭祀祖先武丁的颂歌。

《楚辞》
赏析

楚辞·离骚

帝高阳之苗裔兮[1]，朕皇考[2]曰伯庸。摄提贞于孟陬兮[3]（zōu），惟庚寅[4]吾以降。皇览揆余初度兮[5]（kuí），肇锡[6]余以嘉名。名余曰正则兮，字余曰灵均。

诗之大意：我是帝高阳的后裔，去世的父亲是伯庸。寅年寅月庚寅日，是我降生的日子。父亲细察我的气度，于是赐我美好的名字。名为正则啊，字为灵均。（这几句写屈原出身的高贵、出生的不凡，表现了其张扬的个性）

纷吾既有此内美兮[7]，又重（chóng）之以修能[8]。扈江离与辟芷兮[9]，纫[10]秋兰以为佩。汩[11]（yù）余若将不及兮，恐年岁之不吾与[12]。朝搴（qiān）阰之木兰兮[13]（pí），夕揽洲之宿莽。

诗之大意：天赐众多内在美质，我又提升外在仪态。江离芷草披在肩上，串起秋兰作为佩饰。时光流逝似乎难以追及，唯恐岁月不将我等待。清晨在阰山采木兰，傍晚在沙洲摘宿莽。

注释

1 帝高阳之苗裔兮：高阳，颛顼（zhuān xū）有天下时，号高阳，高阳为南楚神话中的地方神，后演变为楚人的祖先；苗裔，指后代。裔，本义为衣的下摆。

2 朕皇考：朕，上古时代用于第一人称，至秦始皇二十六年，诏定为皇帝自称；皇考，对亡父的尊称。

3 摄提贞于孟陬兮：提，古代木星记年法，对应于干支记年中的寅年；贞，正；孟陬，孟春正月，即夏历的寅月。

4 庚寅：指干支记日法的庚寅日。庚寅日为楚民间习俗上的吉日。

5 皇览揆余初度兮：皇，皇考的简略；览，观察；揆，揣度；初度，初生时的气度。

6 肇锡：肇，开始。一说通"兆"，占卜之意；锡，同"赐"。注：《离骚》每四句换一韵脚。"惟庚寅吾以降"中的"降"古音近"洪"，与前句的"庸"押韵。

7 纷吾既有此内美兮：纷，众多貌；此，代词，代上文提到的出身、特别的出生日等。

8 又重之以修能：重，叠加；修，饰；能，应为"态"。

9 扈江离与辟芷兮：扈，楚地方言，披之意；江离、辟芷，均为香草。注：以香草隐喻高洁的情操是本文的特色。

10 纫：串。

11 汩：水流迅疾貌，这里指年华流逝迅疾。

12 与：等待。

13 朝搴阰之木兰兮：搴，拔取；阰，山名；木兰，香草名。下文与之对应的"宿莽"亦为香草名。

日月忽其不淹兮[14]，春与秋其代序[15]。惟[16]草木之零落兮，恐美人[17]之迟暮。不抚壮而弃秽兮，何不改乎此度[18]？乘骐骥[19]以驰骋兮，来吾道夫先路[20]！

诗之大意：日月忽忽不能淹留，春去秋来交相更替。想到草木的零落，就忧心怀王将迟暮。何不近壮美而弃污秽，改变你用人的原则？若你能乘千里马驰骋，我愿在前边开路。

昔三后之纯粹兮[21]，固众芳之所在[22]。杂申椒与菌桂兮[23]，岂维纫夫蕙茝[24]！彼尧、舜之耿介兮[25]，既[26]遵道而得路。何桀纣之猖披兮[27]，夫[28]惟捷径以窘步。

诗之大意：昔日三王德行完美，所以楚国群贤来聚。申椒菌桂

208

都有插戴，非是只有蕙草茝草。那尧舜光明正大，循着大道一片坦途。那桀纣行事放纵，贪图捷径终致走投无路。（这几句继续告诫怀王）

注释

14 日月忽其不淹兮：忽，形容时光迅疾；其，语助词；淹，停留。

15 序：通"谢"。

16 惟：首先是语助词，但它的实义还没有完全虚化，也有"思"之意。

17 美人：指楚怀王。注："恐美人之迟暮"后面的四句是对楚怀王的告诫。

18 度：法度。

19 骐骥：均为良马。

20 来吾道夫先路：来，助词；道，通"导"。

21 昔三后之纯粹兮：三后，指楚国的三位贤王。后，君主；纯粹，纯正无杂。

22 固众芳之所在：固，通"故"；众芳，喻群贤。

23 杂申椒与菌桂兮：杂，集；申椒、菌桂，皆为香木。

24 岂维纫夫蕙茝：维，只是；蕙、茝，皆为芳草。

25 彼尧、舜之耿介兮：尧、舜，唐尧和虞舜，均为远古部落联盟的首领，古史传说中的圣明君主；耿介，光明正大。

26 既：已。

27 何桀纣之猖披兮：桀纣，夏桀和商纣，皆为亡国之君；猖披，衣不系带，散乱不整貌。

28 夫：语助词。

惟夫党人之偷乐兮[29]，路幽昧以险隘[30]。岂余身之惮[31]殃兮，恐皇舆[32]之败绩。忽[33]奔走以先后兮，及前王之 踵 武[34]（zhǒng）。荃[35]不察余之中情兮，反信谗而齌[36]（jì）怒。

诗之大意：结党的人苟安享乐，国家的前途昏暗险阻。难道我是怕祸之人？国之危难使我心忧啊。前前后后奔走效力，希望君王能赶上先王。你全不察我的衷心，反信谗言对我盛怒。（这几句继续告诫怀王）

余固知 謇謇[jiǎn]之为患兮[37]，忍而不能舍也。指九天以为正兮[38]，夫唯灵修[39]之故也。日黄昏以为期兮，羌中道而改路！初既与余成言兮，后悔[40]遁而有他。余既不难夫离别兮，伤灵修之数化[41]。

诗之大意：我本知道直言遭祸，宁可忍患也不能舍我本性。手指苍天为我作证，一切所为都是为了你啊。我们两个定好在黄昏成亲，你为什么在半途就改变心意了呢？当初你我既已约定，后来你却悔遁而他求。离别远行我不心痛，你的反复令我伤心。（这几句亦是告诫怀王）

注释

29 惟夫党人之偷乐兮：党人，结党营私之人；偷，苟且。

30 路幽昧以险隘：幽昧，昏暗；以，连词，表并列。

31 惮：畏惧。

32 皇舆：君王乘的车子，此处比喻国家政权。

33 忽：快也。

34 踵武：踵，足跟；武，迹也。

35 荃：香草名，喻楚怀王。

36 齌：本义炊火猛烈。

37 余固知謇謇之为患兮：固，本来；謇謇，直言的样子；之，连词，连接主谓语。

38 指九天以为正兮：九天，古人以为天有九重；正，通"证"。

39 灵修：能神明远见者，这里指楚怀王。

40 悔：后悔。

41 数化：反复变化。

余既滋兰之九畹^{wǎn}兮⁴²，又树蕙之百亩。畦留夷与揭车兮，杂杜衡与芳芷⁴³。冀枝叶之峻茂兮⁴⁴，愿竢⁴⁵^{sì}时乎吾将刈。虽萎绝其亦何伤兮，哀众芳之芜秽⁴⁶。

诗之大意：我已培育许多兰草，又栽就百亩蕙草。种植了留夷和揭车，杜衡芳芷夹杂其间。希望它们枝繁叶茂，等待时机成熟，我将收割。枯萎死去我不悲伤，沾染污秽令我心痛。（这几句是讲屈原曾培育了一批人才，希望他们为国所用，但是他们却都改变了主张，与小人同流合污。）

众皆竞进以贪婪⁴⁷兮，凭⁴⁸不厌乎求索。羌⁴⁹内恕己以量人兮，各兴⁵⁰心而嫉妒。忽驰骛^{wù}⁵¹以追逐兮，非余心之所急⁵²。老冉冉⁵³其将至兮，恐修名之不立。

诗之大意：众人都贪婪地钻营，不厌不停地求索。宽恕自己、猜疑别人，钩心斗角、相互嫉妒。急于钻营、争权夺利，这些非我迫切追求的。时光冉冉，老之将至，唯恐美名不能树立。

注释

42 余既滋兰之九畹兮：滋，灌溉；之，达到；畹，古代面积单位，十二亩为一畹，一说三十亩。九畹、百亩，都是极言其多。

43 畦留夷与揭车兮，杂杜衡与芳芷：畦、杂，这里都是种植之意；留夷、揭车、杜衡、芳芷，均为芳草。

44 冀枝叶之峻茂兮：冀，希望；峻，高大。

45 竢：通"俟"，等待。

46 芜秽：污秽。

47 贪婪：贪财为贪，贪吃为婪。

48 凭：楚国方言，满之意。

49 羌：发语词。

50 兴：起。

51 驰骛：迅速而急促地奔跑。

52 急：迫切。

53 冉冉：渐进貌。

朝饮木兰之坠露兮，夕餐秋菊之落英。苟余情其信姱^{kuā}以练要兮⁵⁴，长顑颔^{kǎnhàn}⁵⁵亦何伤。擥⁵⁶木根以结茝兮，贯薜荔之落蕊。矫⁵⁷菌桂以纫蕙^{lǎn}兮，索胡绳之纚纚^{lí}⁵⁸。

诗之大意：早晨饮木兰的坠露，晚上餐秋菊的落花。只要我的品格美好而坚贞不移，长期消瘦又有何伤。我用树根编结茝草，薜荔的蕊贯穿其中。我用菌桂串起蕙草，搓成胡绳又好又长。（这几句是讲屈原不断地修品、修态）

謇吾法夫前修兮⁵⁹，非世俗之所服⁶⁰。虽不周⁶¹于今之人兮，愿依彭咸⁶²之遗则。长太息以掩涕兮，哀民生之多艰。余虽好修姱以鞿羁兮⁶³^{jī}，謇朝谇而夕替⁶⁴^{suì}。

诗之大意：我这样做是取法于先贤，非世俗之人所愿为。虽不能合于世人，我也甘效彭咸之法。长长叹息，泪水不停，哀叹民生的艰难。我虽善于修德，严于律己，早上进谏，晚上则被贬。

注释

54 苟余情其信姱以练要兮：信姱，真正美好；练要，简练于要道也，可理解为专一。

55 顑颔：因饥饿而面黄肌瘦。

56 擥：执持。

57 矫：拿、举。

58 纚纚：长而下垂的样子。

59 謇吾法夫前修兮：謇，发语词；前修，前贤。

60 服：用。

61 周：合。

62 彭咸：殷之臣，劝说君王不听，投水而死。

63 羁羁：马缰绳和络头，这里引申为律己。

64 謇朝谇而夕替：谇，谏；替，废弃。

既替余以蕙纕^{xiāng}⁶⁵兮，又申⁶⁶之以揽茝。亦余心之所善兮，虽九死其犹未悔。怨灵修之浩荡⁶⁷兮，终不察夫民心⁶⁸。众女嫉余之蛾眉兮⁶⁹，谣诼^{zhuó}⁷⁰谓余以善淫。

诗之大意：既弹劾我佩蕙啊，又指责我采茝。只要是我心之所向，虽是九死也不后悔。怨只怨楚王糊涂啊，终不能察我的真心。那些女人嫉我美貌，造谣说我本性淫荡。（以香草美人比喻自己的美质是此文的特色）

固时俗之工巧兮，偭^{miǎn}规矩而改错⁷¹。背绳墨⁷²以追曲兮，竞周容⁷³以为度。忳郁邑余侘傺^{tún chà chì}兮⁷⁴，吾独穷困乎此时也。宁溘^{kè}死以流亡兮⁷⁵，余不忍为此态也。

诗之大意：俗人本是善于取巧，背弃规矩改变法度。偏离准绳，追求歪斜，争相结党取悦，并奉之为法。忧心忡忡，失意烦闷，最是我孤独穷困之时。宁可即死而形体不存，媚俗取悦非我所为。

鸷鸟之不群兮，自前世而固然。何方圆⁷⁶之能周兮，夫孰异道而相安？屈心而抑志兮，忍尤而攘诟⁷⁷，伏⁷⁸清白以死直兮，固前圣之所厚。

诗之大意：雄鹰不与燕雀同群，自古以来就是如此。方与圆周岂能互配？志向不同岂能相安？与其委屈本心，压抑情感，忍受责骂，忍受耻辱，何不坚持清白而死于耿直？这本是先贤之所称道。

注释

65 纕：佩带。

66 申：指责。

67 浩荡：屈原实言楚王糊涂，但是不好直言，用"浩荡"。

68 民心：这里指自己的心意。

69 众女嫉余之蛾眉兮：嫉，害贤为嫉；蛾眉，眉细长如蚕蛾之触角，此处指美貌。

70 谣诼：造谣诽谤。

71 偭规矩而改错：偭，违背；错，通"措"，措施。

72 绳墨：古代匠人用拉绳浸墨法来定直线。

73 周容：苟合取悦。

74 忳郁邑余侘傺兮：忳，忧闷貌；郁邑，忧愤郁结；侘傺，失意而精神恍惚的样子。

75 宁溘死以流亡兮：溘死，忽然死去；流亡，指形体随水而去。

76 圜：通"圆"。

77 忍尤而攘诟：尤，指责；攘诟，容忍耻辱。

78 伏：同"服"，信服。

　　悔相道之不察兮，延伫乎吾将反[79]。回朕车以复路[80]兮，及行迷之未远。步余马于兰皋[81]兮，驰椒丘且焉止息[82]。进不入以离[83]尤兮，退将复修吾初服。

　　诗之大意：后悔当初看路不清，停留迟疑，我将回返。调转车头，回到原路，趁着迷途尚未走远。让马漫步于兰草岸，驰到椒丘暂且停留。既然进取反遭责罚，我将回来重修美态。

　　制芰荷[84]以为衣兮，集芙蓉以为裳[85]。不吾知其亦已[86]兮，苟余情其信芳。高余冠之岌岌[87]兮，长余佩之陆离[88]。芳与泽其杂糅兮[89]，唯昭质[90]其犹未亏。

诗之大意：裁剪芰荷之叶制成上衣，采集荷花做成下裳。没有知音也无所谓，只要品格真正芳香。我把帽子戴得高高，我把佩带加得长长。芳洁污浊混杂之时，我要保持美德不腐。

忽反顾以游目[91]兮，将往观乎四荒[92]。佩缤纷其繁饰兮，芳菲菲其弥章[93]。民生各有所乐兮，余独好修以为常。虽体解[94]吾犹未变兮，岂余心之可惩[95]？

诗之大意：忽然回头目视远方，我将往观四周辽阔的大地。佩饰缤纷华丽，香气四溢愈加芬芳。人们各有自己所好，我爱修身习以为常。即使肢解粉身也不改变，挫折打击岂能让我变心。

注释

79 反：通"返"。

80 复路：返回原路。

81 兰皋：长着兰草的水边高地。

82 驰椒丘且焉止息：椒丘，长满椒木的山丘；焉，复合代词，于此。

83 离：通"罹"，遭受。

84 芰荷：菱叶与荷叶。

85 裳：下裙。

86 亦已：也罢。

87 岌岌：高耸而危貌。

88 陆离：长而若离貌。

89 芳与泽其杂糅兮：泽，汗衣为泽，引申为污浊之气；杂糅，混杂。

90 昭质：美德。

91 游目：不定方向地远望。

92 荒：辽阔的大地。

93 芳菲菲其弥章：芳菲菲，芳香浓郁的样子；章，通"彰"。

94 体解：肢解。

95 惩：受戒而止。

女嬃之婵媛兮⁹⁶，申申其詈予曰⁹⁷：鲧婞 直以亡身兮⁹⁸，终然妖⁹⁹乎羽之野。汝何博謇¹⁰⁰而好修兮，纷独有此姱节¹⁰¹？薋菉葹¹⁰²以盈室兮，判¹⁰³独离而不服。众不可户 说¹⁰⁴兮，孰云察余之中情¹⁰⁵？世并举而好朋¹⁰⁶兮，夫何 茕 独¹⁰⁷而不予听？

诗之大意：姐姐女嬃很是关切，曾经一再向我告诫：鲧性太直而遭杀身，落得弃尸羽山之野。你又何必处处直言，独自保有这纷美的佩饰。普通花草长满房屋，唯独你不肯佩戴。人多不能挨户说明，谁能体察你的本心？世人都爱成群结党，为何你宁愿孤独也不听我言？

依前圣以节中¹⁰⁸兮，喟凭心而历兹¹⁰⁹。济、沅湘以南征兮，就重华而敶词。启《九辩》与《九歌》兮¹¹⁰，夏康娱¹¹¹以自纵。不顾难以图后兮，五子用失乎家巷¹¹²。

诗之大意：学习先圣节制性情，可叹我凭心而为；却遭此难。我将渡过沅湘向南而行，到舜帝处诉说衷肠。夏后启得了《九辩》和《九歌》，寻欢放纵毫无顾忌。没有看到危险而谋划，终于酿成五子之乱。

注释

96 女嬃之婵媛兮：女嬃，屈原的姐姐；婵媛，通"啴唛"，喘息貌。

97 申申其詈予曰：申申，反复说的样子；詈，责骂。

98 鲧婞直以亡身兮：鲧，大禹之父；婞直，性直。

99 妖：死。

100 博謇：处处直言。

101 节：应为"饰"。

102 薋菉葹：薋，聚集；菉、葹，均为普通的草。

103 判：判然。

104 户说：挨户地说明。

105 孰云察余之中情：余，应为余弟的省略；中情，内心。

106 朋：朋党。

107 茕独：孤独。

108 节中：节制性情以修身。

109 喟凭心而历兹：喟，叹息；历兹，逢此。

110 启《九辩》与《九歌》兮：启，大禹之子，夏朝的开国君主；《九辩》《九歌》，传说启从上天偷来《九辩》和《九歌》。

111 夏康娱：夏，大；康娱，贪图享乐。

112 五子用失乎家巷：五子，启有五子。据《竹书纪年》，启放其季子武观，后武观以西河叛，五子内乱起；用，因此；失，失势；乎，介词，引出补语，相当于"于"；巷，通"閧"，内讧。

羿淫游以佚畋^{tián}兮¹¹³，又好射夫封狐¹¹⁴。固乱流其鲜^{xiǎn}终兮¹¹⁵，浞^{zhuó}又贪夫厥家¹¹⁶。浇^{ào}身被服强圉^{yǔ}兮¹¹⁷，纵欲而不忍。日康娱而自忘兮，厥首用夫颠陨¹¹⁸。

诗之大意：后羿沉迷于游乐打猎，特别喜欢猎杀大狐。恣行之人绝少善终啊，寒浞杀羿霸占其妻。寒浇自恃孔武有力，放纵欲念，不肯节制。日日娱乐，忘乎所以，他的头颅因此落地。

夏桀之常违兮¹¹⁹，乃遂焉¹²⁰而逢殃。后辛之菹醢^{zūhǎi}兮¹²¹，殷宗用而不长。汤、禹俨而祗^{zhī}敬兮¹²²，周论¹²³道而莫差。举贤而授能¹²⁴兮，循绳墨而不颇¹²⁵。

诗之大意：夏桀之行违背常理，结果遭殃，身死国亡。纣王剁良臣为肉酱，殷朝天下因而不长。汤王大禹端庄恭敬，西周文王不离正道。选拔贤才任用能者，循规蹈矩从不背离。

注释

113 羿淫游以佚畋兮：羿，相传为有穷国君，夏太康时因夏乱而夺取夏政权；淫，过甚；佚，放纵；畋，打猎。

114 封狐：大狐。一说为大猪。

115 固乱流其鲜终兮：乱流，恣行妄为；鲜，几乎没有；终，善终。

116 浞又贪夫厥家：浞，寒浞，羿的相国；家，通"姑"，古时对妇女的一种称谓，此处指羿的妻子。

117 浇身被服强圉兮：浇，寒浞的儿子；被服，披服，引申为具有；强圉，多力也。

118 颠陨：坠落。

119 夏桀之常违兮：桀，夏的末代君王；常违，宾语前置，违背常理。

120 遂焉：副词，终于。

121 后辛之菹醢兮：后辛，纣王，商的末代君王；菹醢，一种酷刑，剁人为肉酱。

122 汤、禹俨而祗敬兮：俨，庄重；祗敬，恭敬。

123 周论：周，指周文王；论，应为"循"。

124 授能：授权于能者。

125 循绳墨而不颇：绳墨，代指规矩；颇，偏差。

皇天无私阿¹²⁶兮，览民德焉错辅¹²⁷。夫维圣哲以茂行兮¹²⁸，苟得用此下土¹²⁹。瞻前而顾后兮，相^{xiàng}观民之计极¹³⁰。夫孰非义而可用兮？孰非善而可服¹³¹？

诗之大意：上天从来大公无私，发现有德之人方才帮辅。只有圣贤有德之人，才能谨慎地治理天下。我回顾过去，瞻望未来，考察人世治变之理。哪有不义不善的人，能够统治天下万民？

阽^{diàn 132}余身而危死兮，览余初其犹未悔。不量凿而正枘兮^{133 ruì}，固前修以菹醢。曾歔欷余郁邑兮^{134 xū xī}，哀朕时之不当。揽茹¹³⁵蕙以

掩涕兮，沾余襟之浪浪。

　　诗之大意：虽然已是面临死亡，我也不悔我的初衷。不量凿眼却削榫头，所以前代圣人遭殃。一次次叹息忧闷不已，感叹自己生不逢时。拿起软蕙擦拭眼泪，泪水不绝，沾湿衣裳。（注：自"启九辩与九歌兮"至"沾余襟之浪浪"皆为屈原对舜的陈词。）

　　跪敷衽^{136}以陈辞兮，耿吾既得此中正^{137}。驷玉虬以乘鹥兮^{138}，溘埃^{139}风余上征。朝发轫于苍梧兮^{140}，夕余至乎县圃^{141}。欲少留此灵琐^{142}兮，日忽忽其将暮。

　　诗之大意：铺展衣襟跪地陈辞，得了正道，心中明亮。驾着玉虬，乘着凤车，借着忽来的尘风上天。早晨出发于苍梧，晚上就到了悬圃。想在仙地稍作停留，无奈日色已晚忽忽将暮。

注释

　　126 私阿：偏爱。

　　127 览民德焉错辅：览，看；错辅，安排辅助。错，通"措"。

　　128 夫维圣哲以茂行兮：维，唯有；茂行，德行充盛。

　　129 苟得用此下土：苟，通"敬"，谨慎；用，使用，引申为治理；下土，天下。

　　130 相观民之计极：相、观，皆为观察之意；计极，思之尽头，引申为兴亡的规律。

　　131 服：与上句的"用"互文，享有。

　　132 阽：临近危险。

　　133 不量凿而正枘兮：凿，器物的榫孔；正，修正；枘，榫头。

　　134 曾歔欷余郁邑兮：曾，重；歔欷，叹息声；郁邑，忧郁。

　　135 茹：柔软。

　　136 敷衽：敷，铺展；衽，衣服的前襟。

　　137 耿吾既得此中正：耿，明亮也；中正，中正之道。

　　138 驷玉虬以乘鹥兮：驷，古代四马之车为驷，这里引申为驾；虬，传说中的无角龙；桀，通"乘"；鹥，凤凰别名。

139 溘埃：溘，忽然；埃，微尘。

140 朝发轫于苍梧兮：发轫，指启程。轫，停车时用来阻止车轮转动的一块木头；苍梧，即九疑山，在今湖南宁远，据说舜葬于此。

141 县圃：传说中神仙居所，在昆仑之巅。县，通"悬"。

142 琐：应为"薮"。灵薮，神仙所聚的草泽之地。

吾令羲和弭节¹⁴³兮，望崦嵫¹⁴⁴而勿迫。路曼曼¹⁴⁵其修远兮，吾将上下而求索。饮余马于咸池¹⁴⁶兮，总余辔乎扶桑¹⁴⁷。折若木¹⁴⁸以拂日兮，聊逍遥以相羊¹⁴⁹。

诗之大意：我令羲和停鞭慢行，莫让太阳接近崦嵫。前路漫漫长又远，我将上下而求索。且让我马咸池饮水，缰绳拴在扶桑树上。折下若木遮住太阳，让我暂且从容游逛。

前望舒¹⁵⁰使先驱兮，后飞廉使奔属¹⁵¹。鸾皇¹⁵²为余先戒兮，雷师告余以未具¹⁵³。吾令凤鸟飞腾兮，继之以日夜。飘风屯其相离兮¹⁵⁴，帅云霓而来御¹⁵⁵。

诗之大意：我命望舒前面开路，又令飞廉紧紧跟随。鸾凰为我在前戒备，雷师却说还未妥当。我令凤鸟展翅飞腾，夜以继日不要停息。旋风飘转聚集而来，率领云霓前来陪侍。

纷总总¹⁵⁶其离合兮，斑陆离¹⁵⁷其上下。吾令帝阍开关兮¹⁵⁸，倚阊阖¹⁵⁹而望予。时暧暧¹⁶⁰其将罢兮，结幽兰而延伫。世溷浊¹⁶¹而不分兮，好蔽美而嫉妒。

诗之大意：云霓纷纷忽离忽合，五光十色上下飘荡。我令帝阍打开天门，他却倚门对我观瞧。日色渐暗白天将尽，绾结幽兰，我久久伫立。世道混浊善恶不分，好掩人之美，妒人之德。

注释 ···

143 羲和弭节：羲和，传说中驾御日车的神；弭节，停鞭。

144 崦嵫：传说太阳落处的神山。

145 曼曼：通"漫漫"。

146 咸池：传说日浴之处。

147 总余辔乎扶桑：总，绾结在一起；辔，缰绳；扶桑，神树，传说日出于扶桑之下。

148 若木：一种神树，传说其长于日落之处。

149 聊逍遥以相羊：聊，姑且；相羊，通"徜徉"。

150 望舒：月神的驾车人。

151 后飞廉使奔属：飞廉，风神，属，跟随。

152 皇：通"凰"。

153 具：通"俱"，完备。

154 飘风屯其相离兮：飘风，旋风；屯，聚；离，通"丽"，结伴。

155 帅云霓而来御：帅，通"率"；御，侍。

156 纷总总：多而纷乱貌。

157 斑陆离：斑，色彩斑驳；陆离。离散貌。

158 吾令帝阍开关兮：帝阍，天帝的守门人；关，门闩。

159 阊阖：天门。

160 暧暧：昏暗貌。

161 涽浊：混乱污浊。

朝吾将济于白水^{162}兮，登阆 风而绁马^{163}。忽反顾以流涕兮，哀高丘^{164}之无女。溘吾游此春宫^{165}兮，折琼枝^{166}以继佩。及荣华^{167}之未落兮，相下女之可诒^{168}。

诗之大意：清晨我将渡过白水，登上阆风，系马停歇。忽然回头眺望流泪，哀叹仙山竟无美女。匆忙游览东方的春宫，折下琼枝加长玉佩。趁着花儿尚未凋落，赶快寻找下界的美女。（屈原以美女比喻贤明的君主，他仙山两问地下三求而不得。）

吾令丰隆¹⁶⁹椉云兮，求宓妃¹⁷⁰之所在。解佩纕以结言兮¹⁷¹，
吾令謇修以为理¹⁷²。纷总总其离合兮，忽纬繣其难迁¹⁷³。夕归
次于穷石兮¹⁷⁴，朝濯发乎洧盘¹⁷⁵。

诗之大意：我令丰隆乘云而去，寻找宓妃所居之处。解下佩带
以结婚约，命令謇修为我做媒。宓妃态度忽离忽合，不相投合，事
恐难成。宓妃晚上归住穷石，清晨在洧盘之畔洗发。

注释

162 白水：神话中的河流名，位于昆仑山下。相传饮之可以不死。

163 登阆风而绁马：阆风，神山名，位于昆仑之巅；绁，系。

164 高丘：这里指仙山。

165 春宫：传说中东方青帝的居所。

166 琼枝：仙山圣树之枝。

167 华：花。

168 相下女之可诒：下女，下界的美女；诒，通"贻"，赠送，这里
引申为求娶。

169 丰隆：雷师。

170 宓妃：相传为洛水女神，伏羲氏女。

171 解佩纕以结言兮：佩纕，佩带；结言，用言辞定约。

172 吾令謇修以为理：謇修，人名，传说为伏羲的臣子；理，媒。

173 忽纬繣其难迁：纬繣，乖戾；难迁，难以说动。

174 夕归次于穷石兮：次，住；穷石，地名，传说中后羿的居处。

175 洧盘：神话中水名，出崦嵫山。

保¹⁷⁶厥美以骄傲兮，日康娱以淫游。虽信¹⁷⁷美而无礼兮，来¹⁷⁸
违弃而改求。览相观于四极兮¹⁷⁹，周流乎¹⁸⁰天余乃下。望瑶台之
偃蹇兮¹⁸¹，见有娀之佚女¹⁸²。

诗之大意：她依仗貌美骄傲啊，成天享乐，游玩无度。虽然美丽却不守礼法，我只好放弃另外索求。细细观察四面八方，周游一圈从天而降。望见瑶台华丽巍峨，台上住着有娀氏美女。

吾令鸩¹⁸³为媒兮，鸩告余以不好。雄鸠¹⁸⁴之鸣逝兮，余犹恶其佻巧。心犹豫而狐疑兮，欲自适而不可。凤凰既受诒兮¹⁸⁵，恐高辛¹⁸⁶之先我。

诗之大意：我令鸩鸟前去做媒，鸩鸟却说此女不好。雄鸠叫着飞离远去，我又厌恶它的轻佻。心中犹豫、迟疑不定，想要自去又觉不可。那凤凰既已接受聘礼，恐怕高辛赶在我前（屈原的媒为鸩鸟、雄鸠，而高辛的媒为凤凰，其结局可想而知。）

欲远集¹⁸⁷而无所止兮，聊浮游以逍遥。及少康之未家兮¹⁸⁸，留有虞之二姚¹⁸⁹。理弱而媒拙兮，恐导言¹⁹⁰之不固。世溷浊而嫉贤兮，好蔽美而称恶。

诗之大意：想要远去，却无处落脚，只好游荡，暂且逍遥。趁着少康尚未成婚，还可追求有虞二姚。媒人无能拙嘴笨腮，此番说合，希望渺渺。世间混浊，嫉贤妒能，遮蔽美德，还把邪恶称道。

注释

176 保：依仗。

177 信：确实。

178 来：语助词。

179 览相观于四极兮：览、相、观，均为观察之意；四极，四方尽头。

180 乎：介词，相当于"于"。

181 望瑶台之偃蹇兮：瑶台，玉台，这里指美女简狄的居所；偃蹇，高耸。

182 见有娀之佚女：有娀氏，上古国名，为原始部落；佚女，美女，这里指简狄。

183 鸩：传说中的毒鸟，以羽浸酒，饮之立死。

184 雄鸩：鹊鸩。

185 凤皇既受诒兮：凤皇，同"凤凰"。凤凰在这里是帝喾的媒使；诒，通"贻"，赠送，这里指聘礼。

186 高辛：即帝喾。

187 集：栖止。

188 及少康之未家兮：少康，夏后相之子，夏王朝的中兴之主。相被过、浇杀死，相妻逃至有仍生少康。少康又逃到有虞，娶了国君的两个女儿，借助有虞的力量恢复了夏朝；未家，此处指未成婚。

189 留有虞之二姚：有虞，上古部落名；二姚，有虞国君的二女。

190 导言：传话、撮合。

闺中既以邃^{sui}191远兮，哲王192又不寤。怀朕193情而不发兮，余焉能忍而与此终古194？

诗之大意：闺中美女已深远难求，贤明君王又不觉悟。衷情满怀却无处倾诉，我怎能忍郁抱恨终此一生？

索^{qióng}藑茅以筵^{tíngzhuān}篿兮195，命灵氛196为余占之。曰：两美其必合兮，孰信修而慕之197？思九州198之博大兮，岂惟是其有女199？曰：勉200远逝而无狐疑兮，孰求美而释女201？何所独无芳草202兮，尔何怀乎故宇203？

诗之大意：取来灵草与竹片，命令灵氛为我占卜。他说：两美必可结合，哪个贤能之人无人思念？想想九州多么博大，难道只有此地有女？又说：还是远去吧，无须多虑，哪个求才的人能不留你？世间何处没有芳草，你又何必苦恋故地？（屈原在此以男女之爱比拟君臣关系。）

世幽昧以 眩 曜[204]兮，孰云察余之善恶？民好恶其不同兮，^{xuànyào}
惟此党人其独异！户服艾以盈要兮[205]，谓幽兰其不可佩。

诗之大意：世间幽暗而且迷乱，谁能分辨我的好坏？人的好恶
各不相同，唯独这些结党之人不同。他们都是艾草满腰，反说幽兰
不可佩戴。

注释

191 以邈：以，通"已"；邈，深远。

192 哲王：贤明君王，这里指楚怀王。

193 朕：自称。

194 终古：永久。

195 索薏茅以筳篿兮：索，讨取；薏茅，一种用于占卜的草；以，与；筳篿，用于占卜的竹片。

196 灵氛：古代神巫。

197 孰信修而慕之：信修，确有才能；慕之，应为"莫念"。

198 九州：古代中国分为九州。

199 岂惟是其有女：惟，只；是，此；其，语助词。

200 勉：劝勉。

201 孰求美而释女：美，美才；释，放；女，通"汝"。

202 芳草：喻明君。

203 故宇：旧居。

204 眩曜：日光强烈，此处指眼光迷乱。

205 户服艾以盈要兮：服，佩；艾，艾草；要，通"腰"。

览察草木其犹未得兮，岂 珵 [206]美之能当？苏粪壤以充帏^{chéng}
兮[207]，谓申椒其不芳。欲从灵氛之吉占兮，心犹豫而狐疑。

诗之大意：草木好坏尚且不辨，怎能适当评价美玉？取用粪土
填充香囊，反说申椒没有芳香。我想听从灵氛的卦辞，心中却又犹

豫不定。

巫咸²⁰⁸将夕降兮，怀椒糈 (xǔ) 而要之²⁰⁹。百神翳²¹⁰其备降兮，九疑缤其并迎。皇剡剡 (yǎn) ²¹¹其扬灵兮，告余以吉故。曰：勉升降以上下兮，求矩矱 (yuē) ²¹²之所同。

诗之大意：巫咸将在傍晚降临，带上花椒精米相请。诸神齐降遮天蔽日，九疑众神纷纷来迎。金光灿灿神祇显灵，巫咸传我很多佳话。说：你要努力上下探寻，寻求志向相同之人。（灵氛告诉屈原远走他邦，巫咸则告诉他不要去国）

汤、禹俨而求合兮，挚、咎繇 (jiùyáo) 而能调²¹³。苟中情其好修兮²¹⁴，又何必用夫行媒²¹⁵？说 (yuè) 操筑于傅岩兮²¹⁶，武丁用而不疑。吕望²¹⁷之鼓刀兮，遭周文而得举。

诗之大意：汤、禹恭求同道中人，伊尹、咎繇前来辅佐。如果内心崇尚修洁，何必定须媒人介绍。傅说操杵在傅岩筑墙，武丁拜相用而不疑。吕望曾经摆弄屠刀，遇到文王而得重用。

注释

206 瑾：美玉。

207 苏粪壤以充帏兮：苏，通"索"；帏，香囊。

208 巫咸：神巫名，史有其人，而后人加以神化。

209 怀椒糈而要之：糈，精米；要，通"邀"。

210 翳：华盖，此处用作动词，遮蔽。

211 皇剡剡：皇，大；剡剡，闪光貌。

212 矩矱：尺度，这里喻准则。

213 挚咎繇而能调：挚，伊尹，商汤的贤相；咎繇，即皋陶，夏禹的贤臣；调，协调、配合。

214 苟中情其好修兮：中情，内心；好修，崇尚修洁。

215 行媒：往来作媒妁的人。

216 说操筑于傅岩兮：说，指傅说，殷高宗武丁的贤相；筑，杵，打土墙用的捣土工具；傅岩，地名，位于今山西平陆县东。

217 吕望：姜太公，晚年出仕，辅佐周文王及助武王破商的开国功臣。

宁戚[218]之讴歌兮，齐桓闻以该[219]辅。及年岁之未晏[220]兮，时亦犹其未央[221]。恐鹈鴂[222]之先鸣兮，使夫百草为之不芳。何琼佩之偃蹇[223]兮，众薆然[224]而蔽之。

诗之大意：宁戚扣牛角而歌，齐桓公请他辅政。趁着年纪未老，现在还有时光。只恐杜鹃叫声来得太早，使得百草不再芬芳。为何琼佩美而高贵，人们却要蔽其光芒。

惟此党人之不谅[225]兮，恐嫉妒而折之。时缤纷其变易兮，又何可以淹留[226]？兰芷变而不芳兮，荃蕙化而为茅。何昔日之芳草兮，今直为此萧艾也[227]？

诗之大意：这些党人不讲信义，恐怕会因嫉妒而将美玉折毁。时世纷乱、变化无常，我怎可以在此长留。兰草芷草失去芬芳，荃草蕙草化为茅莠。为何这些昔日芳草，今天竟甘为荒蒿野艾？

岂其有他故兮，莫好修之害也！余以兰[228]为可恃兮，羌无实而容长[229]。委[230]厥美以从俗兮，苟[231]得列乎众芳。椒专佞以慢慆兮[232]，樧又欲充夫佩帏[233]。

诗之大意：难道还有别的理由，不好修洁惹此灾祸！我本以为兰草可靠，没想到华而不实、虚有其表。抛弃美质追随世俗，只求苟且列入众芳。椒竟专横谄媚傲慢，樧也企图填进香囊。

227

注释

218 宁戚：春秋时卫国人，曾在齐东门外做小商，齐桓公夜出，值宁戚喂牛，扣角而歌其怀才不遇，桓公与之交谈后，任用其为相。

219 该：备、充当。

220 晏：晚。

221 央：尽。

222 鹈鴂：即杜鹃，鸣于春末夏初，正是落花时节。

223 偓寒：美盛貌。

224 薆然：遮蔽貌。注：伊尹、咎繇、傅说、吕望、宁戚的事迹均为巫咸告诉屈原的"吉故"。

225 谅：诚信。

226 淹留：长留。

227 今直为此萧艾也：直，竟然；萧、艾，蒿草、艾草，此处比喻谗佞小人。

228 兰：喻指屈原栽培的变节的学生。

229 羌无实而容长：羌，语助词；容，外表。

230 委：丢弃。

231 苟：苟且。

232 椒专佞以慢慆兮：佞，谄媚；慢慆，傲慢放肆。

233 榝又欲充夫佩帏：榝，茱萸；佩帏，香囊。

既干进而务入兮²³⁴，又何芳之能祗²³⁵？固时俗之流从²³⁶兮，又孰能无变化？览椒兰其若兹²³⁷兮，又况揭车与江离？惟兹佩之可贵兮，委厥美而历兹。

诗之大意：他们既然一心钻营，何种芳香能得敬重？时俗本就随波逐流，谁的美质能不改变？看到椒兰都是如此，又何况揭车与江离？独我的佩饰最为可贵，但它至今被人抛弃。

芳菲菲而难亏兮，芬至今犹未沬²³⁸。和 调 度以自娱兮²³⁹，

mèi   diào

聊²⁴⁰浮游而求女。及余饰之方壮兮，周流观乎上下。

诗之大意：我的佩饰香气浓郁，它的芳菲至今不减。让玉饰和步伐和谐以自娱，姑且漫游寻求美女。趁着玉饰还很美盛，我要游历上下四方。

灵氛既告余以吉占兮，历²⁴¹吉日乎吾将行。折琼枝以为羞²⁴²兮，精琼爢（mí）以为粮²⁴³（zhāng）。为余驾飞龙兮，杂²⁴⁴瑶象以为车。何离心之可同兮？吾将远逝以自疏²⁴⁵。

诗之大意：灵氛既然说是吉卦，选择吉日我将远行。折下玉枝做成佳肴，精捣玉屑作为干粮。为我驾起飞腾的龙车，美玉象牙装饰车身。心志相离怎能同处？我将远去自行疏离。

邅²⁴⁶（zhān）吾道夫昆仑兮，路修远以周流²⁴⁷。扬云霓之晻蔼兮²⁴⁸（ǎn ǎi），鸣玉鸾²⁴⁹（jiū）之啾啾。朝发轫于天津²⁵⁰兮，夕余至乎西极。凤皇翼其承旂兮²⁵¹（qí），高翱翔之翼翼²⁵²。

诗之大意：转路前往昆仑之巅，路途遥遥，迂曲难行。扬起云旗，遮天蔽日，玉铃啾啾，宛如鸾鸣。早晨发于天河渡口，傍晚抵达西方尽头。凤凰展翅，相接云旗，翱翔高空，整齐肃穆。

注释

234 既干进而务入兮：干，求；务，致力。

235 祗：敬。

236 流从：从流。

237 若兹：如以上所述的变化。

238 沬：通"昧"，暗淡。

239 和调度以自娱兮：和，和谐；调，佩玉发出的声响；度，行进的节奏。

240 聊：姑且。

241 历：择。

242 以为羞：以为，以之为；羞，通"馐"，佳肴。

243 精琼靡以为粮：靡，通"糜"，烂、碎；粮，粮。

244 杂：搭配。

245 疏：远。

246 遭：转。

247 周流：指道路迂曲。

248 扬云霓之晻蔼兮：云霓，此处以云霓作旗；晻蔼，光线暗淡貌。

249 鸾：通"銮"，车铃。

250 天津：天河渡口。

251 凤皇翼其承旂兮：翼，展翅；承，相接；旂，古代一种竿头有铃、绘有龙的旗。此处泛指旗。

252 翼翼：齐整貌。

忽吾行此流沙兮，遵赤水而容与[253]。麾蛟龙使梁[254]津兮，诏西皇使涉予[255]。路修远以多艰兮，腾众车使径待[256]。路不周[257]以左转兮，指西海以为期[258]。

诗之大意：忽然来到流沙地带，沿着赤水河岸徘徊。我令蛟龙渡口为桥，又命西皇渡我过河。道路遥远、困难重重，传令众车在旁等待。过不周山又向左转，指着西海为约会之地。

屯余车其千 乘（shèng）兮[259]，齐玉轪（dài）[260]而并驰。驾八龙之婉婉[261]兮，载云旗之委蛇[262]。抑志而弭节兮[263]，神高驰之 邈（miǎo）邈[264]。

诗之大意：聚齐我的千辆从车，同一速度并驾齐驱。八龙之车蜿蜒前行，车上云旗卷曲飘扬。静下心来停鞭慢行，我的心思驰向远方。

注释

253 遵赤水而容与：遵，循、沿着；赤水，神话中水名，源于昆仑山东南；容与，徘徊不进。

254 梁：桥。

255 诏西皇使涉予：诏，君王的命令为诏；西皇，主西方之神；涉，渡过。

256 腾众车使径待：腾，传告；径待，径直等待。

257 不周：神山名。

258 指西海以为期：西海，传说中的西方之海；期，会合。

259 屯余车其千乘兮：屯，聚集；乘，四马之车为乘。

260 軑：车毂端的帽盖。

261 婉婉：通"蜿蜿"，蜿蜒曲折的样子。

262 委蛇：通"逶迤"，卷曲飘动貌。

263 抑志而弭节兮：抑志，控制心情；弭节，停鞭。

264 神高驰之邈邈：神，心神；邈邈，高远貌。

奏《九歌》而舞《韶》兮[265]，聊假日以偷乐[266]。陟升皇之赫戏兮[267]，忽临睨夫旧乡[268]。仆夫[269]悲余马怀兮，蜷 局顾[270]而不行。
（nì）（quán）

诗之大意：演奏《九歌》跳起《韶》舞，借此时光，姑且愉乐。太阳东升，光芒万丈，忽然瞥见我的故乡。仆人悲伤，马也怀恋，屈身回望，不肯前行。

乱曰[271]：已矣哉！国无人莫我知[272]兮，又何怀乎故都[273]！既莫足[274]与为美政兮，吾将从彭咸之所居！

尾声：算了吧！既然国内无人不知我被放逐，我又何必怀恋故都！既然无人能够一起行美政，我将追随彭咸而去！

注释

265 奏《九歌》而舞《韶》兮：《九歌》，上古乐曲名；《韶》，传说为虞舜时的乐舞。

266 聊假日以偷乐：假，借；偷，通"愉"。

267 陟升皇之赫戏兮：陟，升；升皇，指升起的太阳；赫戏，光芒万丈。

268 忽临睨夫旧乡：临，居高往下看；睨，斜视；旧乡，指楚国的京都郢郸。

269 仆夫：仆人。

270 局顾：局，应为"曲"；顾，回望。

271 乱曰：尾声。

272 莫我知：莫知我。

273 故都：指郢都。

274 莫足：莫，没有人；足，能够。

赏析： 离骚者，罹难忧愁也。此诗作于屈原初次被流放于汉北的两三年中，即公元前302年前后。此诗从构思上大体可分为两部分。从开篇至"跪敷衽以陈辞兮，耿吾既得此中正"为前半部分，这一部分偏现实，写屈原的出身、变革、心志。从"驷玉虬以桀鹥兮，溘埃风余上征"到篇末为后半部分，这一部分偏超现实，写屈原天界求女、问卜灵巫。作品中"香草美人"的比喻、神话传说及丰富的想象，形成了瑰丽的浪漫主义特色。《离骚》为屈原的代表作，它开创了"骚体"的诗歌形式，代表了《楚辞》的最高成就，对中国乃至世界文学有着深远的影响。

九歌·东皇太一

吉日兮辰良，穆将愉兮上皇[1]。抚长剑兮玉珥[2]，璆锵鸣兮琳琅[3]。瑶席兮玉瑱[4]，盍将把兮琼芳[5]。蕙肴蒸兮兰藉[6]，奠桂酒兮椒浆[7]。

诗之大意：日子吉祥啊，时辰美好，恭恭敬敬愉悦上皇。手抚长剑，玉石为珥，身上玉饰，鸣声锵锵。华美的席上摆着玉镇，满把的鲜花吐露芬芳。蕙草包肉，兰草为垫，洒上美酒，椒桂飘香。

扬枹兮拊鼓[8]，疏缓节兮安歌[9]，陈竽瑟兮浩倡[10]。灵偃蹇[11]兮姣服，芳菲菲兮满堂。五音纷兮繁会[12]，君欣欣兮乐康。

诗之大意：扬起槌啊，将鼓轻敲，节奏舒缓，歌声悠扬，竽瑟齐奏，乐声鸣响。女巫舞动，衣着鲜亮，香草的气味溢满祭堂。乐声纷繁啊，众音交汇，上皇喜悦啊，快乐安康。

注释

1 穆将愉兮上皇：穆，恭敬；上皇，即东皇太一。

2 珥：此处指剑珥，剑柄上端像两耳的突出部分。

3 璆锵鸣兮琳琅：璆，玉石相击声；琳琅，皆为美玉名。

4 瑶席兮玉瑱：瑶席，华美的供案；瑶，美玉；瑱，通"镇"，压席之用。

5 盍将把兮琼芳：盍将把，楚地方言，满把；琼芳，赤玉般的鲜花。

6 蕙肴蒸兮兰藉：蕙，蕙草，此处动用，用蕙草包裹；肴蒸，大块的熟肉；兰藉，以兰草为垫；藉，垫子。

7 椒浆：用椒泡的酒浆。

8 扬枹兮拊鼓：枹，鼓槌；拊，轻轻敲打。注："扬枹兮拊鼓"，疑此句后缺一句。

9 安歌：舒缓地歌唱。

10 陈竽瑟兮浩倡：陈，布置，这里指演奏；竽，古代吹奏乐器，笙类中较大者，管乐，有三十六簧；瑟，传统弦乐；浩倡，声势浩大。

11 灵偃蹇：灵，楚人称神、巫为灵，此处指娱神的巫者；偃蹇，形容女巫优美的舞蹈姿势。

12 繁会：音调繁杂，交织在一起。

赏析：《九歌》相传为夏代祭祀之乐歌，屈原对其进行了再创作，共十一篇。创作时间应在屈原被放逐前还为三闾大夫之时。东皇太一到底是什么神，历来说法不一，对此莫衷一是。或以为东帝，或以为战神，还有春神、伏羲、太乙等说。无论哪种说法，东皇太一作为楚国最尊贵的神的地位是毋庸置疑的。

九歌·东君

暾¹将出兮东方，照吾槛兮扶桑²。抚余马兮安驱，夜皎皎³兮既明。驾龙辀兮乘雷⁴，载云旗兮委蛇⁵。长太息兮将上，心低佪⁶兮顾怀。

诗之大意：旭日之光将出东方，照我栏杆和神树扶桑。抚着马儿安稳徐行，夜色将隐天将放亮。驾着龙车滚动如雷，云彩为旗舒卷飘扬。即将飞升，我一声长叹，心中充满对居地的眷恋。（这几句均为男巫扮演的东君所唱）

羌声色⁷兮娱人，观者憺⁸兮忘归。緪瑟兮交鼓⁹，萧钟兮瑶簴¹⁰。鸣篪兮吹竽¹¹，思灵保兮贤姱¹²。翾飞兮翠曾¹³，展诗兮会舞¹⁴。应律兮合节，灵之来兮蔽日。

诗之大意：日出的景象令人欣喜，观者见此乐而忘归。紧拨瑟弦敲起悬鼓，鸣响编钟木架摇动。吹起横篪奏响竖竽，思念你啊贤而且美。跳起舞来像鸟飞翔，边舞还边把诗歌吟唱。伴着音律合着节拍，东君到来啊，随从蔽日遮阳。（这几句为众巫者合唱）

注释

1 暾：旭日初升貌，此处指太阳。

2 槛兮扶桑：槛，栏杆；扶桑，神树，传说日出于扶桑之下。

3 皎皎：通"皦皦"。

4 驾龙辀兮乘雷：辀，车辕，此处代指车；乘雷，此处指车声隆隆似雷。

5 委蛇：通"逶迤"，蜿蜒曲折的样子。

235

6 佪：通"徊"，徘徊。

7 羌声色：羌，楚国方言，发语词；声色，指日出之景。

8 憺：安乐。

9 縆瑟兮交鼓：縆，粗绳索，此处引申为绷紧；交鼓，古人悬鼓于架，多二人对击，故曰交鼓。

10 箫钟兮瑶簴：箫，应为"鼓"；瑶，应为"摇"；簴，通"虡"，悬挂钟磬的木架两侧的立柱。

11 鸣篪兮吹竽：篪，古代管乐器的一种，形如笛；竽，古代管乐器的一种，似笙而大。

12 思灵保兮贤姱：灵保，神巫，这里指东君；姱，美好。

13 翾飞兮翠曾：翾飞，轻柔地飞翔；翠曾，应为"卒翻"，迅速地飞翅。

14 展诗兮会舞：展诗，吟唱诗歌；会舞，一起跳舞。

青云衣兮白霓裳[15]，举长矢兮射天狼[16]。操余弧兮反沦降[17]，援北斗兮酌桂浆[18]。 撰 余辔兮高驼翔[19]，杳冥冥[20]兮以东行。
（zhuàn pèi）

诗之大意：青云作衣啊，白霓为裳，举起长箭啊，射杀那邪恶的天狼。手持天弓阻止灾祸降，拿起北斗斟满桂浆。拉起缰绳高空翱翔，在昏黑的夜里奔向东方。（这几句为扮演东君的巫者独唱）

注释

15 裳：下裙。

16 举长矢兮射天狼：矢，箭；天狼，指天狼星，位于西方，屈原以此代秦国。

17 操余弧兮反沦降：弧，指以弧矢星为弓；反沦降，阻止灾祸降临，此处指阻止秦国的侵犯。

18 援北斗兮酌桂浆：北斗，北斗星；桂浆，桂花酒浆。

19 撰余辔兮高驼翔：撰，持、握；驼，通"驰"。

20 杳冥冥：幽深昏暗貌。

　　赏析：目前为止，主流的说法是东君即太阳神。据杨琳先生考证，《东皇太一》只有迎神的场面，而没有神出现的场面。《东君》则是开篇神即出场，且其篇首的韵脚正合《东皇太一》篇尾之韵。因此，《东君》和《东皇太一》应合为一篇。这里从杨说，东皇太一与东君实为一神。《九歌》十一篇中此两篇合一，《礼魂》为送神曲，则合了"九歌祭九神"的说法。

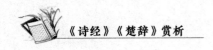

九歌·湘君

君不行兮夷犹¹，蹇²谁留兮中洲？美要眇^{miǎo}兮宜修³，沛⁴吾乘兮桂舟。令沅^{yuán}湘⁵兮无波，使江水兮安流。望夫⁶君兮未来，吹参差⁷兮谁思？

诗之大意：湘君啊，你犹疑不行，因谁停留在那沙洲？容颜娇美又精心打扮，我在急水中驾起桂舟。令那沅湘无波，使那江水缓流。盼你、望你，你却未来，吹起洞箫啊，为谁情思悠悠？

驾飞龙⁸兮北征，邅^{zhān}⁹吾道兮洞庭。薜荔柏兮蕙绸¹⁰，荪桡兮^{sūnráo}兰旌^{cén}¹¹。望涔阳兮极浦¹²，横大江兮扬灵¹³。扬灵兮未极¹⁴，女婵媛兮为余太息¹⁵。

诗之大意：驾起龙舟北行，转道前往洞庭。薜荔作帘、蕙草作帐，香荪绕桨、兰草饰旌。眺望涔阳那遥远的水滨，横渡大江我乘舟前行。到了那里却不见你，侍女也叹息为我伤情。

注释

1 君不行兮夷犹：君，湘君；夷犹，迟疑不行。

2 蹇：楚国方言，发语词。

3 美要眇兮宜修：要眇，形容姿态美好；宜修，修饰合宜。

4 沛：水大而急，此处指水急而使桂舟迅疾。

5 沅湘：指沅水、湘水。

6 夫：语助词。

7 参差：此处指洞箫，相传为舜发明，其形如凤翼，参差不齐。

8 飞龙：飞龙形状的船。

9 遭：回转。

10 薜荔柏兮蕙绸：薜荔，香草名；柏，通"箔"，帘子；绸，通"帱"，帷帐。

11 荪桡兮兰旌：荪桡，缠绕荪草的船桨；兰旌，兰草装饰的旌旗；旌，古代用牦牛尾或兼五彩羽毛饰竿头的旗子。

12 望涔阳兮极浦：涔阳，地名，即涔阳浦，在今湖南省涔水北岸；极浦，遥远的水滨。

13 灵：通"舲"，指船。

14 未极：未至。

15 女婵媛兮为余太息：女，此处指侍女；婵媛，眷念多情貌；太息，长长地叹息。

横流涕兮潺湲 chányuán 16，隐思君兮陫侧 fěi 17。桂棹兮兰枻 yì zhuó 18，斲 19冰兮积雪。采薜荔兮水中，搴芙蓉兮木末 20。心不同兮媒劳 21，恩不甚 22 兮轻绝。

诗之大意： 眼泪纵横不住流淌，思念你啊，悱恻哀伤。桂棹兰楫划水而行，水波激荡如破冰，又如积雪飞扬。我一片真心却无所获，仿佛在水中采薜荔，在树梢摘芙蓉。两心不同，媒人徒劳，恩爱不深，则容易断绝。

石濑兮浅浅 jiān 23，飞龙兮翩翩 24。交不忠兮怨长，期 25 不信兮告余以不闲。朝骋骛兮江皋 wù gāo mǐ 26，夕弭节 27 兮北渚。鸟次 28 兮屋上，水周 29 兮堂下。

诗之大意： 石滩之上水流迅疾，我的龙舟轻快前行。交往若是不忠则怨长，约会不守信用，还告诉我没空儿。早晨疾驰于江边，晚上停车在北岸。鸟儿栖息在屋檐上，水流回旋在华堂前。

注释

16 潺湲：流淌貌。

17 隐思君兮陫侧：隐，哀伤；陫侧，通"悱恻"。

18 桂棹兮兰枻：棹，长桨；枻，短桨。

19 斲：通"斫"，砍。

20 搴芙蓉兮木末：搴，摘取；木末，树梢。

21 媒劳：媒人徒劳。

22 甚：深。

23 石濑兮浅浅：石濑，石上急流；浅浅，水流迅疾貌。

24 飞龙兮翩翩：飞龙，此处指飞快的龙舟；翩翩，本义指鸟轻飞，此处指轻盈迅疾貌。

25 期：约会。

26 朝骋骛兮江皋：骋骛，疾驰；皋，水边高地。

27 弭节：指停车。

28 次：止宿。

29 周：周流。

捐余玦兮江中³⁰，遗余佩兮醴浦³¹。采芳洲兮杜若³²，将以遗兮下女³³。时不可兮再得，聊逍遥兮容与³⁴！

诗之大意：我抛玉玦在那江中，丢弃玉佩于醴水之滨。流芳的沙洲采来杜若，把它送给身边侍女。时光流逝不再来，放慢脚步，暂且逍遥盘桓。

注释

30 捐余玦兮江中：捐，抛弃；玦，环形有缺口的玉佩，常用作决绝的象征物。

31 醴浦：澧水之滨。醴，通"澧"，水名。

32 杜若：香草名。

33 将以遗兮下女：遗，赠送；下女，侍女。

34 聊逍遥兮容与：聊，暂且；容与，舒缓放松貌。

赏析：湘君与湘夫人为湘水的一对配偶神。此歌由饰湘夫人的女巫迎湘君所唱。美丽的"湘夫人"精心打扮前去赴约，但是不见湘君到来，惆怅之余便吹起排箫。此时一幅望断秋水的佳人图跃然纸上。久候湘君不至，她便四处找寻。此时她的心情既哀伤又疑怨。最后，她的心情渐平，在芳洲采杜若，姑且打发难以排遣的时光。在此，屈原为我们塑造了一位大胆追求爱情的、饱满的女子形象。湘君始终没有出现，这样的结局使人在伤感之余，又有一种余音袅袅的悬想。

九歌·湘夫人

　　帝子¹降兮北渚，目眇眇兮愁予。袅袅兮秋风，洞庭波兮木叶下。登白薠^{fán}兮骋望，与佳期兮夕张²。鸟何萃兮蘋中，罾^{zēng}³何为兮木上？

　　诗之大意：湘夫人啊，降临北渚，瞻望弗及使我心忧。秋风袅袅瑟瑟袭来，洞庭起波木叶飘落。踩着白薠我放眼远望，与佳人之约就在今夕。为何鸟儿聚在水草间，为何渔网挂在高树巅？

　　沅有茝^{zhǐ}兮醴有兰⁴，思公子⁵兮未敢言。荒忽兮远望，观流水兮潺湲^{mí}。麋⁶何食兮庭中？蛟何为兮水裔⁷？

　　诗之大意：沅水有芷啊，醴水有兰，思念你啊，却不敢言。神思恍惚望向远方，只见江水缓缓流淌。麋为何在庭中觅食？蛟为何在水边栖息？

　　朝驰余马兮江皋，夕济兮西澨^{shì}⁸。闻佳人兮召予，将腾驾⁹兮偕逝。筑室兮水中，葺^{qì}¹⁰之兮荷盖。荪壁兮紫坛¹¹，播芳椒兮成堂¹²。

　　诗之大意：早晨骑马奔驰江边，晚上渡水来到西岸。仿佛听闻佳人召唤，我将驾车与她同归。我在水中筑宫，荷叶用作屋盖。荪草点缀墙壁，紫贝装饰中庭，再将香椒撒满厅堂。

注释

1 帝子：天帝之子，此处指湘夫人。

2 与佳期兮夕张：佳期，指约会；张，布置、安排。

3 罶：用木棍或竹竿做支架的方形渔网。

4 沅有芷兮醴有兰：沅、醴，均为水名，在今湖南；芷，香草名，白芷。

5 公子：此处指湘夫人。"子"在古代也可用于女子，表示尊称。

6 麋：似鹿而大，俗称四不像。

7 蛟何为兮水裔：蛟，中国古代传说中的一种龙，常居于深水；水裔，水边。

8 澨：水滨。

9 腾驾：飞快地驾车。

10 葺：用茅草盖房，亦泛指覆盖。

11 荪壁兮紫坛：荪壁，以荪草装饰的墙壁；紫坛，用紫贝砌成的中庭地面，取其坚滑而有光彩。

12 播芳椒兮成堂：椒，香椒，在厅堂播香椒以去味；成堂，厅堂。

桂栋兮兰橑，辛夷楣兮药房[13]。罔薜荔兮为帷[14]，擗蕙 櫋 兮既张[15]。白玉兮为镇，疏石兰兮为芳。

诗之大意：桂木做梁兰木做椽，辛夷装饰门楣，白芷点缀房间。编织薜荔制成帷帐，擗开蕙草挂在屋檐。取来白玉镇压坐席，摆开石兰芳香满满。

芷葺兮荷屋，缭之兮杜衡。合百草兮实庭，建芳馨兮庑门[16]。九嶷缤[17]兮并迎，灵之来兮如云。

诗之大意：白芷装饰荷叶屋顶，再将杜衡缠绕四周。汇集百草摆满庭院，门下廊中溢满芳香。九嶷诸神与我一起出迎，湘夫人到来，随从的神灵如云。（注：以上八句写湘君修建妆点宫室，他期望建好了宫室湘夫人就会到来。）

捐余袂 兮江中，遗余褋[18]兮醴浦。搴汀州兮杜若，将以遗兮远者[19]。时不可兮骤得[20]，聊逍遥兮容与[21]！

诗之大意：割下衣袖抛入江中，禅衣扔向醴水之滨。水边小洲采摘杜若，将它送给远方的恋人。时光易逝不长在，放慢脚步姑且逍遥盘桓！

注释

13 辛夷楣兮药房：辛夷，植物名，又名紫玉兰；楣，门框上边的横木；药，此处指白芷；房，古人称堂后为室，室之两旁为房。

14 罔薜荔兮为帷：通"网"，这里作"编织"；帷，帷帐。

15 擗蕙櫋兮既张：擗，掰开；櫋，檐间木；张，布置。

16 建芳馨兮庑门：建，设置；芳馨，指香草；庑，堂下周围的走廊。

17 九嶷缤：九嶷，山名，在今湖南宁远南。此处指九嶷山众神；缤，盛多貌。

18 褋：禅衣，即无里之衣，指贴身穿的汗衫。

19 远者：此处指湘夫人。

20 骤得：屡次得到，引申为长在。

21 容与：舒缓放松貌。

赏析：此歌为饰湘君的男巫迎湘夫人时所唱。"湘君"在美丽的洞庭湖畔等候佳人，秋风袅袅、落叶萧萧更增添了他心中的惆怅。久候而湘夫人不至，他便四处找寻，其间仿佛听到了湘夫人的召唤。然后，他陷入幻想，幻想着建造华美的水宫，而湘夫人也在宫室落成时到来。幻想褪去，心情渐平，他便采摘杜若，希望能送给远方的恋人。《湘君》与《湘夫人》的末段在内容和语意上几乎相同，应为扮演湘夫人的女巫与扮演湘君的男巫在祭祀时的和唱。

九歌·云中君

浴兰汤兮沐芳[1]，华采衣兮若英。灵连蜷[2]兮既留，烂昭昭兮未央[3]。

诗之大意：兰草沐浴一身芬芳，身着彩衣如花鲜亮。盘旋起舞，神灵附体，他的身上不断闪光。（这两句为祭巫所歌）

jiǎn dàn
蹇 将憺兮寿宫[4]，与日月兮齐光。龙驾兮帝服[5]，聊翱游兮周章。

诗之大意：我将暂居寿宫宴享，光芒四射如日月一样。乘坐龙车上插五方之帝的旌旗，姑且遨游观览四方。（这两句为扮云中君的巫所唱）

biāo
灵皇皇兮既降，猋远举兮云中[6]。

诗之大意：辉煌的云神已经降临，突又高升远在云中。（这句为祭巫所唱）

览冀州[7]兮有余，横四海兮焉穷。

诗之大意：我的目光遍览九州而有余，我的足迹横跨四海而无穷。（这句为扮云神的巫所唱）

思夫君兮太息，极劳心兮忡忡。

诗之大意：思念你啊，叹息声声，悲伤欲绝啊，忧心忡忡。（这句为祭巫所唱）

注释

1 浴兰汤兮沐芳：浴，洗身；沐，洗头；兰汤，浸有兰草的热水。

2 灵连蜷：灵，指有神灵附体的巫觋；连蜷，跳舞时身体摆动婉曲状。

3 烂昭昭兮未央：烂昭昭，光明灿烂貌；央，尽。

4 蹇将憺兮寿宫：蹇，发语词；憺，安居；寿宫，指供神之所。

5 帝服：五方之帝的旌旗。服，古代四马驾车时，辕内的两匹为"服"。

6 猋远举兮云中：猋，本义狗奔跑，引申为迅疾；举，升。

7 冀州：古九州之一，此处泛指九州大地。

赏析：云中君即云神，祭云神是为了祈雨。此篇由主祭祀的巫与扮演云中君的巫对唱。《九歌》的祭祀歌舞于夜间进行，借助篝火、松明等展现出神秘的气氛。灵子热烈起舞，身上闪着光芒，配以雄壮的唱词，来展现云神的不凡。结尾对云神的思念则表现了人们对于雨顺丰年的祈盼。

九歌·河伯

　　与女游兮九河[1]，冲风[2]起兮横波。乘水车兮荷盖，驾两龙兮骖螭[3]（cān）。登昆仑兮四望，心飞扬兮浩荡。日将暮兮怅忘归，惟极浦兮寤怀[4]。

　　诗之大意：愿与你同游九河，让大风吹起巨波。乘着荷叶为盖的水车，双龙为驾双螭在侧。登上昆仑极目四望，我心随着浩荡的黄河飞扬。天色将暮，怅然忘归，那遥远的水滨让我日夜悬想。

　　鱼鳞屋兮龙堂，紫贝阙[5]兮珠宫。灵[6]何为兮水中？乘白鼋（yuán）兮逐文鱼[7]，与女游兮河之渚，流澌纷[8]兮将来下。子交手[9]兮东行，送美人[10]兮南浦。波滔滔兮来迎，鱼鳞鳞兮媵（yìng）[11]予。

　　诗之大意：鱼鳞搭建的华屋，雕绘蛟龙的大堂，紫贝堆砌的观楼，缀满珠宝的殿室。河伯你为何在水宫不出？乘坐白鼋逐文鱼，与你同游在沙洲，在那解冰的河流。两手相执你要东行，送你送到遥远的南浦。波浪滔滔来迎你，鱼儿成行伴我归。

注释 ....

　　1 与女游兮九河：女，通"汝"，第二人称，此处指河伯；九河，黄河下游河道的总称。传说禹治水时将黄河分为九道。

　　2 冲风：大风。

　　3 骖螭：骖，古人用四匹马驾车，辕内的两匹为"服"，辕外的两匹为骖；螭，传说中的龙子之一，若龙而无角。

　　4 惟极浦兮寤怀：极浦，遥远的水滨；寤怀，因思念而睡不着。

　　5 阙：门两边的观楼。

6 灵：神灵，这里指河伯。

7 乘白鼋兮逐文鱼：鼋，大鳖；文鱼，有花斑的鱼。

8 流澌、纷：流澌，河水解冻时流动的冰块；纷，盛多貌。

9 交手：执手，表示不忍分离。

10 美人：指河伯。

11 滕：原指随嫁的人，这里指护送陪伴。

赏析：河伯为黄河之神。战国时期楚国的势力范围已经到了黄河流域，所以河伯也纳入了楚人的祭祀范围，但其地位不及湘水之神。此诗为饰河伯恋人的女巫所歌，同游及送别的情景均为女巫的想象，河伯并未现身。诗中表现了河伯的威赫不凡以及其宫室的华丽，但并没有使人亲近的感觉，究其原因可能是因为人们历来对黄河的恐惧心理。

九歌·大司命

广开兮天门[1]，纷吾乘兮玄云[2]。令飘风[3]兮先驱，使涷_{dōng}雨[4]兮洒尘。君[5]回翔兮以下，逾空桑兮从女[6]。纷总总[7]兮九州，何寿夭[8]兮在予。

诗之大意：天官之门大开，乘起团团玄云。我令飘风开路，使暴雨洗净空中的尘。见少司命盘旋而降，我越过空桑相随。九州大地黎民众生，谁长寿谁早夭皆由我定。

高飞兮安翔，乘清气兮御阴阳[9]。吾与君兮斋[10]速，导帝之兮九坑[11]。灵衣兮被被_{pī}[12]，玉佩兮陆离[13]。壹阴兮壹阳[14]，众莫知兮余所为。

诗之大意：高高飞起从容翱翔，乘坐元气驾御阴阳。我与你啊恭谨而行，引导天帝到达九冈。长长的云衣飘动，盈盈的玉佩闪光。尽管生死皆由我定，众人不知我在职掌。（注：以上八句皆为饰大司命的男巫所唱。）

注释

1 天门：上帝所居的天宫之门。

2 玄云：黑云。

3 飘风：大旋风。

4 涷雨：暴雨。

5 君：指少司命。

6 逾空桑兮从女：空桑，山名，其地在赵代间；女，通"汝"。

7 纷总总：众多貌。

8 寿夭：寿，长寿；夭，早亡。

9 乘清气兮御阴阳：清气，指元气；阴阳，阴阳二气。

10 斋：应为"齐"之误，即谨畏虔敬之貌。

11 九坑：即九冈山。

12 灵衣兮被被：灵，应为"云"之误；被被，长大貌。

13 陆离：光彩闪耀貌。

14 壹阴兮壹阳：指万物之理，一阴一阳。

折疏麻兮瑶华¹⁵，将以遗^{wèi}兮离居¹⁶。老冉冉兮既极¹⁷，不寖¹⁸
近兮愈疏。

诗之大意：折下神麻那如玉的白花，我将把它赠送给你。时光
飞逝，老之将至，我与你却不近反疏。

乘龙兮辚辚¹⁹，高驼²⁰兮冲天。结桂枝兮延伫²¹，羌²²愈思兮
愁人。愁人兮奈何，愿若今兮无亏²³。固人命兮有当²⁴，孰离合
兮可为？

诗之大意：你驾起龙车隆隆而去，急速驰骋冲向天际。我编结
桂枝久久站立，越是想念越是愁人。如此地愁人却无可奈何，愿以
后如今天一样相见，我就觉得无亏了。死生之定数有人掌管，离合
之恨谁能消除？（注：以上六句皆为饰少司命的女巫所唱）

注释

15 折疏麻兮瑶华：疏麻，传说中的神麻，常折以送别；瑶华，此处
指神麻的白花。

16 将以遗兮离居：遗，赠；离居，称即将离去的大司命。

17 老冉冉兮既极：冉冉，渐渐；极，至。

18 寖：渐渐。

19 辚辚：车行声。

20 驼：通"驰"。

21 结桂枝兮延伫：结，编结；延伫，长久站立。

22 羌：发语词。

23 亏：亏损。

24 固人命兮有当：固，固定；当，承担、主持。

　　赏析：大司命为掌生死之神，少司命为掌生育之神。大司命威武显赫，为男性神。少司命温柔多情，为女性神。如同湘君、湘夫人一样，大司命与少司命也表现为明显的恋爱关系。开篇大司命的气派是无与伦比的，因为他掌着人的生死。但是在天庭，他与少司命只是天帝的前导，而此次前导的聚散，则更增添了少司命的愁思。

九歌·少司命

秋兰兮麋芜[1]，罗生[2]兮堂下。绿叶兮素枝[3]，芳菲菲兮袭予。夫[4]人自有兮美子，荪何以兮愁苦[5]？

诗之大意：秋兰蘼芜，丛生堂下。叶绿花白，芳香扑面。人们自有其好儿女，你因何为他们愁苦？（此为饰大司命的男巫所唱）

秋兰兮青青[6]，绿叶兮紫茎。满堂兮美人[7]，忽独与余兮目成[8]。入不言兮出不辞，乘回风兮载云旗。

诗之大意：秋兰啊菁菁，绿叶啊紫茎。满堂求子的美人，忽然间与我目光相接，默契达成。来时无言语，去时不辞别，乘着旋风云旗飘展。

悲莫悲兮生别离，乐莫乐兮新相知[9]。荷衣兮蕙带，儵[10]而来兮忽而逝。夕宿兮帝郊，君谁须兮云之际[11]？

诗之大意：悲伤莫过于生别离，快乐莫过于新相知。荷花为衣、蕙草为带，忽然而来又忽然而逝。晚上宿在天国的郊野，停留云际久不去，你是将谁在等待？（此两段均为饰少司命的女巫所唱）

注释

1 秋兰兮麋芜：秋兰，所谓兰草，叶茎皆香，秋天开淡紫色小花，香气更浓，古人以其为生子之祥；麋芜，即蘼芜。七八月开白花，根茎可入药，古人认为其能治妇人无子。

2 罗生：并列而生。

3 枝：应作"华"，华者花也。

4 夫：发语词，兼有远指作用。

5 荪何以兮愁苦：荪，香草名，这里指少司命；何以，因何。

6 青青：通"菁菁"，草木茂盛貌。

7 美人：指求子的妇女。

8 忽独与余兮目成：余，此处指少司命；目成，用目光传情，达成默契。

9 新相知：新的知交。

10 儵：同"倏"，迅疾貌。

11 君谁须兮云之际：君，此处指大司命；须，等待。

与女沐兮咸池[12]，晞女发兮阳之阿(ē)[13]。望美人[14]兮未来，临风悦(huǎng)[15]兮浩歌。孔盖兮翠旍(jīng)[16]，登九天兮抚彗星。竦长剑兮拥幼艾[17]，荪独宜兮为民正[18]。

诗之大意：与你一起在咸池洗头，到阳谷把长发晒干。盼你、望你，你却未来，临风高歌以抒愁怀。孔雀翎制成车盖，翠鸟羽装饰旌旗，你登上九天揽彗星。一手持长剑，一手抱幼儿，只有你啊最适合为民主宰。（此为饰大司命的男巫所唱）

注释

12 与女沐兮咸池：女，通"汝"；咸池，传说中的天池，太阳在此沐浴。

13 晞女发兮阳之阿：晞，晒干；阳之阿，阳谷，乃日出之处。

14 美人：这里指少司命。

15 悦：失意貌。

16 孔盖兮翠旍：孔盖，孔雀翎装饰的车盖；翠旍，翠鸟羽装饰的旌旗；旍，通"旌"。

17 竦长剑兮拥幼艾：竦，肃立，此处指笔直地拿着；幼艾，儿童。

18 正：主宰。

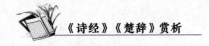

　　赏析：此篇承接上文《大司命》，所以大司命和少司命都已经在场。上文的结尾为女巫以少司命的口吻而歌，此文开篇便是男巫以大司命的口吻而唱。少司命不但予人子嗣，而且因与人相知而快乐，与人别离而伤悲，体现了女神的多情。相比于威严的大司命，有着阴柔之美的少司命显然更为楚人所爱。

九歌·山鬼

　　若有人兮山之阿¹，被薜荔兮带女罗²。既含睇兮又宜笑³，子⁴慕予兮善窈窕。乘赤豹兮从文狸⁵，辛夷⁶车兮结桂旗。被石兰兮带杜衡⁷，折芳馨兮遗⁸所思。

　　诗之大意：仿若有人在那山弯，身披薜荔腰束女萝，含情而视，巧笑嫣然，你会羡慕我的窈窕婀娜。赤豹驾车，纹狸随从，辛夷为车，桂枝为旗。身披石兰，腰束杜衡，折下香草送给思念的人儿。

　　余处幽篁⁹兮终不见天，路险难兮独后来。表¹⁰独立兮山之上，云容容¹¹兮而在下。杳冥冥兮羌昼晦¹²，东风飘兮神灵雨¹³。留灵修兮憺忘归¹⁴，岁既晏兮孰华予¹⁵？

　　诗之大意：身处幽深的竹林不见天日，路途艰险我独自来迟。孤身立于高山之巅，云雾容容浮荡脚下。白昼幽暗如同黑夜，东风飘旋神灵落雨。想要挽留啊，使你乐而忘归，时光匆匆谁能让我永如花艳？

注释

　　1 若有人兮山之阿：有人，此处实为自指；山之阿，山的弯曲处。

　　2 被薜荔兮带女罗：被，通"披"；薜荔，一种蔓生草本植物；女罗，植物名，又称菟丝。罗，通"萝"。

　　3 既含睇兮又宜笑：含睇，含情而视；宜笑，微露齿的优美笑貌。

　　4 子：此处指山鬼所恋的神灵。

　　5 文狸：毛色有花纹的狸。

6 辛夷：一种小乔木。

7 被石兰兮带杜衡：皆香草名。

8 遗：赠。

9 幽篁：幽深的竹林。

10 表：独立突出之貌。

11 云容容：云气浮动貌。

12 杳冥冥兮羌昼晦：杳冥冥，幽深昏暗貌；羌，语助词。

13 神灵雨：神灵，指雨神；雨，用作动词，落雨。

14 留灵修兮憺忘归：灵修，指与山鬼约会的神灵；憺，安乐。

15 岁既晏兮孰华予：晏，晚；华予，让我像花儿一样美丽。

采三秀兮于山间¹⁶，石磊磊兮葛蔓蔓。怨公子¹⁷兮怅忘归，君思我兮不得闲。山中人兮芳杜若¹⁸，饮石泉兮荫松柏，君思我兮然疑作¹⁹。雷填填兮雨冥冥²⁰，猿啾啾兮又²¹夜鸣。风飒飒兮木萧萧，思公子兮徒离²²忧。

诗之大意：在那山间采摘芝草，岩石磊磊葛藤蔓蔓。心中怨你啊，惆怅忘归，或许你也想我，只是没空前来。身居山中，芳香如杜若，饮石泉之水，用松柏遮阴。你是否也在思念我？我是又信又疑。雷声滚滚雨势溟溟，猿声啾啾不停夜鸣。冷风飒飒啊，落叶萧萧，思念你啊，徒然烦忧。

注释

16 采三秀兮于山间：三秀，芝草，一年开三次花，传说能延年益寿。

17 公子：指上文的灵修。

18 山中人兮芳杜若：山中人，山鬼自指；杜若，香草名。

19 然疑作：信疑交加。

20 雷填填兮雨冥冥：填填，形容雷声之大；冥冥，通"溟溟"，阴

雨貌。

 21 又：通"狖"，长尾猿。

 22 离：遭受。

  赏析：此歌为女巫饰的山鬼所唱，全篇实为其内心独白，而非迎神。山鬼的性别在元代前多认为其是男性，元代后多认为其是女性。诗中的山鬼含睇宜笑、身材窈窕，全无可怖之处。她居住于幽篁之中，想见恋人而不遇，便惆怅、失落又犹疑。文末，她在风雨凄凄、落叶萧萧中哀思的情景则愈能惹人怜惜，引人呵护。

九歌·国殇

操吴戈兮被犀甲[1]，车错毂[2]兮短兵接。旌蔽日兮敌若云，矢交坠兮士争先。凌余阵兮躐余行[3]，左骖殪[4]兮右刃伤。霾两轮兮絷四马[5]，援玉枹[6]兮击鸣鼓。

> 诗之大意：手执吴戈，身披犀甲，车毂交错，短兵相接。旌旗蔽日，敌人如云，箭矢纷落，将士争先。敌人突入，践踏我阵，左骖倒毙，右骖为兵刃所伤。埋定车轮，拴住战马，拿起玉槌，鼓声咚咚。

天时怼[7]兮威灵怒，严杀[8]尽兮弃原野。出不入兮往不反[9]，平原忽兮路超远[10]。带长剑兮挟秦弓[11]，首身离兮心不惩[12]。诚既勇兮又以武[13]，终刚强兮不可凌。身既死兮神以灵[14]，魂魄毅兮为鬼雄。

> 诗之大意：直杀得天怨神怒，你们死于严酷的厮杀，尸骨弃于原野。出征打伏再没回来，家乡渺茫，路途超远。你们带长剑、操秦弓，身首异处而忠勇不改。气势勇猛，武力不凡，始终刚强，不可欺凌。身死之后精神化为神灵，你们的魂魄则为鬼雄。

注释

1 操吴戈兮被犀甲：吴戈，吴地产的戈，因锋利闻名；被，通"披"。

2 错毂：错，交错；毂，车轮中间横贯车轴的部件。

3 凌余阵兮躐余行：凌，侵犯；躐，践踏。

4 骖殪：骖，驾在战车两旁的马；殪，死亡。

5 霾两轮兮絷四马：霾，通"埋"；絷，用绳子拴住。

6 枹：鼓槌。注：埋车轮、拴马足、扬槌击鼓，这些动作均表示誓死不退的决心。

7 怼：怨恨。

8 严杀：严酷的厮杀。

9 反：通"返"。

10 平原忽兮路超远：平原，此处指家乡；忽，渺茫。

11 秦弓：秦地木材质地坚实，制造的弓射程远。

12 心不惩：心不改。

13 诚既勇兮又以武：勇，指精神上的气势；武，孔武有力。

14 神以灵：精神化为神灵。

赏析：国殇，指为国事而死之人。此篇为屈原悼念楚国阵亡的将士之作，礼赞将士的亡灵。在屈原生活的楚怀王和楚顷襄王时代，楚国和秦国发生了多次战争，都是秦胜而楚败，先后阵亡的楚国将士达十五万之多。屈原在颂悼阵亡将士的同时，也隐隐表达了洗雪国耻的渴望和楚国必胜的信念。此篇在艺术表现上与《九歌》中的其他乐歌不同，通篇直赋其事，节奏紧迫，情感炽烈，有一种凛然之美。

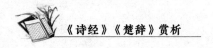

九歌·礼魂

成礼兮会鼓，传芭兮代舞[1]，姱^{kuā}女倡兮容与[2]。春兰兮秋菊，长无绝兮终古。

诗之大意：祭礼完毕密集地击鼓，传递葩草交替起舞，娇美的女巫歌声缓舒。春天供兰啊，秋天奉菊，永不绝衰直到终古。

注释

1 传芭兮代舞：芭，通"葩"，葩草；代，交替。
2 姱女倡兮容与：姱，娇美；倡，通"唱"；容与，舒缓、从容。

赏析： 此篇应为《九歌》的送神曲。送神为古代祭祀的最后环节，场面热烈而盛大。祭祀经过密鼓、传花、交替起舞的环节，最后在女巫舒缓的歌声中送神归去。

楚辞·天问

曰：遂¹古之初，谁传道²之？上下³未形，何由考⁴之？冥昭瞢 méng 暗⁵，谁能极⁶之？冯 píng 翼惟像⁷，何以识之？明明暗暗⁸，惟时⁹何为？阴阳三¹⁰合，何本何化¹¹？

诗之大意：问曰：开天辟地之初，是谁在导引它？上下未形之时，天地为何产生？明暗不分混沌一片，谁能探究其根本？元气充盈，虚而无形，怎能识别，将它认清？白天光明，夜晚黑暗，究竟为何如此？阴阳融合而生万物，什么是本，什么是化？（这六句是混沌初开之问）

圜则¹²九重，孰营度之¹³？惟兹何功¹⁴，孰初作之？斡 wò 维焉系¹⁵？天极¹⁶焉加？八柱何当¹⁷？东南何亏¹⁸？九天之际，安放安属？隅隈¹⁹ yúwēi 多有，谁知其数？

诗之大意：天有九重，谁能环绕测量？如此浩大的工程，谁人初始建造？天的轴绳系在哪里？天极不动设在何方？八柱为何能够撑天？天行到东南为何缺损？天有九重，它们的边际如何排布？天体错落，角曲很多，谁能知道它们的数量？（这六句是天宇形成之问）

注释

1 遂：通"邃"，遥远。

2 道：通"导"。

3 上下：指天地，古人认为清轻者上为天，浊重者下为地。

4 考：成。

5 冥昭瞢暗：指宇宙空间明暗混沌的状态。冥，幽暗不明；瞢，眼睛看不清楚的样子。

6 极：穷。

7 冯翼惟像：冯翼，充盈貌；惟，语助词；像，无实物，只可想象的形。

8 明明暗暗：指日日夜夜。

9 时：通"是"，这样。

10 三：通"参"，参错相合。

11 化：演化。

12 圜则：圜，通"圆"，指天，古人认为天圆地方；则，体制。

13 孰营度之：营，通"环"；度，测量。

14 惟兹何功：兹，此；功，同"工"，工程。

15 斡维焉系：斡，转轴；维，大绳。

16 天极：天的最高处。

17 八柱何当：八柱，传说中支撑着天的八座山；当，承担。

18 东南何亏：古人认为天近西北而远东南，所以天运行到东南时会短缺一段。

19 隅隈：隅，角；隈，曲。

天何所沓^tà^20？十二21焉分？日月安属22？列星23安陈？出自汤24谷，次于蒙汜25，自明及晦26，所行几里？夜光27何德，死则又育28？厥29利维何，而顾菟30在腹？

大意：黄道运行在哪里重合？它又如何十二等分？日月如何连属？众星依何排列？太阳自东方旸谷升起，到西方蒙汜安息，它从日到夜，走了多少里？月亮有何品德，能够死而复生？她怀中养了一只蟾，又有何利所图？（这几句是日夜星辰之问）

女岐无合31，夫焉取九子32？伯强33何处？惠气34安在？何阖35而晦？何开而明？角宿^xiù^36未旦，曜灵37安藏？

262

大意：女岐未曾婚配，为何能生九子？箕宿在天，伯强何在？天上的惠气从何而来？天门关闭为何就暗？天门开启为何就明？天门未开、天亮之前，太阳又藏身何处？（这几句继续日月星辰之问）

注释

20 沓：重合。

21 十二：十二时辰。

22 属：连属。古人认为日月在黄道上每年相遇十二次。

23 列星：众星。

24 汤：通"旸"，旸谷为传说中的日出之地。

25 次于蒙汜：次，止息；蒙汜，传说中的日落之地。

26 晦：暗。

27 夜光：指月亮。

28 育：生长。

29 厥：其，指月亮。

30 顾菟：指月中之蟾蜍。

31 女岐无合：女岐，神话中的神女，她无夫而生九子；合，婚配。

32 九子：此处指二十八宿的尾宿九星。

33 伯强：二十八宿中箕宿的星神。

34 惠气：春日阳和之气。

35 阖：关闭。

36 角宿：二十八星宿中东方苍龙七宿的首宿，由两颗星组成，古代传说这两颗星之间为天门。

37 曜灵：日。

不任汩^{gǔ}鸿³⁸，师何以尚之³⁹？佥曰"何忧，何不课而行之⁴⁰？" 鸱^{chī}龟曳衔⁴¹，鲧何听⁴²焉？顺欲成功，帝⁴³何刑焉？永遏在羽山，夫何三年不施⁴⁴？

诗之大意：鲧若不能治理洪水，大家为何加以推崇？都说"何必担心呢，何不用他治水试试？"鲧有何圣德，鸱龟能听他之言，又拖又衔去偷息壤？治水顺利就要成功，天帝为何将他刑罚？长囚羽山，为何三年都不予放还？（这几句是鲧治水之问）

伯禹愎鲧⁴⁵，夫何以变化？纂（zuǎn）就前绪⁴⁶，遂成考⁴⁷功。何续初继业⁴⁸，而厥谋不同？

诗之大意：大禹由鲧的腹中生出，为何能有如此变化？禹接替鲧，终于成就治水之功。为何子承父业，而治水之法如此不同？（这几句是大禹治水之问）

洪泉⁴⁹极深，何以窴⁵⁰之？地方九则⁵¹，何以坟⁵²之？河海应龙⁵³，何尽何历？鲧何所营⁵⁴？禹何所成？康回冯（píng）怒⁵⁵，墜⁵⁶何故以东南倾？

诗之大意：洪水极深，用什么将它填塞？地有九等，禹是如何划分？应龙为何助禹划地？河海为何就能畅通？鲧经营了什么？禹成就了什么？鲧遭盛雷劈死，大地为何因此向东南倾？（这几句继续大禹治水之问）

注释

38 泪鸿：泪，治理；鸿，通"洪"。

39 师何以尚之：师，众；尚，推崇。

40 金曰"何忧，何不课而行之？"：金，皆；课，试。

41 鸱龟曳衔：鸱龟，一种神龟，传说鲧治水时，有鸱龟引路，去偷息壤；曳衔，又拖又衔。

42 听：通"圣"。

43 帝：帝尧之说主要出自《尚书·尧典》，而其成书年代应不早于战国晚期，故此处应指天帝。

44 施：通"弛"，释放。

45 伯禹愎鲧：伯禹，即禹，传说为鲧之子；伯，为禹的封爵；愎，

通"腹"，指从腹中出来。

46 纂就前绪：纂，通"缵"，继续；绪，事业。

47 考：父死称考。

48 续初继业：指继承鲧的事业。

49 洪泉：指洪水。

50 寘：通"填"。

51 九则：九等。

52 坟：划分。

53 应龙：有翅膀的神龙，传说大禹治水时，有应龙以尾划地，禹依此挖通江河，导水入海。

54 营：经营。

55 康回冯怒：康回，即盛雷；冯怒，形容雷震之盛。据《山海经·海内经》记载，"鲧窃帝之息壤以湮洪水，不待帝命。帝令祝融杀鲧于羽郊"，羽山在东方，祝融以盛雷劈死鲧的同时导致了大地东南倾斜。

56 墆：古"地"字。

九州安错[57]？川谷何洿[58]（wū）？东流不溢，孰知其故？东西南北，其修[59]（tuǒ）孰多？南北顺椭[60]，其衍[61]几何？

诗之大意：九州大地如何安置？深川大谷为何凹陷？水东流入海而不溢出，谁知道缘故？东西方与南北向，哪边更长？南北若是长些，又是长出多少？（这几句是对于洪水后大地的总形势之问）

昆仑县圃[62]，其尻[63]（jū）安在？增城[64]九重，其高几里？四方之门，其谁从焉？西北辟启[65]，何气[66]通焉？

诗之大意：昆仑山上的玄圃仙境，坐落在哪里？那上面的九重增城，到底有多高？增城四方的门，是谁从这里上下？西北面的门大开，为何就有元气通过？（这几句是对于大地西北的传说之问）

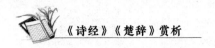

日安不到？烛龙[67]何照？羲和之未扬[68]，若华[69]何光？何所冬暖？何所夏寒？

诗之大意：为何有些地方日行不到？这些地方为何烛龙能照？日落之后羲和停鞭，若华为何有光？什么地方冬暖？什么地方夏凉？（这几句继续为大地西北的传说之问）

注释

57 错：通"措"，置。

58 洿：凹陷。

59 修：长。

60 椭：狭长。

61 衍：延长。

62 县圃：传说中神仙居所，在昆仑山上。县，通"悬"。

63 凥：古"居"字。

64 增城：即层城，神话传说中地名。

65 西北辟启：西北，古人认为西北地势高，近于天；辟启，打开。

66 气：指天地之元气。

67 烛龙：传说中的神龙，人面蛇身而赤，能把日光照不到的地方照亮。

68 羲和之未扬：羲和，传说中为日神驾车的神；扬，扬鞭。

69 若华：若木之花，传说生长在日入的地方。

焉有石林？何兽能言？[70]焉有虬龙[71]，负熊[72]以游？雄虺[73] huǐ 九首，儵忽[74]焉在？何所不死[75]？长人[76]何守？靡 shū 蓱 píng 九衢[77]，枲华[78] xǐ 安居？一蛇吞象[79]，厥[80]大何如？

诗之大意：哪里生有石林？为何兽吐人言？哪里有无角龙，拖着鲩化成的黄熊漫游？九头毒蛇来去迅捷，它生于何处？不死之乡位于何处？长人又在守候什么？多权的靡萍，开花的枲麻，都在哪里生长？巴蛇能吞大象，它的身躯多大多长？（这几句为大地东南之问）

黑水玄趾^81，三危^82安在？延年不死，寿何所止？鲮鱼^83何所？魃堆^84焉处？羿焉彃^85日？乌焉解羽^86？

诗之大意：黑水、玄趾、三危之山都在哪里？延年不死，生命又止于何时？陵鱼生于何方？魃堆居在何处？后羿如何射日？乌又是如何解体？（这几句继续大地东南之问）

注释

70 焉有石林？何兽能言？：此句疑为对于南方传说之问，具体所指不详。

71 虬龙：神话中的无角龙。

72 熊：传说鲧死后化为黄熊。

73 虺：毒蛇。

74 儵忽：迅疾貌。

75 不死：据《山海经》记载，"不死民，在其（交胫国）东，其为人黑色，寿不死"。

76 长人：在《招魂》里有"长人千仞惟魂是索些"，故这里应指高千仞之长人。

77 萍九衢：萍，通"萍"；九衢，指多权。

78 枲华：枲，麻的别名；华，花。

79 一蛇吞象：据《山海经》记载，"巴蛇吞象，三岁而出其骨"。

80 厥：代词，其。

81 黑水玄趾：黑水，传说中的水名；玄趾，传说中地名。

82 三危：传说中的山名，以露闻名。据《尚书》记载，"导黑水，至于三危，入于南海"，故可推知黑水、玄趾、三危都近南海，它们应均与不死的传说有关。

83 鲮鱼：应为陵鱼，据《山海经》记载，"陵鱼，人面手足鱼身"。

84 魆堆：一种怪鸟，据《山海经》记载，其状如鸡而白首，鼠足而虎爪，食人。

85 弹：射。

86 乌焉解羽：乌，一种神鸟，据《山海经》记载，"一日方至，一日方出，皆载于乌"；解羽，羽毛脱落，这里引申为乌解体。

禹之力献功[87]，降省下土四方[88]。焉得彼嵞山[89]女，而通之于台桑[90]？闵妃匹合[91]，厥身是继[92]，胡维嗜不同味[93]，而快朝饱[94]？

诗之大意：大禹勤力治水，献功于天帝，帝命其到人间视察九州。禹如何得遇涂山女，并与她私通在台桑？涂山女与禹幽会而致使自己有孕，为何并非族人与之能发生关系？（《天问》从这段开始进入人间历史兴亡之问。）

启代益作后[95]，卒然离蠥[96]。何启惟[97]忧，而能拘是达[98]？皆归射[99]鞠，而无害厥躬[100]，何后益作革[101]，而禹播降[102]？

诗之大意：启代后益作了国君，却又突然遇到灾祸。为何启遭此忧患，而能从拘禁中逃脱？他们都是鞠躬尽职，没有损害自身声誉，为何后益的福祚终结，而禹的后嗣繁荣昌盛？

注释

87 献功：献功于天帝。

88 降省下土四方：降省，指到下界视察；下土，与皇天相对，指人间。据《山海经》记载，"洪水滔天……帝乃命禹卒布土以定九州"。

89 嵞山：嵞，通"涂"；涂山，古国名。

90 通之于台桑：通，私通、幽会；台桑，古地名。

91 闵妃匹合：闵妃，这里指涂山女；匹合，指上文的私通。

92 厥身是继：厥身，她的身体；是，语助词；继，子嗣，这里指涂山女孕而生启。

93 胡维嗜不同味：胡，为何；维，语助词；嗜不同味，指禹非涂山女的同族之人。

94 朝饱：古人对于男女交媾的隐语。

95 启代益作后：启，禹之子，夏王室第一位君主；益，禹的大臣，曾与启竞争天下；后，君王。

96 卒然离蠥：卒然，突然。卒，通"猝"；离蠥，遭难，此处指启为益拘禁。

97 惟：通"罹"，遭受。

98 能拘是达：指能从拘禁中逃脱。

99 射：应为"躬"。

100 厥躬：其身。

101 作革：作，通"祚"，福祚；革，变革、更改。

102 播降：兴盛。

启棘宾商[103]，《九辩》《九歌》[104]。何勤子屠母[105]，而死分竟地[106]？帝降夷羿[107]，革孽[108]夏民，胡射夫河伯[109]，而妻彼雒（luò）嫔[110]？

诗之大意：启数次到天帝处做客，而得《九辩》和《九歌》。为何助子而杀母，使她分裂尸骨满地？帝使后羿代夏，为夏民消除忧患，羿为何要射伤河伯，而娶那河伯之妻洛嫔？

冯珧（píng yáo）利决[111]，封豨（xī）[112]是射。何献蒸肉之膏，而后帝不若[113]？浞娶纯狐[114]，眩妻爰谋[115]。何羿之射革[116]，而交吞揆（kuí）[117]之？

诗之大意：持着良弓套着扳指，射杀那大野猪。为何献上肥美的祭肉，而后羿不能顺天帝之意？寒浞与纯狐谋杀后羿，并娶了她。为何能射七革的后羿，会死于这种谋划？

注释

103 启棘宾商：盖言启三度宾于天帝，而得九奏之乐也。棘，当训

269

为"数"；宾，做客；商，疑为"帝"之误。

104《九辩》《九歌》：舞乐名。

105 何勤子屠母：勤，帮助；子，这里指启；屠母，传说启母涂山女化为石，石破而生启。

106 而死分竟地：死，通"尸"；竟地，满地。

107 夷羿：东夷的后羿。据《山海经》记载，"帝俊赐羿彤弓素以扶下国"。

108 革孽：革，革除；孽，忧。

109 河伯：黄河水神。

110 雒嫔：即宓妃。雒，通"洛"。

111 冯珧利决：冯，持；珧，小蚌，其壳可镶嵌于弓箭之上，这里代指良弓；利决，套上扳指。决，扳指。古人射箭时扳指套于大拇指上用于钩弦发箭。

112 封豨：大野猪。

113 若：顺。

114 浞娶纯狐：浞，寒浞，后羿之臣；纯狐，后羿之妻。

115 眩妻爰谋：眩妻，善于迷惑人的妻子，这里指纯狐；爰，语助词。

116 射革：传说羿能射穿七层皮革。

117 交吞揆：交，里应外合；吞揆，消灭。

阻穷西征[118]，岩何越焉？化而为黄熊[119]，巫何活焉？咸播秬黍^{jù}[120]，莆^{huán}雚是营[121]，何由并投[122]，而鲧疾修盈[123]？

诗之大意：鲧设陵岩，阻止后羿西征，陵岩是如何被通过的？鲧死后化为黄熊，巫是如何让他活过来的？教民广种黑米，经营植苇编席，为何却被一起放逐，而且恶贯满盈？

白蜺婴茀^{fú}[124]，胡为此堂？安得夫良药[125]，不能固臧[126]？天式从横[127]，阳离爰死，大鸟[128]何鸣，夫焉丧厥体？

诗之大意：穿白衣戴婴茀的纯狐，在这堂里干什么？后羿得了不死药，为何不能妥善收藏？自然法则纵横分明，阳气离体就只会死去，为何后羿化为大鸟飞鸣而去，却找不到他的尸体？

注释

118 阻穷西征：穷，有穷氏，后羿率领的部落；西征，指后羿自鉏迁于穷石之事。

119 化而为黄熊：据《山海经》记载，鲧死后化为黄熊。

120 秬黍：黑米。

121 莆雚是营：莆雚，芦类植物；营，经营。注："咸播秬黍，莆雚是营"，是讲鲧治水的成绩。

122 并投：一起放逐，指鲧与共工、驩兜、三苗一起被放逐之事。

123 而鲧疾修盈：疾，罪过；修盈，长而满。

124 白蜺婴茀：白蜺，这里指衣裳；蜺，通"霓"；婴茀，古代妇女的首饰。

125 良药：指不死之药。

126 固臧：妥善保管。

127 天式从横：天式，自然法则；从，通"纵"。

128 大鸟：传说羿死后尸体化为大鸟飞鸣而去。

píng háo
蓱 号起雨[129]，何以兴之？撰体胁鹿[130]，何以膺[131]之？鳌
yīng   áo
biàn
戴山抃[132]，何以安之？释舟陵行[133]，何以迁之[134]？

诗之大意：屏翳呼号就能起雨，雨是如何兴起的？鸟鹿一体的风神飞廉，他是如何响应的？巨鳌驮着神山游动，何以保证山体安稳？舍弃舟船陆上行走，龙伯巨人如何钓走巨鳌？（这几句是关于大地东南传说之间，应为错简在这里。）

ào
惟浇在户[135]，何求于嫂[136]？何少康[137]逐犬，而颠陨厥首[138]？
女歧[139]缝裳，而馆同爰止[140]，何颠易[141]厥首，而亲以逢殆[142]？

诗之大意:那浇在门口,有何事求于他的嫂子?为何少康逐犬打猎,遇到了浇便能砍下他的首级?女岐借着缝衣裳,与浇住在一起,为何却被错砍了头,而自身遭遇危险?

注释

129 萍号起雨:萍,即屏翳,雨神;号,呼唤。

130 撰体胁鹿:指风神飞廉,传说飞廉体型似鹿而两膀生翅。撰,造;胁,两膀。

131 膺:响应。注:"撰体胁鹿,何以膺之",王逸《章句》里此句为"撰体协胁,鹿何膺之"。

132 鳌戴山抃:鳌,通"鳌",传说中的大龟;戴,背负;抃,拍手,这里指四肢挥动。据《列子·汤问篇》记载,渤海之东有五座仙山,随波漂流。天帝使十五巨鳌轮番举首戴之,五山才峙立不动。

133 陵行:陆行。

134 何以迁之:据《列子·汤问篇》记载,龙伯巨人垂钓东海之滨,六只神龟被钓起,而此正是驮起岱屿与员峤两座神山的六只神龟。

135 惟浇在户:惟,语助词;浇,寒浞之子,古代传说中的大力士。

136 嫂:浇的嫂子女岐,王逸《章句》记载,"言浇无义,淫佚其嫂,往至其户,佯有所求,因与行淫乱也"。

137 少康:夏后相之子,夏朝中兴之主。

138 颠陨厥首:砍掉了他的头。

139 女岐:即女艾。

140 而馆同爰止:馆同,同房;爰,语助词;止,居住。据《左传·哀公元年》记载,夏少康为报父仇,派女艾到浇那里卧底。同浇亲近,伺机杀之。

141 易:换,此处指"砍错"。

142 殆:危险。

汤谋易旅¹⁴³,何以厚之?覆舟斟寻¹⁴⁴,何道取之?

诗之大意：少康谋划整顿军事，他凭借什么增强力量？那浇曾讨伐斟寻国，颠覆他们的战船，少康用什么办法打败他？（至此后羿一族的兴亡告一段落）

厥萌[145]在初，何所亿[146]焉？璜台十成[147]，谁所极[148]焉？登立为帝，孰道尚之[149]？女娲[150]有体，孰制匠之？

诗之大意：在舜当初为民之时，如何能预料他日后为帝？璜台十重，谁能登临？舜登临而为帝，是谁引导、拥戴？女娲有这样的身体，又是谁制造而成？（这几句是关于舜为天帝的传说之问。所以放在后羿的传说之后，概因舜与后羿一族关系密切。舜的传说最为复杂，在原始传说中舜为天帝，太阳、月亮均为其妻所生，而后又人王化，融入三皇五帝之说。）

舜闵[151]在家，父何以 鳏[152]？尧不姚告[153]，二女[154]何亲？舜服厥弟[155]，终然为害，何肆犬体，而厥身不危败[156]？

诗之大意：舜在家里非常仁孝，父亲为何不让其娶亲？尧不告知舜父瞽叟，二女如何与舜成亲？舜对弟象百般顺从，象却还是加害于他，为何象放肆如恶狗，而身不危败？

注释

143 汤谋易旅：汤，康之误；易，治。

144 斟寻：古国名，在今河南巩县西南。

145 萌：通"民"。

146 亿：预料。

147 璜台十成：璜，近玉的美石；成，重。

148 极：至。

149 孰道尚之：道，通"导"；尚，拥戴。

150 女娲：古代补天之神女，人首蛇身，能化万物。

151 闵：通"悯"，此处指仁孝。

152 鳏：通"鳏"，男子年长而无妻。

153 尧不姚告：尧，唐尧，传说中的古代帝王；姚，舜姓也，此处指舜父瞽叟。

154 二女：尧的两个女儿娥皇、女英。

155 舜服厥弟：服，用、从；厥弟，指象。

156 而厥身不危败：指象虽害舜，舜并不计较，反封之于有庳。注："舜闵在家，父何以鳏？尧不姚告，二女何亲"两句在王逸的《章句》中为第九十三、九十四句，应为错简，并在此处为宜。

吴获迄古¹⁵⁷，南岳是止。孰期去斯¹⁵⁸，得两男子¹⁵⁹？

诗之大意：吴民族自古以来，在南岳一带居住。谁能想到离开那里之后，能够得遇太伯和仲雍？（以上的十句皆为舜的传说之问）

桀伐蒙山¹⁶⁰，何所得焉？妹嬉何肆¹⁶¹，汤何殛¹⁶²焉？缘鹄饰玉¹⁶³，后帝是飨¹⁶⁴。何承谋夏桀，终以灭丧？

诗之大意：夏后桀讨伐蒙山，到底有何所得？妹嬉何曾放肆无忌，商汤为何将她诛杀？夏桀鹄羹玉鼎进献天帝，祈求天帝护佑。为何汤承用伊尹之谋，最终得以使夏灭亡？（这几句为夏朝灭亡之问）

帝乃降观¹⁶⁵，下逢伊挚¹⁶⁶，何条放致罚¹⁶⁷，而黎服大说¹⁶⁸？简狄在台¹⁶⁹，喾何宜¹⁷⁰？玄鸟致贻¹⁷¹，女何喜¹⁷²？

诗之大意：汤到民间察看，得遇贤人伊尹。为何放夏桀于鸣条，而黎民大悦？简狄居高台，帝喾何以知而求之？玄鸟坠其卵，简狄为何食之而有孕？（这几句为殷商的历史之问）

注释

157 吴获迄古：获，得；迄古，从远古开始。

158 孰期去斯：期，期望；斯，代词，指南岳。

159 两男子：《楚辞章句》认为是太伯、仲雍，两人原为周之王子，传说因避王位，到了荆襄一带，被吴民族奉为君主。注：吴为舜的支族，所以一并问及。

160 桀伐蒙山：桀，夏朝的末代君主；蒙山，古国名。

161 妹嬉何肆：妹嬉，夏桀之妃；何肆，何曾放肆。

162 殛：诛。

163 缘鹄饰玉：缘，因；饰玉，指以美玉装饰的鼎。

164 飨：用酒食招待。注："桀伐蒙山，何所得焉？妹嬉何肆，汤何殛焉"两句在王逸的《章句》中为九十一、九十二句，应为错简，置于此处为宜。

165 降观：到民间察看。

166 伊挚：即伊尹。

167 何条放致罚：条放，指汤战胜夏桀，将他流放鸣条之事；致罚，致天之罚。

168 而黎服大说：黎服，黎民；说，通"悦"。

169 简狄在台：简狄，有娀氏女，传说她因玄鸟而生商之始祖契；台，简狄所居的九重高台。

170 喾何宜：喾，传说中的高辛氏，属于北方传说的五帝体系；宜，这里为适宜婚配。

171 致贻：此处指玄鸟遗卵。

172 喜：此处指有孕。

该秉季德[173]，厥父是臧[174]。胡终弊于有扈[175]，牧夫牛羊？干协时舞[176]，何以怀[177]之？平胁曼肤[178]，何以肥[179]之？

诗之大意：王亥秉承季的美德，父亲对其赞赏不已。为何他后来寄居有易氏，为人牧牛、牧羊？拿起盾，跳起舞，王亥为何引诱有易氏的姑娘？体形丰满皮肤润泽，那姑娘为何要钟情王亥？

有扈牧竖[180]，云何而逢[181]？击床[182]先出，其命何从？恒[183]秉季德，焉得夫朴牛[184]？何往营班禄[185]，不但[186]还来？

诗之大意：有易国的放牧小子，为何会撞见私情？凶器击床时亥先跑掉，他的结局又是如何？恒秉承季的美德而为王，那些大牛他是如何得来的？他去有易国颁布爵禄，为何不得返回？

昏微遵迹[187]，有狄不宁[188]。何繁鸟萃棘[189]，负子肆情[190]？眩弟[191]并淫，危害厥兄。何变化以作诈，而后嗣逢长？

诗之大意：上甲微追查父亲的死因，有易氏从此不宁。为何他后来荒淫无道，强占自己的儿媳？上甲微的弟弟也很淫乱，并且杀兄夺了王位。为何这样善变狡诈的人，却能得子孙昌盛？

注释

173 该秉季德：该，通"亥"，即王亥，传说为殷人远祖，契的六世孙；季，王亥之父。

174 臧：善。

175 胡终弊于有扈：弊，通"庇"，庇护，此处为寄居；有扈，应为有易氏之讹。据《山海经》记载，"（王亥）托于有易，河伯仆牛。有易杀王亥，取仆牛"。

176 干协时舞：干，盾；协，和合；时舞，指干戚之舞，古人显示英武雄壮的一种舞蹈。

177 怀：引诱。

178 平胁曼肤：平胁，体形丰满；曼肤，皮肤润泽。

179 肥：通"妃"，此处指匹配。

180 牧竖：牧羊小子。

181 逢：指撞见王亥与有易女私通。

182 击床：此处指击杀王亥在床。

183 恒：王恒，亥之弟。

184 朴牛：可驾车的大牛。

185 何往营班禄：营，经营；班禄，颁布爵禄。

186 但：疑为"得"。

187 昏微遵迹：昏微，上甲微，王亥之子；遵迹，此处指追查父亲的死因。

188 有狄不宁：指上甲微假师河伯讨伐而、灭有易氏。有狄，即有易。

189 繁鸟萃棘：喻荒淫之事。

190 负子肆情：指上甲微晚年夺取儿媳为己妻的丑行。

191 眩弟：昏乱的弟弟。

成汤东巡，有 莘^{shēn} 爰极¹⁹²。何乞彼小臣¹⁹³，而吉妃¹⁹⁴是得？水滨之木¹⁹⁵，得彼小子¹⁹⁶。夫何恶之，媵¹⁹⁷有莘之妇？

诗之大意：成汤东巡，到了有莘氏的领地。为何他只是求小臣伊尹，得有莘氏女为妃？伊水之滨空桑林中，捡得了小儿伊尹。有莘氏为何厌恶他，让他做了有莘氏女的陪嫁？

汤出重泉¹⁹⁸，夫何罪尤¹⁹⁹？不胜心伐帝²⁰⁰，夫谁使挑²⁰¹之？初汤臣挚²⁰²，后兹承辅²⁰³。何卒官汤²⁰⁴，尊食宗绪²⁰⁵？

诗之大意：汤因何罪，囚于重泉又被放出？夏桀纵性指责天帝，是受了谁的挑唆？伊尹初始为汤的小臣，后来成为宰相。为何他最终能追随成汤，配祀在商的宗庙？

注释

192 有莘爰极：有莘，古国名，位于今河南开封市陈留镇；爰极，乃至。

193 小臣：此处指伊尹。

194 吉妃：有莘氏的女儿。据《吕氏春秋》记载，汤闻伊尹，使人请之有侁氏，有侁氏不可。汤于是请娶妇为婚，有侁氏喜，以伊尹媵女。

195 水滨之木：水滨，此处指伊水之滨；木，树林。

196 小子：指伊尹。据《吕氏春秋》记载，有侁氏女子采桑，得婴儿于空桑之中，献之其君，其君令庖人养之。

197 媵：陪嫁。

198 重泉：地名。

199 罪尤：罪过。

200 不胜心伐帝：不胜心，不能克制性情；伐，此处指言语上的指责；帝，天帝。

201 挑：挑唆。

202 挚：伊尹名。

203 后兹承辅：兹，连词，就；承，通"丞"。

204 何卒官汤：卒，最终；官，疑为"追"。

205 尊食宗绪：尊食，尊享庙食；宗绪，宗庙。注："初汤臣挚，后兹承辅。何卒官汤，尊食宗绪"两句在王逸的《章句》为第一六七、一六八句，应系错简，移至此处为宜。

会鼂[206]争盟，何践吾[207]期？苍鸟群飞，孰使萃[208]之？列击纣躬[209]，叔旦不嘉[210]。何亲揆发[211]，足周之命以咨嗟[212]？

诗之大意：诸侯前来朝会竞相结盟，他们为何践行武王之约？诸侯大军云集如苍鹰群飞，是谁使他们聚在一起？武王将纣裂尸斩首，周公姬旦却不赞成。为何他亲为武王谋，奠定周朝却又叹息？

授殷天下，其位安施[213]？反成乃亡，其罪伊何？争遣伐器[214]，何以行之？并驱击翼，何以将之？

诗之大意：天命授于殷，殷王该如何行事？天命在殷而殷又灭亡，他们的罪过又是什么？诸侯竞相遣军伐纣，他们如何调动这些军队？并驱而进击敌两翼，又是如何指挥军队行进？

彼王纣之躬，孰使乱惑？何恶辅弼[215]，谗谄是服[216]？比干[217]何逆，而抑沉之？雷开阿顺[218]，而赐封之？

诗之大意：那个纣王自身，是谁使他狂暴昏乱？为何他厌弃贤臣，听信谗谄小人？比干有何悖逆之处，要对他贬抑打压？雷开惯于阿谀奉承，为何却得到任用、赐封？

何圣人之一德，卒[219]其异方？梅伯受醢[220]，箕子详狂[221]。

这两句的大意：为何圣人美德相同，结局却是大异？梅伯受刑剁成肉酱，箕子为避祸假装疯狂。注：以上十四句是问殷王朝之覆亡。

注释

206 会鼂：朝会。鼂，通"朝"。

207 吾：通"武"。

208 苹：集。

209 列击纣躬：指武王至纣死所，射之三发，以黄钺砍其头，悬之于太白之旗。列，通"裂"。

210 叔旦不嘉：叔旦，周公旦；不嘉，不赞许。

211 揆发：揆，谋划；发，指武王姬发。

212 足周之命以咨嗟：足，应为"定"；咨嗟，叹息。

213 施：行。

214 伐器：作战的器具，指军队。

215 辅弼：辅政的贤臣。

216 服：用。

217 比干：殷贤臣。

218 雷开阿顺：雷开，纣王的奸臣；阿，阿谀。

219 卒：终。

220 梅伯受醢：梅伯，纣之诸侯；醢，剁成肉酱。

221 箕子详狂：箕子，纣王的叔父；详，通"佯"，装。

稷维元子[222]，帝何竺之[223]？投之于冰上，鸟何燠[224]之？何冯[225]弓挟矢，殊能将之[226]？既惊帝切激[227]，何逢[228]长之？

诗之大意：后稷是帝喾的嫡长子，帝为何对他如此狠毒？投稷于冰上，鸟儿为何用羽翼温暖他？为何后稷持弓善射，而且有种地的特殊本领？既然他敬奉天帝殷勤热切，为何周运来得如此漫长？

伯昌号衰[229]，秉鞭作牧[230]。何令彻彼岐社[231]，命有殷国？迁藏[232]就岐，何能依？殷有惑妇[233]，何所讥[234]？

诗之大意：西周姬昌年已耄耋，才统领一方成为西伯。为何他能通达岐社，承受天命，终有殷国？百姓带着家当纷纷来岐，为何周能使人归依？殷纣王有妲己媚惑他，劝诫之言又有何用？

受赐兹醢[235]，西伯上告。何亲就[236]上帝罚，殷之命以不救？师望在肆[237]，昌何识？鼓刀扬声，后[238]何喜？

诗之大意：纣以伯邑考之肉羹赐文王，文王上告于天。为何纣王受到上帝惩罚，殷朝的气数也不可挽回？吕望栖身肉店，文王何以知其贤明？听到操刀割肉之声，文王为何欢喜？

注释

222 稷维元子：稷，后稷，周的始祖；元子，嫡长子。

223 帝何竺之：帝，指帝喾；竺，通"毒"。

224 燠：温暖。

225 冯：通"凭"，持。

226 殊能将之：殊能，特殊的才能，这里指后稷的善农；将，通"降"。

227 既惊帝切激：惊，通"敬"；切激，殷切强烈。

228 逢：遇。

229 伯昌号衰：伯昌，周文王姬昌；号衰，耄耋之年。

230 秉鞭作牧：秉鞭，喻权柄；牧，治理一方的诸侯之长。

231 何令彻彼岐社：彻，通达；岐社，周地祭祀之所。

232 迁藏：指带着家当。

233 惑妇：指妲己。

234 讥：谏。

235 受赐兹醢：受，纣王名；兹醢，指纣王杀害文王的儿子伯邑考，并将其做成肉羹赐文王食。

236 亲就：亲，指纣王；就，受到。

237 师望在肆：相传吕望在遇到文王前曾于肉铺操刀。师望，指姜太公吕望；肆，店铺。

238 后：这里指文王。

武发杀[239]殷，何所悒[240]？载尸[241]集战，何所急？伯林雉经[242]，维其何故？何感天抑墬[243]，夫谁畏惧？

诗之大意：武王姬发讨伐殷商，他为何不安？载着文王的灵位会战，他为何急切？管叔上吊柏林，是何缘故？周公蒙冤为何能感天动地？谁又感到畏惧？

皇天集命[244]，惟何戒之？受礼天下[245]，又使至[246]代之？

诗之大意：天命降于殷，如何让它保持警戒？纣王既已治理天下，为何又使周取而代之？注：以上十八句是周民族兴起之问。

昭后成游[247]，南土爰底[248]，厥利惟何，逢彼白雉[249]？穆王巧梅[250]，夫何为周流？环理[251]天下，夫何索求？

诗之大意：昭王盛治兵车，出游到远方的南土。迎接那白雉，到底有何好处？穆王巧心善驾，为何要周游四方？他周游天下，到底有何索求？

注释

239 杀：攻伐。

240 悒：不安。据说武王伐商时，内部的意见不一，周公认为时机未到。

241 尸：此处指文王的灵位。

242 伯林雉经：伯林，地名或林名；雉经，上吊，此处指管叔自缢。

243 隍：通"地"。据《周书·金縢》记载，"天大雷电以风，禾尽偃，大木斯拔，邦人大恐。王与大夫尽弁，以启金縢之书"。

244 集命：受命。

245 受礼天下：受，纣王；礼，治理。

246 至：应为"周"。

247 昭后成游：昭后，指周昭王；成，通"盛"。据《集注》记载，昭王盛治兵车，出游南土。楚人凿其船而沉之，遂不还。

248 南土爰底：爰，于是；底，至。

249 雉：野鸡。毛奇龄《天问补注》引《竹书纪年》说："昭王之季，荆人卑词致于王曰：'愿献白雉。'昭王信之而南巡，遂遇害。"

250 穆王巧梅：穆王，昭王之子；巧梅，善驾。梅，通"枚"，马鞭之意。

251 环理：周游。注：从"昭后成游"到"卒然身杀"这八句原为王逸《章句》的第一三五至一四二句，应系错简。置于此处为宜。

妖夫曳衒[252]，何号于市？周幽谁诛[253]？焉得夫褒姒[254]？

诗之大意：妖人夫妇沿街叫卖，为何他们哭号于市？周幽王要诛灭谁人？他又是如何得到褒姒？注：以上六句写周室逐步衰微。

天命反侧[255]，何罚何佑？齐桓[256]九会，卒[257]然身杀！勋阖梦生[258]，少离散亡[259]。何壮武厉[260]，能流厥严[261]？

诗之大意：天命反复无常，谁被责罚、谁被护佑？齐桓公九会诸侯，最终受困身死！吴王阖庐乃寿梦之孙，年少之时流亡在外。为何他壮年英武，诸侯之中威名远扬？

彭铿斟雉[262]，帝[263]何飨？受寿永多，夫何久长？中央共牧[264]，

后²⁶⁵何怒？蜂蛾²⁶⁶微命，力何固？

　　诗之大意：彭祖烹调的鸡汤，天帝为何喜欢？他得享高寿，为何活得如此久长？周王朝由诸侯共治，厉王何以惹怒国人？国人身份低微，为何力量如此坚固？

注释

　　252 妖夫曳衒：妖夫，据《史记·周本纪》记载，"宣王之时，童谣曰：'檿（yǎn）弧箕服，实亡周国'。于是宣王闻之，有夫妇卖是器者，宣王使执而戮之。"曳衒，负物而叫卖。

　　253 谁诛：诛谁。

　　254 褒姒：周幽王之后。据《史记·周本纪》记载，褒人后有罪，幽王欲诛之，褒人乃入童妾之女以赎罪，是为褒姒。

　　255 反侧：反复无常。

　　256 齐桓：齐桓公，春秋五霸之首。

　　257 卒：终。

　　258 勋阖梦生：勋，功勋；阖，吴王阖庐；梦，吴王寿梦，阖庐的祖父。

　　259 散亡：指阖庐初不得立，流亡在外。

　　260 武厉：英武勇猛。

　　261 能流厥严：流，行之甚远；严，君王的尊严，此处指霸业昭著。

　　262 彭铿斟雉：彭铿，即彭祖，传说彭祖活了八百岁；斟雉，用雉鸡做羹。

　　263 帝：天帝。

　　264 中央共牧：中央，周王朝；共牧，共同治理。公元841年，国人暴动，厉王出逃。王位虚悬十四年，其间周朝由诸侯共治。

　　265 后：指周厉王。

　　266 蜂蛾：此处喻指国人。

　　惊女采薇²⁶⁷，鹿何佑？北至回水²⁶⁸，萃²⁶⁹何喜？兄²⁷⁰有噬

犬，弟[271]何欲？易之以百两[272]，卒无禄。

诗之大意：惊于女言不再采薇，白鹿为何护佑夷齐？北至首阳回水之地，一起饿死有何可喜？秦景公有猛犬，鍼为何想要？用百辆车去换而不得，终去晋国失了爵禄。

薄暮雷电，归何忧？厥严不奉[273]，帝何求？伏匿穴处[274]，爰[275]何云？荆勋作师[276]，夫何长？悟过改更，我又何言？吴光争国[277]，久余是胜[278]。

诗之大意：日暮时分雷电交加，想要归家，为何忧愁？使灵王的尊严不存，天帝到底有何所求？昭王无过却避祸洞中，此番遭遇从何说起？楚之勋旧死伤殆尽，国运如何能久长？怀王若能如昭王般改辙更新，我又何需陈言？吴公子光争得王位以来，楚国已是连连战败。

何环闾穿社[279]，以及丘陵？是[280]淫是荡，爰出子文。吾告堵敖以[281]不长。何诚上自予[282]，忠名弥彰？

诗之大意：郧公之女何能旋穿闾社，至于丘陵？与斗伯比私通，生子文。我语告诸位贤王，楚之国运恐不久长。我又何敢诚上自许，而求忠名远扬？

注释

267 惊女采薇：据刘峻《辨命论》，夷、齐采薇，有女子谓之曰："子义不食周粟，此亦周之草木也。"因饿首阳，弃薇不食，白鹿乳之。

268 回水：首阳山下河曲之水。

269 萃：聚集，此处指在一起。

270 兄：指春秋时秦景公。

271 弟：指秦景公弟鍼（zhēn）。秦景公有猛犬，弟鍼以百辆车去换，景公仍然不肯，后鍼逃奔晋国，失去爵禄。

272 两：通"辆"。

273 厥严不奉：厥，指楚灵王。据《左传·昭公十三年》记载，楚灵王出游干溪，公子弃疾作乱，使灵王彷徨山中，数日不得食而死，弃疾得王位，即楚平王；不奉，不能保持。

274 伏匿穴处：指楚昭王因吴师入郢而逃亡于云中之事。

275 爰：介词，从。

276 荆勋作师：荆勋，楚国勋旧；作，应为"殉"。

277 吴光争国：指吴公子光杀王僚争得王位。

278 久余是胜：倒装用法，即久余是胜余。余，指楚国。

279 何环闾穿社：闾，里门。古代五家为比，五比为里；社，里社，古代里各立社。据《章句》记载，子文之母，郧（yún）公之女。旋穿闾社，通于丘陵以淫，而生子文。弃之梦中，有虎乳之。以为神奇，乃取收养焉。注："何环"以下两句引自洪兴祖、朱熹校语。

280 是：语助词。

281 堵敖以：堵敖，指楚国的诸贤王；以，用。

282 自予：自许。

赏析：《天问》是屈原的一部问话体长篇作品，成诗应在《离骚》之后。《天问》先问天地的形成，从开篇到"乌焉解羽？"再问人事的兴亡，从"禹之力献功"到篇末。全篇一百七十余问，问题涉及天文、地理、历史、哲学等诸多方面。《天问》之所以难以理解，主要有三个原因：第一，此诗为问话体，语言简练。简练则必然缺少细节。第二，错简错字。如"初汤臣挚，后兹承辅，何卒官汤，尊食宗绪？"此句在《章句》中前后均为周之故事，显然是错简。至于"错字"，在先秦著作的传抄中更是在所难免。第三，神话的佚亡及史料的缺失。如舜在南方的神话中为天帝，但是周人尚礼，敬鬼神而远之。舜的形象就渐渐地人王化，成为五帝之一。但是在南方的神话体系里，禹应为天神而非人王。史料的缺失方面，如"该秉季德，厥父是臧"，学者们开始一直在"该""季"上下功夫。自从王国维的《殷卜辞中所见先公先王考》一文指出了王季、王该的真面目，这一句就不解自通了。即便如此难以理解，我们还是可以确定《天问》主要是一篇关于兴亡的史诗。《天问》作为一篇奇文横空出世，后世虽多有仿作，但在思想及文学价值上均差之远矣。

九章·橘颂

后皇[1]嘉树，橘徕服兮[2]。受命[3]不迁，生南国[4]兮。深固难徙，更壹[5]志兮。绿叶素荣[6]，纷[7]其可喜兮。

诗之大意：橘树啊，你是天地间的嘉树，只习惯这里的土壤。你禀受天命不迁移，生长在楚国的大地。你深深扎根，难以迁徙，更是一心生长在这里。你绿叶白花，长得茂盛喜人。

曾枝剡棘[8]，圆果抟[9]兮。青黄杂糅，文章[10]烂兮。精色[11]内白，类任[12]道兮。纷缊宜修[13]，姱而不丑兮[14]。

诗之大意：你的枝条重重，刺儿尖尖，果实圆圆。你的果皮青黄相间，纹理纵横，色彩绚烂。你的表皮颜色鲜明，你的内瓤雪白莹洁，好像是拥抱着大道。你的清香恰到好处，美好而不使人厌恶。

注释

1 后皇：皇天后土。

2 橘徕服兮：徕，通"来"；服，习惯。

3 受命：禀受天命。

4 南国：此处指楚国。

5 壹：专一。

6 荣：花。

7 纷：茂盛貌。

8 曾枝剡棘：曾，通"层"；剡棘，尖刺。

9 抟：通"团"。

10 文章：花纹色彩。文，通"纹"。

11 精色：皮色鲜明。

12 类任：类，好像；任，抱。

13 纷缊宜修：纷缊，通"氛氲"，形容清香四溢；宜修，合宜。

14 嫭而不丑兮：嫭，美好；丑，恶。

嗟¹⁵尔幼志，有以异兮。独立不迁，岂不可喜兮？深固难徙，廓¹⁶其无求兮。苏世¹⁷独立，横而不流兮。闭心自慎¹⁸，终不失过兮。

诗之大意：橘啊，你从小就有志向，与常人不同。你独立而不迁，不是可喜的品质吗？你深根难移，磊落而无求。你独立于世，保持清醒，横于水中而不逐流。你静心弃欲，谨慎自守，终不肯稍有过失。

秉¹⁹德无私，参²⁰天地兮。原岁并谢²¹，与长友兮。淑离不淫²²，梗²³其有理兮。年岁虽少，可师长兮。行比伯夷²⁴，置以为像兮²⁵。

诗之大意：你秉持美德，没有私心，可与天地相合。愿与你同心共死，长期为友。你美丽善良而不放纵，正直刚硬而有条理。你年岁虽少，却可为人师长。你的德行堪比伯夷，我要把你作为榜样啊，时刻学习。

注释

15 嗟：赞叹词。

16 廓：指心胸开阔。

17 苏世：在世上保持清醒。

18 闭心自慎：闭心，静心；自慎，谨慎自守。

19 秉：秉持。

20 参：合。

21 原岁并谢：原，通"愿"；谢，死。

22 淑离不淫：淑，善良；离，通"丽"；淫，甚、过分。

23 梗：指正直。

24 行比伯夷：行，德行；伯夷，孤竹国国君的长子。他反对武王伐纣，与弟叔齐逃进首阳山，不食周粟而死。

25 置以为像兮：置，立；像，参照、榜样。

赏析：《九章》应为后人辑录屈原作品，得《涉江》《怀沙》《哀郢》《橘颂》等九章，合为一卷。对于其中的某些篇目是否为屈原所作，后世学者各有考证，说法不一。《橘颂》在情绪上昂扬进取，并无悲愤消极之感，应为屈原在遭受政治打击前的作品。此诗借物言志，以物写人，既沟通物我，又融汇古今，可谓是"千古咏物之祖"。

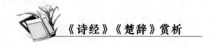

楚辞·九辩

悲哉秋之为气[1]也！萧瑟兮草木摇落而变衰[2]。憭慄[3]兮若在远行，登山临水兮送将归。泬寥[4]兮天高而气清，寂寥兮收潦[5]而水清。憯凄增欷兮[6]，薄寒之中人[7]。怆怳懭悢[8]兮，去故而就新。

诗之大意：悲伤啊，秋的气氛！大地萧瑟，草木摇落。我心凄凉好像在远行，又像登山临水送别故人。空旷啊，秋高气清。寂寥啊，积水因退却而变清。悲凉叹息啊，薄寒袭人。失意惆怅啊，背井离乡而远行。

坎廪[9]兮，贫士[10]失职而志不平。廓落兮羁旅而无友生[11]，惆怅兮而私自怜。燕翩翩其辞归兮，蝉寂漠而无声。雁廱廱[12]而南游兮，鹍鸡啁哳[13]而悲鸣。独申旦[14]而不寐兮，哀蟋蟀之宵征[15]。时亹亹而过中兮[16]，蹇淹留而无成[17]。

诗之大意：坎坷啊，我因贬官而心不平。孤寂啊，羁旅在外而无友生。惆怅啊，只能独自哀怜。燕子翩翩飞离，秋蝉寂寞无声。雁鸣廱廱向南飞去，鹍鸡发出声声悲鸣。独自不寐直到天明，整夜听那蟋蟀之声。时光冉冉已过中年，前程阻塞一事无成。

注释

1 气：节气。

2 衰：次第地减少。

3 憭栗：凄凉貌。

4 泬寥：天空晴朗空旷貌。

5 潦：积水。

6 憯凄增欷兮：憯凄，通"惨凄"；欷，叹息。

7 中人：衷人。

8 怆怳懭悢：均为失意惆怅。

9 坎廪：坎坷不平。

10 贫士：作者自指。

11 廓落兮羁旅而无友生：廓落，孤寂貌；羁旅，滞留外乡；友生，朋友。

12 雝雝：雁鸣之声。

13 鹍鸡啁哳：鹍鸡，鸟名，似鹤；啁哳，杂碎而急促的声音。

14 申旦：达旦。

15 宵征：夜行。

16 时亹亹而过中兮：亹亹，行进不停貌；中，中年。

17 寋淹留而无成：寋，发语词；淹留，滞留。

悲忧穷戚兮独处廓，有美一人兮心不绎[18]。去乡离家兮徕[19]远客，超逍遥兮今焉薄[20]？专思君[21]兮不可化，君不知兮可奈何！蓄[22]怨兮积思，心烦憺[23]兮忘食事。愿一见兮道余意，君之心兮与余异。

诗之大意：悲忧穷困啊，独处辽阔的大地，我心烦乱啊，没有头绪。远离家乡啊，异地为客，漂泊不定啊，如今何处栖身？一心思念君王无法去除，君王不知啊有何办法！幽怨哀思不断累积，心中烦乱茶饭不思。愿能一见诉说衷肠，君王之心却与我相异。

车既驾兮朅[24]而归，不得见兮心伤悲。倚结轸[25]兮长太息，涕潺湲兮下沾轼[26]。忼慨[27]绝兮不得，中瞀乱[28]兮迷惑。私自怜兮何极[29]，心怦怦兮谅直[30]。

诗之大意：驾起马车去了又回，不得见你啊我心伤悲。倚着车厢长长叹息，泪水如流湿了车轼。激愤至极欲与君王绝而不得，我的心中混乱迷惑。自怨自怜何时终了，我心忾忾忠实且直。

注释

18 有美一人兮心不绎：有美一人，作者自指；绎，理出头绪。

19 徕：通"来"。

20 超逍遥兮今焉薄：超逍遥，远游而无着落；薄，停。

21 君：君王。

22 蓄：积。

23 烦惔：烦闷忧愁。

24 竭：去。

25 结轖：车箱，用木条构成。

26 涕潺湲兮下沾轼：潺湲，流泪不止；轼，车前供人扶靠的横木。

27 忼慨：通"慷慨"，激愤。

28 瞀乱：纷乱。

29 极：尽。

30 心怦怦兮谅直：怦怦，心急貌；谅直，诚实正直。

皇天[31]平分四时兮，窃独悲此廪秋[32]。白露既下百草兮，奄离披此梧楸[33]。去白日之昭昭兮，袭长夜之悠悠。离芳蔼之方壮兮，余萎约[34]而悲愁。秋既先戒以白露兮，冬又申之以严霜。收恢台[35]之孟夏兮，然欲傺[36]而沉臧。

诗之大意：上天将一年平分为四季，我却独自悲此寒秋。白露已经降于百草，梧楸之叶忽又零凋。昭昭的白日离去，悠悠的长夜来袭。百花盛开的时节已过，余下的衰败使我悲愁。秋天先以白露作为警戒，冬天又以寒霜予以重申。夏日的繁茂已收，万物的生机敛藏。

叶菸邑³⁷而无色兮，枝烦挐³⁸而交横。颜淫溢而将罢兮³⁹，柯彷佛⁴⁰而萎黄。萠㯟椮⁴¹之可哀兮，形销铄而瘀伤⁴²。惟其纷糅⁴³而将落兮，恨其失时而无当。

诗之大意：叶暗淡而无色，枝纷乱而交错。色泽盛极而衰，枝条暗淡枯黄。可哀啊，树梢光秃，树身残伤。可怜草木纷杂即将凋零，可恨它们没有把握好时光。

注释 ....

31 皇天：上天。

32 窃独悲此廪秋：窃，私下；廪，通"凛"。

33 奄离披此梧楸：奄，忽；离披，分散低垂貌；梧、楸，都是早凋的树。

34 萎约：枯萎衰败。

35 恢台：广大而繁盛貌。

36 歃倄：停止。

37 菸邑：因枯萎而呈暗淡之色。

38 烦挐：纷乱。

39 颜淫溢而将罢兮：颜，色泽；淫溢，过甚；罢，通"疲"，凋零。

40 柯彷佛：柯，枝茎上的小枝条；彷佛，通"仿佛"，颜色不鲜明的样子。

41 萠㯟椮：萠，通"梢"；㯟椮，树木光秃萧瑟。

42 形销铄而瘀伤：销铄，此处指损毁；瘀伤，气血郁积成病。

43 纷糅：纷乱混杂。

擥騑辔而下节兮⁴⁴，聊逍遥以相佯⁴⁵。岁忽忽而遒⁴⁶尽兮，恐余寿之弗将⁴⁷。悼余生之不时兮，逢此世之俇攘⁴⁸。澹容与⁴⁹而独倚兮，蟋蟀鸣此西堂。心怵惕⁵⁰而震荡兮，何所忧之多方！卬⁵¹

明月而太息兮，步列星而极明[52]。

诗之大意：揽住缰绳，放下马鞭，暂且逍遥，在此盘桓。岁月忽忽而将尽啊，我的寿命也恐不长。可怜我生不逢时，遇此纷乱之世。静下心来独自凭倚，听那蟋蟀鸣在西堂。心中惊惧大为震动，为何我心烦乱多忧！仰望明月而长叹啊，徘徊于星光下，直到天明。

窃悲夫蕙华之曾敷兮[53]，纷旖旎乎都房[54]。何曾[55]华之无实兮，从风雨而飞飏？以为君独服此蕙兮[56]，羌无以异于众芳。

诗之大意：暗自悲叹蕙花也曾盛开，千娇百媚在那华堂。为何花儿重重却没有果实，终于随风雨飞扬？以为君王独爱此蕙，他却将其视同众芳。

闵[57]奇思之不通兮，将去君而高翔。心闵怜之惨凄兮，愿一见而有明[58]。重无怨而生离兮[59]，中结轸[60]而增伤。

诗之大意：可怜有奇思却难以通达于君王，我将离开远翔。心中悲怜、凄惨，愿能一见倾诉衷肠。一次次的无罪而见弃，我心郁结徒增悲伤。

注释

44 擥騑辔而下节兮：擥，通"揽"；騑辔，马缰绳；下节，停鞭而使马徐行。

45 相佯：通"徜徉"，徘徊、盘桓。

46 遒：迫近。

47 将：通"长"。

48 伄攘：纷扰不安。

49 澹容与：澹，水波舒缓，此处指静心；容与，闲散貌。

50 怵惕：惊惧。

51 卬：通"仰"。

52 极明：到天亮。

53 窃悲夫蕙华之曾敷兮：蕙华，蕙草的花；敷，开放。

54 都房：大花房。

55 曾：同"层"。

56 以为君独服此蕙兮：君，君王；服，佩带。

57 闵：通"悯"。

58 有明：自己表白。

59 重无怨而生离兮：重，一遍又一遍；无怨，无罪过；生离，见弃。

60 结轸：忧思郁结。

岂不郁陶[61]而思君兮？君之门以九重。猛犬狺狺[62]而迎吠兮，关梁[63]闭而不通。皇天淫溢而秋霖兮[64]，后土何时而得漧[65]？块独守此无泽兮[66]，仰浮云而永叹。

诗之大意：哪能不深切地思念君王？怎奈你的门有九重。猛犬对着我狂叫啊，关口桥梁闭而不通。上天降下绵绵秋雨，大地何时才能变干？独守在这荒芜沼泽，仰望浮云而长叹。

何时俗之工巧兮，背绳墨而改错[67]！却骐骥[68]而不乘兮，策驽骀[69]而取路。当世岂无骐骥兮？诚莫之能善御。见执辔者非其人兮，故骃跳[70]而远去。

诗之大意：为何时俗之人都去取巧？背离准绳改变法度。抛弃骏马不乘，赶着劣马上路。世上难道没有骏马吗？实是无人能够驾驭骏马。见到骑者非善御之人，故此跳跃而远去。

注释 ···

61 郁陶：忧思深重。

295

62 狺狺：狗叫声。

63 梁：桥。

64 皇天淫溢而秋霖兮：淫溢，过度；霖，久雨不停为霖。

65 后土何时而得漧：后土，指大地。古人文章通常以“后土”来对“皇天”；漧，同“干”。

66 块独守此无泽兮：块，块然，孤独貌；无泽，荒芜的水洼。无，通“芜”。

67 背绳墨而改错：绳墨，绳线和墨斗，木工画直线的工具，此处引申为规则、法度；错，通“措”，措施、法度。

68 却骐骥：却，退却；骐骥，日行千里的骏马。

69 策驽骀：策，本义为马鞭，引申为驾驭；驽骀，劣马。

70 駶跳：跳跃。

凫雁皆唼夫粱藻兮[71]，凤愈飘翔而高举。圆凿而方枘兮[72]，吾固知其鉏铻[73]而难入。众鸟皆有所登栖兮，凤独遑遑而无所集[74]。愿衔枚[75]而无言兮，尝被君之渥洽[76]。

诗之大意：野鸭大雁都去吃那粟米水藻，凤凰却更展翅高翔。圆孔之上安装方榫，我本知道难以进入。众鸟都有栖身之地，唯独凤凰遑遑然无处安身。我本欲想闭口不言，又曾深受君王之恩。

太公[77]九十乃显荣兮，诚未遇其匹合。谓骐骥兮安归？谓凤皇[78]兮安栖？变古易俗兮世衰，今之相者[79]兮举肥。骐骥伏匿[80]而不见兮，凤皇高飞而不下。鸟兽犹知怀德兮，何云贤士之不处[81]？

诗之大意：姜太公九十才显贵，实因未遇识才之人。骏马啊，哪里归依？凤凰啊，何处安栖？旧俗改易，世道衰微，今天的相马人只挑肥腴。于是骏马隐而不见，凤凰高飞不下。鸟兽犹知怀抱美德，为何要怪贤士隐而不出？

骥不骤进而求服[82]兮，凤亦不贪餧[83]而忘食。君弃远[84]而不察兮，虽愿忠其焉得？欲寂漠而绝端[85]兮，窃不敢忘初之厚德。独悲愁其伤人兮，冯[86]郁郁其何极！

诗之大意：骏马不为求进而争着拉车，凤凰也不贪图喂饲而乱食。君王弃贤而不觉啊，虽愿进忠又如何能够？想要默默地与君王断绝，却不敢忘当初的厚德。独自悲愁多么伤人啊，愤懑郁结何处是尽头！

注释

71 凫雁皆唼夫梁藻兮：凫，野鸭；唼，水鸟或鱼吃食。

72 圆凿而方枘兮：凿，榫眼；枘，榫头。

73 鉏铻：相互抵触。

74 凤独遑遑而无所集：遑遑，惊慌不安貌；集，鸟止于树。

75 衔枚：古代行军为了禁言，常衔枚于口中。枚，形如筷子，两端有带，可系于颈上。

76 尝被君之渥洽：被，蒙受；渥洽，深厚的恩泽。

77 太公：姜太公，辅佐周文王及武王的开国之臣。

78 皇：通"凰"。

79 相者：相马人。

80 伏匿：隐藏。

81 处：留。

82 服：驾车。

83 餧：通"喂"。

84 弃远：远弃贤士。

85 绝端：断绝。

86 冯：愤懑。

霜露惨凄而交下兮，心尚幸其弗济[87]。霰雪雰糅其增加兮[88]，乃知遭命之将至。愿徼⁸⁹幸而有待兮，泊莽莽与壄草同死⁹⁰。愿自往而径游兮，路壅绝⁹¹而不通。

诗之大意：霜露交加悲惨又凄清啊，我还希望它们无效。雪珠雪片愈加纷杂，我才知道厄运将至。想要心存侥幸在此等待，留在原野只会与野草同死。想要径自前去远游，道路险难，阻塞不通。

欲循道而平驱兮，又未知其所从。然中路而迷惑兮，自压桉而学诵⁹²。性愚陋以褊浅⁹³兮，信⁹⁴未达乎从容。窃美申包胥⁹⁵之气盛兮，恐时世之不固。

诗之大意：欲循大道平稳驱驰，却又不知何去何从。行至半路就迷惑不前，忍着性情学诗社交。秉性愚钝又狭隘浅薄啊，实在是不能运用从容。私下赞美申包胥的气概啊，又恐时代已变，人心不古。

注释

87 心尚幸其弗济：幸，希望；济，成功。

88 霰雪雰糅其增加兮：霰，雪珠；雰糅，雨雪纷杂。

89 徼：通"侥"。

90 泊莽莽与壄草同死：泊，止；莽莽，指原野；壄，通"野"。

91 壅绝：阻塞。

92 自压桉而学诵：压桉，克制。桉，通"按"；学诵，此处指学诵《诗经》，春秋战国时期外交及大夫往来常诵诗。

93 褊浅：狭隘浅薄。

94 信：实在。

95 申包胥：春秋时期楚大夫，为救楚国曾在秦廷上哭了七天七夜，终于感动秦哀公出兵救楚。

何时俗之工巧兮，灭规矩而改凿⁹⁶。独耿介而不随兮，愿慕

先圣之遗教。处浊世而显荣兮，非余心之所乐。与其无义而有名兮，宁穷处而守高。

诗之大意：为何世人都趋于巧诈，废除规矩而改变法度？我独耿直而不逐流啊，愿仿效先圣之遗教。身处浊世而得显贵，不是我心之所乐见。与其舍道义而取名利，我宁愿穷苦而保持高节。

食不媮[97]而为饱兮，衣不苟而为温。窃慕诗人[98]之遗风兮，愿托志乎素餐[99]。蹇充倔[100]而无端兮，泊莽莽[101]而无垠。无衣裘以御冬兮，恐溘[102]死不得见乎阳春。

诗之大意：不能苟且而食只为求饱，不能苟且而衣只为保暖。私下追慕诗人的遗风啊，愿为高节而俭贫。道路阻塞没有尽头啊，漂泊在这无垠的原野。没有衣裘抵御寒冬啊，恐怕突然死去再也见不到阳春。

靓杪秋[103]之遥夜兮，心缭悷[104]而有哀。春秋逴逴[105]而日高兮，然[106]惆怅而自悲。四时递来而卒岁兮，阴阳不可与俪偕[107]。白日晼[108]晚其将入兮，明月销铄[109]而减毁。岁忽忽而遒尽兮，老冉冉而愈弛[110]。

诗之大意：晚秋的夜寂静漫长，我心萦绕深深的忧伤。春去秋来年岁渐老，让我惆怅自怜自伤。四季相续一年将尽，人却不能像寒暑一样交替。白日变暗即将西下，明月亏缺而少了清光。岁月忽忽将到年末，我也变老而精力不济。

注释

96 鹚：应为"错"。错，通"措"，措施、法度。

97 媮：通"偷"，苟且。

98 诗人：此处应指屈原。

99 素餐：此处指简朴的饮食。

100 蹇充倔：蹇，发语词；充倔，充满阻塞。

101 莽莽：指原野。

102 溘：突然。

103 靓杪秋：靓，通"静"；杪秋，晚秋。杪，本意为树枝尽头。

104 缭悷：忧思萦绕。

105 逴逴：愈走愈远貌。

106 然：叹词。

107 阴阳不可与俪偕：阴阳，阴阳古人认为万物皆可分阴阳，此处指季节之寒暑；俪偕，同在。

108 晼：日将暮。

109 销铄：亏缺。

110 弛：精力不济。

心摇悦而日幸[111]兮，然怊怅而无冀[112]。中憯恻[113]之凄怆兮，长太息而增欷。年洋洋以日往兮，老嵺廓[114]而无处。事亹亹而觊进兮[115]，蹇淹留而踌躇。

诗之大意：心中摇荡每天心存侥幸，结果却是怅然无望。心中惨痛凄然欲绝，长长叹息唏嘘不已。时光如水日月流逝，老来空虚心无所依。事事勤勉而求进用啊，却停滞不前徒自踌躇。

何氾滥之浮云兮[116]，猋壅蔽此明月[117]！忠昭昭而愿见兮，然霠曀[118]而莫达。愿皓日之显行兮，云蒙蒙而蔽之。窃不自聊而愿忠兮，或黕点[119]而污之。

诗之大意：为何浮云在天空泛滥，迅疾地遮蔽了这轮明月！忠心耿耿愿得一见，然有乌云阴风阻隔而不能达成。愿皓日在天朗照大地，云雾蒙蒙却将它遮蔽。我不愿姑且而愿效忠啊，有人却将我污蔑。

尧舜之抗行兮[120]，瞭冥冥而薄天[121]。何险巇[122]之嫉妒兮，被[123]以不慈之伪名？彼日月之照明兮，尚黯黮[124]而有瑕。何况一国之事兮，亦多端而胶加[125]。

诗之大意：尧舜高尚的德行，光辉明亮直达云天。为何阴险小人却要嫉妒，使他们蒙上不慈之名？日月之光照耀天地，尚有暗淡黑斑之时。何况一国之政事，更是混杂而无绪。

注 释 ···

111　幸：侥幸。

112　然怊怅而无冀：怊怅，惆怅；冀，希望。

113　憯恻：悲痛。

114　嵺廓：空阔，此处引申为空虚。

115　事亹亹而觊进兮：亹亹，勤勉不倦貌；觊，企图。

116　何氾滥之浮云兮：氾，通"泛"；浮云，此处比喻小人。

117　猋壅蔽此明月：猋，迅疾貌；壅蔽，隔绝蒙蔽；明月，此处喻指君王。

118　霭曀：霭，通"阴"，乌云遮日；曀，天阴而有风。

119　或黜点：或，有人；黜点，污垢。

120　尧舜之抗行兮：尧舜，尧、舜均为传说中的圣主；抗行，高尚的德行。

121　瞭冥冥而薄天：瞭，明亮；冥冥，深远貌；薄，逼近。

122　险巇：崎岖险恶，这里指奸险小人。

123　被：通"披"。

124　黯黮：昏暗不明。

125　胶加：纠缠不清。

被荷裯之晏晏兮[126]，然潢洋[127]而不可带。既骄美而伐[128]武兮，负左右之耿介[129]。憎愠恽[130]之修美兮，好夫人之慷慨[131]。众踤踥¹³²而日进兮，美超远而逾迈¹³³。

这几句是讲君主近小人而远贤臣，大意：披上荷衫轻柔鲜艳，然则宽松难以系带。既骄傲其德，又炫耀武力，就会辜负左右耿直之臣。憎恨不善表达的贤人，亲近侃侃而谈的小人。群小钻营而日渐腾达，贤人脱俗而愈加疏远。

农夫辍耕而容与兮，恐田野之芜秽。事绵绵而多私¹³⁴兮，窃悼后之危败。世雷同而炫曜兮，何毁誉之昧昧¹³⁵！今修饰而窥镜兮¹³⁶，后尚可以窜藏¹³⁷。愿寄言夫流星兮，羌儵忽而难当¹³⁸。卒¹³⁹壅蔽此浮云兮，下暗漠而无光。

诗之大意：农夫停耕而安闲，恐怕田野就会荒芜。事情不断而又私利在先，暗自哀悼将来的危败。世人都爱自我炫耀，诋毁赞誉何其不明！那些小人今天如能修身而悔过，日后尚可潜藏避祸。愿托流星寄言君王啊，它却来去迅疾难以遇上。终于被这浮云遮挡，大地于是暗而无光。

注释

126 被荷裯之晏晏兮：裯，贴身短衣；晏晏，漂亮轻柔貌。

127 潢洋：衣服空荡不贴身。

128 伐：炫耀。

129 负左右之耿介：负，辜负；耿介，耿直之臣。

130 愠惀：心有所蕴积而不善表达。

131 好夫人之慷慨：夫，语气词；慷慨，此处指夸夸其谈。

132 踤踥：小步趋进。

133 美超远而逾迈：美，此处指贤人；迈，远去。

134 多私：党人恤利而忘君。

135 昧昧：昏暗不明貌。

136 今修饰而窥镜兮：均指修身自省。

137 窜藏：可潜伏而不至于灭亡。

138 羌僚忽而难当：羌，发语词；当，遇到。

139 卒：终于。

尧舜皆有所举任兮，故高枕而自适。谅[140]无怨于天下兮，心焉取此怵惕[141]？乘骐骥之浏浏[142]兮，驭安用夫强策[143]？谅城郭之不足恃兮[144]，虽重介[145]之何益？

诗之大意：尧舜皆能任用贤人，故高枕而从容。若是无怨于天下，心中怎会惊恐不安？乘着骏马顺畅前行，驭者何须马鞭粗重？若是城郭不足依仗，虽坚甲利兵又有何益？

邅翼翼而无终兮[146]，忳惛惛而愁约[147]。生天地之若过兮，功不成而无效。愿沉滞而不见兮[148]，尚欲布名乎天下。然潢洋[149]而不遇兮，直怐愗[150]而自苦。莽洋洋[151]而无极兮，忽翱翔之焉薄？

诗之大意：谨慎艰难地前行却没有结果，我心忧郁昏沉为愁所困。人生天地间如同过客，功业不成如同虚度。愿隐退而不现，又尚存名扬天下的渴望。然世事茫茫不遇贤君，真是愚钝不堪自讨苦吃。荒野茫茫没有边际，迅疾飞翔又能在哪停息？

国有骥而不知乘兮，焉皇皇[152]而更索。宁戚[153]讴于车下兮，桓公闻而知之。无伯乐之善相兮，今谁使乎誉之。闵流涕以聊虑兮[154]，惟著意[155]而得之。纷纯纯[156]之愿忠兮，妒被离而鄣之[157]。

诗之大意：国有骏马而不知驾乘，却惶惶然另行求索。宁戚在车下歌唱，桓公听了而知他贤能。没有伯乐相马的本领，今天谁能使骏马被称颂？怅然流泪姑且思量，用心寻访才能得到贤才。满怀热忱愿效忠君王，却被各种嫉妒阻碍。

注释

140 谅：料想。

141 怵惕：惊恐不安。

142 浏浏：本意为水流清澈，这里指顺畅无阻貌。

143 策：马鞭。

144 谅城郭之不足恃兮：城郭，内城墙为城，外城墙为郭；恃，依仗。

145 介：盔甲。

146 遭翼翼而无终兮：遭，难行不进；翼翼，恭敬谨慎貌；终，结果。

147 忳惽惽而愁约：忳，忧郁；惽惽，精神昏聩；约，约束。

148 愿沉滞而不见兮：沉滞，此处指隐退；见，通"现"。

149 潢洋：空荡荡。

150 恂懜：愚昧。

151 莽洋洋：荒野辽阔。

152 焉皇皇：通"惶惶然"。

153 宁戚：春秋时期卫国人，初为小商人，遇齐桓公夜出，他在车下喂牛，扣牛角而唱，桓公听而用之。

154 罔流涕以聊虑兮：罔，通"惘"，忧愁；聊虑，暂且思量。

155 著意：用心。

156 纯纯：诚挚貌。

157 妒被离而鄣之：被离，通"披离"，杂沓貌；鄣，通"障"，阻隔。

愿赐不肖[158]之躯而别离兮，放游志乎云中。乘精气之抟抟兮[159]，骛诸神之湛湛[160]。骖白霓之习习兮[161]，历群灵之丰丰。左朱雀之芠芠[162]兮，右苍龙之躣躣[163]。

诗之大意：愿赐还无用之身而去，放任远游之心到云中。乘着

团团的精气，追逐那众多的神灵。白霓为骖快速飞行，经过众多的神灵。朱雀在左，翩跹起舞，苍龙在右，蜿蜒而行。

属雷师之阗阗兮[164]，通飞廉之衙衙[165]。前轻辌[166]之锵锵兮，后辒乘[167]之从从。载云旗之委蛇[168]兮，扈屯骑之容容[169]。

诗之大意：雷师在后，声音隆隆，飞廉在前，御风开路。前有轻车，锵锵而行，后有重车，紧紧随从。车上的云旗首尾绵延，护卫的车骑蜂拥在旁。

计专专[170]之不可化兮，愿遂推而为臧[171]。赖皇天之厚德兮，还及君之无恙[172]。

诗之大意：我心专一，不可改变，愿能推良策而行善政。仰仗上天的厚德啊，保佑君王安然无恙。

注释

158 不肖：不成材，一般用于自谦。

159 乘精气之抟抟兮：精气，古人认为空中有精气，而精气为生命之源；抟抟，通"团团"，聚集貌。

160 骛诸神之湛湛：骛，追逐；湛湛，厚集貌。

161 骖白霓之习习兮：霓，与虹的彩带排列相反的一种光现象；习习，频频飞动貌。

162 芴芴：轻快飞翔貌。

163 躤躤：蜿蜒而行貌。

164 属雷师之阗阗兮：属，从属；阗阗，形容声音宏大。

165 通飞廉之衙衙：通，通达，此处为开路；飞廉，传说中的风伯；衙衙，急行而生风貌。

166 轻辌：古代的一种前低后高的轻型马车。

167 辒乘：装有辒重的重型马车。

168 委蛇：通"逶迤"。

305

169 扈屯骑之容容：扈，护卫；屯骑，聚集的车骑；容容，众多貌。

170 计专专：用心专一。

171 愿遂推而为臧：遂，成功；臧，善。

172 无恙：指无病。恙，本是一种虫名，古人认为它能入腹吃心，所以见面都问是否"无恙"。

赏析： 本篇为一首自述性的长篇抒情诗，为宋玉的代表作。宋玉著有《九辩》《高唐赋》《神女赋》《登徒子好色赋》等名篇。朱熹《楚辞集注》："《九辩》者，屈原弟子楚大夫宋玉之所作也。闵惜其师忠而放逐，故作《九辩》以述其志云。"结构上，有的本子将《九辩》分为九章，有的本子将其分为十章。其实，贯穿全篇的只是悲秋情怀的反复咀嚼、重沓喻示而已，所以没有必要对章节做过多的争辩。《九辩》将草木摇落、山川萧瑟的秋景与去官失意、忧郁悲伤的心绪结合，以自然之变化感叹人事之浮沉，情景交融、物我两通，千载之后犹能使读者共鸣。作为中国文学史上第一篇悲秋之作，《九辩》可谓为"千古悲秋之祖"，对后世的文人有着深远的影响。

参考文献

[1] 林栖. 林栖品读诗经 [M]. 上海：复旦大学出版社, 2021.

[2] 上海辞书出版社文学鉴赏辞典编纂中心. 先秦诗鉴赏辞典（新一版）[M]. 上海：上海辞书出版社, 2016.

[3] 李山. 诗经选 [M]. 上海：商务印书馆, 2015.

[4] 林义光. 诗经通解 [M]. 上海：上海世纪出版（集团）有限公司 / 中西书局, 2012.

[5] 流沙河. 流沙河讲诗经 [M]. 成都：四川文艺出版社, 2017.

[6] 林庚. 天问论笺 [M]. 北京：人民文学出版社, 1983.

[7] 屈原. 楚辞 [M]. 陶夕佳, 注译. 西安：三秦出版社, 2012.

[8] 屈原. 楚辞：汉英对照 [M]. 许渊冲, 注译. 北京：五洲传播出版社, 2012.